● 2017—2018年度中国作家协会重点作品扶持选题

中国自由贸易之路

ZHONGGUO ZIYOU MAOYI ZHI LU

孔良 著

广东高等教育出版社
Guangdong Higher Education Press
·广州·

图书在版编目（CIP）数据

中国自由贸易之路/孔良著．—广州：广东高等教育出版社，2020.7
ISBN 978-7-5361-6770-4

Ⅰ.①中… Ⅱ.①孔… Ⅲ.①报告文学—中国—当代 Ⅳ.①I25

中国版本图书馆 CIP 数据核字（2020）第 089142 号

广东高等教育出版社出版发行
地址：广州市天河区林和西横路
邮编：510500　电话：（020）87553335
网址：www.gdgjs.com.cn
佛山市浩文彩色印刷有限公司印刷
787 毫米 ×1 092 毫米　16 开本　15.25 印张　250 千字
2020 年 7 月第 1 版　2020 年 7 月第 1 次印刷
定价：48.00 元

（版权所有，翻印必究）

此书的出版,记载了中国自由贸易发展的卓越历程。

谨以此书向改革开放 40 周年献礼!

向新中国成立 70 周年献礼!

向 2021 年中国共产党成立 100 周年献礼!

序

  我为父亲的新作《中国自由贸易之路》作序，我知道父亲是不想打搅熟悉的专家学者，抑或不想麻烦德高望重的老领导。

  我想，为一位作家的作品作序，理应由熟悉的大家来执笔。我是一个小字辈，但从对父亲的熟悉了解来看，那就非我莫属了。

  为了热情讴歌中国改革开放 40 多年来的前进历程，讲述实现国家富强、民族复兴、人民幸福中国梦征途上多姿多彩的中国故事，弘扬中国精神，展现时代风貌，2017 年 6 月 13 日"中国作家网"发布了中国作家协会公报 [2017 年第 3 号]，公布了 2017 年度中国作家协会重点作品扶持工作收到申报选题 377 项，经专家论证和中国作家协会书记处审核，确定 76 项选题入选。其中，父亲申报的《中国自由贸易之路》报告文学入选中国作家协会重点文学创作扶持计划，父亲成了中国作家协会的签约作家。

  我当时看到这则公报，真为父亲的创作计划入选感到由衷的高兴。但也有点担心，父亲已退休，还担任着海关退休党组织的书记，还有不少日常的事务忙碌着，加上是中国作家协会的重点文学创作，一个人远行他乡僻地，负担还是很重的。

  从此之后，父亲便投入紧张的创作之中。开始阶段跑图书馆查找历史资料，还借了好多的文档资料翻阅拍照。家中的大餐桌上常常铺满了各种的文档资料，父亲一边用电脑写作，一边查找资料。改革开放 40 多年来中国自由贸易发展走过的历程，时间跨度长，涉及范围广，重大事件多。创作这样大型题材的文学作品并非易事。父亲常常是废寝忘食，写到情深处又常常会通宵达旦。

  我们的家是一个法学之家，父亲在海关执法机关工作，是中国法学会的会员。母亲是市管国企的法律室主任，我从上海交通大学法学硕士毕业后在中伦律师事务所工作。我们的家又是一个文学之家，父亲曾数年担任海关总署新闻办的工作，在写作摄影上颇有建树。母亲擅长抒情长诗的创作，她的诗作曾感动了周围好多人。在我的成长过程中，文学始终伴随着我。幼年时，父亲写了一篇题为《与宝宝对话》的文章，参加上海人民广播电台"雀巢宝宝之声"征文比赛并获得大奖，作品在电

中国自由贸易之路

台播出。我上小学时，因住地离学校有半小时自行车的路程，每天早上父亲骑着自行车送我上学。这骑行的路上也是我学习作文的最好课堂，父亲一边骑行，一边给我描述每天所见的春夏秋冬的季节特征，以及路上不断变换的场景和各式行人的风貌。然后再让我复述一遍，再然后就让我自己描述，这在我心中埋下了文学的种子。我在上海交通大学本硕学习阶段，爱好文学艺术，担任多年学生合唱团团长。父亲以此为背景写了一封给我的家书，参加"中国家书"征集大赛，还获得了"中国家书"征集大赛和中国散文学会"好孩子"征文的奖励。值得一提的是父亲2005年撰写的题为《加强长三角地区海关执法合作，实现海关通关一体化战略构想》的法学论文，在全国法学会长三角地区首届法学论坛上交流，在众多法学教授专家云集的论文评选中获得最高奖项，父亲也由此被推荐为中国法学会的会员。除颇有法学见地外，这也与父亲的文学功底有关。

习近平总书记在庆祝改革开放40周年大会上发表的重要讲话中指出："改革开放是中国人民和中华民族发展史上一次伟大革命，正是这个伟大革命推动了中国特色社会主义事业的伟大飞跃！"回望中国改革开放的历程，从兴办经济特区、创建保税区等海关特殊监管区域、设立自由贸易试验区、谋划中国特色自由贸易港，到共建"一带一路"倡议、推动构建人类命运共同体，中国经济发展从引进来到走出去，自由贸易不断向前推进。中国改革开放从开启新时期到跨入新世纪，从站上新起点到进入新时代，绘就了一幅波澜壮阔、气壮山河的壮丽画卷。

40多年来，中国自由贸易开创发展历久艰辛，其间的披荆斩棘砥砺奋进，其中的革故鼎新沧桑巨变，需要作家深入其间，走进其中，去谱写中国人民奋力拼搏、富强祖国的壮丽赞歌。父亲长期在海关担任领导工作，熟悉中国自由贸易发展的历程和其中艰难曲折的过程，加之是与新中国同生共长的一代人，过去经历了国家太多的贫困磨难，深知发展经济、富强祖国的责任。一个中国自由贸易亲历者的使命，加上一份中国作家的责任，他毅然挑起了这个沉甸甸的担子，用当年投身中国自由贸易发展的激情，为当代中国历史记录自由贸易发展的历程。

文学是时代前进的号角，作家要承担起时代赋予的使命，用心用情去抒写伟大的时代。父亲为采写《中国自由贸易之路》报告文学，行遍全国15个省（区、市），采访了各种自由贸易类型的区域，体验了中国自由贸易40多年来变化发展的完整情景。

我听父亲说起到各地采访的情形。现在实行"八项规定",到各地采访没有任何接待安排。行遍15个省(区、市)上万千米,其间的舟车劳顿可以想象。父亲这次采访费用完全自理,为了节省些车旅费,途中常常是紧赶慢赶。一次,他在新疆霍尔果斯完成采访工作后,约好第二天上午赶到西安自贸区采访,从网上订购了乌鲁木齐飞兰州的低价机票,然后再换乘高铁去西安。可当赶到车站时列车已开行,且当天最后一班高铁还有5分钟就要开行。他一阵紧张的奔跑,最后一刻才赶上高铁,但却因紧张激烈的奔跑瘫倒在列车上。当我之后知悉这情况,真的感到很揪心。

纵览《中国自由贸易之路》,这是一部中国自由贸易发展的史书,展现了中国自由贸易发展的历程。从波澜壮阔的经济特区起步,经风起云涌的加工贸易腾飞,历如火如荼的海关特殊监管区域锤炼,向方兴未艾的自由贸易试验区推进。中国各个时期不同形式的自由贸易区域,推动着对外经济贸易持续、快速、健康地发展。文中记录了许多重大事件和统计资料,它们是中国外向型经济发展的佐证,值得记取。

习总书记嘱托广大文艺工作者"文运同国运相牵,文脉同国脉相连……做到胸中有大义、心里有人民、肩头有责任、笔下有乾坤,推出更多反映时代呼声、展现人民奋斗、振奋民族精神、陶冶高尚情操的优秀作品……为我们的人民昭示更加美好的前景,为我们的民族描绘更加光明的未来"。当代中国正处在风云际会的新时代,广大作家要注重抒写改革开放和社会主义现代化建设的蓬勃实践,抒写多彩的美好中国,用文学的笔激励人民朝气蓬勃地迈向未来。期待父亲有更多、更美的作品问世。

《中国自由贸易之路》反映了改革开放以来我国自由贸易发展的光辉历程,描述了中国人民自强不息、奋力拼搏的精神风貌,讲述了对外经济贸易做大做强、实现飞跃的中国故事。这是一部讴歌党、讴歌祖国、讴歌人民、讴歌时代的精品力作,是纪念中国改革开放40周年的壮丽史诗,是献给伟大祖国70华诞的英雄赞歌,也是迎接中国共产党成立100周年的宏伟画卷。

是为序。

2019年6月20日

前　言

　　为了热情讴歌中国改革开放40多年来的前进历程，讲述实现国家富强、民族复兴、人民幸福中国梦征途上多姿多彩的中国故事，弘扬中国精神，深刻反映时代变化，中国作家协会向全国征集重点作品扶持项目，并要求作品注重反映改革开放以来中国经济社会发展、人民群众生活变化，展现时代风貌。

　　我自1975年起，长期在对外贸易管理前沿的中国海关工作，亲历了外向型经济变化发展的全过程，一路伴随改革开放前行，是改革开放的亲历者，是中国自由贸易发展的实践者。于是，我向中国作家协会申报了《中国自由贸易之路》长篇报告文学的创作计划书，经上海作家协会主席团推荐、中国作家协会专家论证和中国作家协会书记处的审批，入选了中国作家协会纪念改革开放40周年重点文学创作扶持计划，经过公示和签约，我有幸成为中国作家协会签约作家。

　　为了采写《中国自由贸易之路》报告文学，我行遍全国十五个省（区、市），先后走访了深圳、珠海、厦门经济特区和全国首个设立的保税区、出口加工区、保税港区、综合保税区和珠海横琴跨境工业园区、新疆霍尔果斯国际边境合作中心，以及全国先期设立的11个自由贸易试验区，涵盖了我国所有类型的自由贸易区域，并与这些区域的主管部门、企业人员进行了交流，深入采访体验了这些区域的变化发展。

　　我从上海乘坐"复兴号"高铁去北京，前往中国作家协会开具采访介绍信，相约去各地采访，开始了《中国自由贸易之路》报告文学的创作之旅。

　　列车在飞快地奔驰，不一会儿就到了350千米/时的时速。窗前不断掠过成群的楼宇、绿色的田野，还有很多正在建设中的建筑群，呈现出一派蓬勃发展的景象。

　　我望着窗外，思绪沉浸在往事的回忆之中，多少情景浮现在眼前，仿佛从高速行进的列车窗外飞速掠去。掐指算来，中国改革开放的历程已有整整41个年头了。蓦然回首，祖国大地已发生了翻天覆地的变化。一代又一代中国共产党人团结带领全国各族人民奋力拼搏，取得了社会主义现代化建设的伟大胜利。与改革开放之前相比，我国国内生产总值已由1978年的3 679亿元①增长到2019年的99.1万亿元，增长了268倍，稳居世界第二位。我国经济总量2016年突破70万亿元，2017年突破80万亿元，2018年又突破90万亿元，2019年已接近100万亿大关，只经一年便跨上了一个十万亿的大台阶。

我国货物贸易进出口总额从1978年的206亿美元增长到2019年的4.58万亿美元（31.54万亿元人民币），增长221倍，位居世界第一。外贸出口质量大幅提升，高附加值机电产品出口总额10.06万亿元，占出口总额的58.4%。汽车、手机等自主知识产权、自有品牌产品数量大幅增长。进出口货物总值2005年超过10万亿元、2010年超过20万亿元、2019年再创新高，超过30万亿元，实现了跨越式发展。累计使用外商直接投资超过2万亿美元，对外投资总额达到1.9万亿美元，对世界经济增长贡献率超过30%。过去一火车车厢的出口猪肉换不回一台机器，一集装箱的衬衣才换回一组芯片的憋屈时代早已一去不返，我国已从一穷二白的国家发展成为繁荣昌盛的社会主义现代化强国。

新中国成立之初，社会经济濒临崩溃，百废待举。经过七十年的自力更生、砥砺奋进，四十多年改革开放的突发猛进，中国已经发展成为全球第二大经济体、世界最大进出口货物贸易国。历史无可争辩地证明了中国共产党的英明伟大和中国特色社会主义道路的无比优越。

很欣慰，我们这代人，生在新中国，长在红旗下，把青春热血洒在祖国的大地上，与祖国同生共长；我们这代人，经历了国家的贫困苦难，深知发展经济、富强祖国的使命与担当；我们这代人，经历了国家改革开放新时代，深感有一份责任，为当代中国历史记录改革开放和自由贸易发展的历程。

我所采写的《中国自由贸易之路》从一个方面反映了中国改革开放40多年来外向型经济发展的光辉历程，它是中国改革开放大潮中的一朵绚丽的浪花，也是献给共和国70华诞和中国共产党成立100周年的伟大礼赞，谨以此书献给在自由贸易征途上奋力拼搏的人们。

---

① 除有特殊说明外，本书统计数据货币单位均为人民币。

目 录

引 言 ··· 1
自由贸易 ··· 2
第一篇　中国自由贸易之光 ······································· 7
　经济特区 ·· 8
　加工贸易 ·· 29
　海关特殊监管区域 ·· 45
　　保税区与保税物流园区 ······································ 46
　　出口加工区 ··· 55
　　跨境自由贸易合作区 ·· 62
　　保税港区 ··· 76
　　综合保税区 ··· 87

第二篇　中国自由贸易之途 …………………………… 95

中国（上海）自由贸易试验区 ………………………… 96

中国（广东、天津、福建）自由贸易试验区 ………… 115

中国（辽宁、浙江、河南、湖北、重庆、四川、陕西）

自由贸易试验区 ………………………………………… 132

中国（海南）自由贸易试验区 ………………………… 156

第三篇　中国自由贸易之桥 …………………………… 161

架起投资贸易便利化的桥梁 …………………………… 162

架起海关通关便利化的桥梁 …………………………… 181

架起"一带一路"融贯世界的桥梁 …………………… 194

架起"一国两制"中华民族伟大复兴的桥梁 ………… 211

参考资料 …………………………………………………… 225

后　　记 …………………………………………………… 229

引 言

2018年12月18日,习近平总书记在庆祝改革开放40周年大会上的讲话中指出:"改革开放是我们党的一次伟大觉醒,正是这个伟大觉醒孕育了我们党从理论到实践的伟大创造。改革开放是中国人民和中华民族发展史上一次伟大革命,正是这个伟大革命推动了中国特色社会主义事业的伟大飞跃!"

改革开放40多年来,我国从兴办经济特区、建立保税区等海关特殊监管区域、设立自由贸易试验区、谋划中国特色自由贸易港,到共建"一带一路"倡议、推动构建人类命运共同体,中国自由贸易道路的成功实践,推动了经济全球化的发展,向着全面建设社会主义现代化国家的伟大事业而不懈努力。

从1978年中国共产党十一届三中全会拉开改革开放的序幕,到2013年十八届三中全会提出全面深化改革,再到2018年党的十九大铺就的美好生活前景,每一个中国人都亲身经历了中国社会的沧桑巨变,真切地感受到了祖国的不断强大、人民生活水平的日益提高,党在人民的心中镌刻着一座座历史的丰碑。

四十年,自由贸易之光照耀中华大地,披荆斩棘砥砺奋进;

四十年,自由贸易之路开辟锦绣前程,革故鼎新沧桑巨变;

四十年,自由贸易之桥架起复兴伟业,道路不惑气浩志宏。

中国自由贸易之路

自由贸易

贸易最初是古老的你情我愿的物品交换行为,即人们用自己富余的生活物品自由平等地换取他人的物品,以调剂自己的生活,具有直接简单、自由平等的属性。

随着货币的产生和社会的发展,贸易的标的物从有形的实物商品延伸到虚拟的货币替代物和技术、资金、信息、劳务等无形的商品,便利了贸易的往来和发展。同时,由于地区的划分和国家的产生,贸易超越了人与人之间简单的物品交换方式,变成了地区或国家之间复杂的商品贸易,并附加了关税和各种规则,甚至政治、军事等诸多条件,增加了商品交换的成本,影响了贸易的自由平等交换。随着贸易的频繁来往,人类社会的资源得以充分利用,丰富了人们的生活品质。为了取消贸易交换上的障碍,在欧洲一些制造业发展较快的港口城市,开始萌发了无障碍交流,让贸易回归自由平等的理想境地。

世界上最早的自由港出现于欧洲。1228年,马赛已是法国重要的贸易重镇和地中海沿岸最大的商业港口,也是工业创新和加工业发展的中心,法国在马赛港区内划出一块特定的区域作为自由贸易区,允许进口货物不征收税赋自由出入。1547年,位于地中海的热那亚共和国造船、纺织和银钱业已很发达,为了发展贸易往来,该国将热那亚湾的里南那港命名为自由港。这是世界上第一个正式命名的自由港。伴随着大航海时代新航路的开辟,欧洲海外贸易得到极大推进,为欧洲的快速发展奠定了基础。

1776年,自由贸易理论创始者英国经济学家亚当·斯密在《国富论》中指出:不同国家生产同样的商品成本不同,一国应放弃成本绝对高的,而选择成本绝对低的进行专业化生产,并彼此进行交换,这样两国的劳动生产率都会提高,成本会降低,劳动和资本能得到正确的分配和运用。1817年,英国经济学家大卫·李嘉图在《政治经济学及赋税原理》一书中又提出:根据"两优相较择其重,两劣相较取其轻"的比较利益法则,出口具有比较优势的产品，进口具有比较劣势的产品。而分工和专业化的发展需要自由贸易的国际市场，自由贸易是增加国民财富的最佳选择，其核心是自由贸易可使双方均获得贸易利益。

自由贸易理论为世界自由贸易的发展奠定了基础。18世纪中叶至19世纪中叶，随着工业革命的发展，英国建立了全球殖民体系，形成了英国支配的世界市场。为了推进贸易发展，获取更多利益，转而推行自由贸易政策，相互提供最惠国待遇，各国的贸易政策逐步由对抗转向包容，自由贸易成为趋势，欧洲一些贸易大国先后在主要港口创办了自由港或自由贸易区。如意大利的那不勒斯、的里雅斯特和威尼斯自由区，德国的汉堡自由港、不莱梅自由区，法国的敦刻尔克自由区，丹麦的哥本哈根自由港，葡萄牙的波尔图自由区等，它们利用优越的地理位置，采取免除进出口关税等措施，吸引外国商品转口，扩大对外贸易，发挥了商品集散中心的作用。

19世纪后，自由港和自由贸易区逐步从地中海沿岸扩展到东南亚等地区，许多被殖民主义强行租用的国际贸易通道的重要港口，如新加坡、马来西亚槟城和中国香港等，都相继发展成为自由港和自由贸易区。

20世纪20年代后，自由贸易区开始在美洲大陆出现。1923年创办的乌拉圭科洛尼亚、墨西哥蒂华纳和墨西卡利自由区，是美洲大陆较早建立的自贸区，美国则在1936年建立了纽约布鲁克林对外贸易区。

从自由港区问世至二战前夕，世界自由贸易经历了700多年的发展。自由港和自由贸易区主要集中在欧洲的发达国家。二战后世界经济快速复苏，区域经济一体化、经济全球化得以迅速发展，贸易投资自由化蓬勃发展，商品、劳务、资金、技术等生产要素的交流带动了各国的生产，促进了国际分工的发展。与此同时，世界范围内众多的殖民地附属国相继独立，各国要求发展民族经济的呼声日益高涨，但因资金和技术的限制，很多国家和地区纷纷划定隔离区域，同外商合作建立兼有工业生产和出口贸易功能的"出口工业区"，并以当地充足廉价的劳动力和财税优惠待遇吸收资金和技术。"出口加工区"作为自由贸易发展的新业态异军突起，得到了快速发展。1958年爱尔兰设立了香农出口自由区，波多黎各设立了免税工业区。中国台湾于1965年建立了高雄出口加工区，是世界上第一个正式以"出口加工区"命名的自由贸易区域。

20世纪60年代后，在全球化浪潮的推动下，多种类型的自由贸易区蓬勃发展，贸易、生产、资本的国际合作不断深化，发达国家为了获取更大利益，加速了产业的转移，使发展中国家的工业化进程得以迅速提升，全球自由贸易区呈现多样化和综合化发展的态势。因应全球的贸易往来和经济发展，自由港、自由贸易区等特殊经济自由区域已遍布世界各地，功能也由早期单一的转口贸易发展成为兼具进出口贸易、转口贸易、仓储、加工、商品展示、旅游购物、金融等多种功能，转变了自由贸易区的经营方式，提高了运行效率。目前，我国香港和新加坡、迪拜是世界上较为成功的自由贸易港区。

1947年，联合国关税及贸易总协定组织（世界贸易组织的前身，World Trade Organization，简称WTO）制定了《关税及贸易总协定》，其宗旨是通过削减关税和其他贸易壁垒，消除国际贸易中的差别待遇，促进国际贸易自由化。协定规定各缔约国进出口货物及关税规费一律适用无条件最惠国待遇、在互惠基础上互减关税、取消进口数量限制、取消国际贸易中的歧视待遇等，成为各缔约国共同遵守的贸易准则，协调国际贸易与各国经济政策的多边国际协定。

1973年，世界海关组织（World Customs Organization，简称WCO）制定的《京都公约》"F1 关于自由区的附约"指出：对运入某一通常作为不在关境内的部分领土的货物，有必要适当减免其进口各税，以鼓励对外贸易和促进国际贸易的普遍发展。按上述规定运入的货物不受海关监管。这一部分领土称为自由区。自由区一般设于海港、内河港、航空港以及具有同样地理优势的地方。

1984年联合国贸易和发展会议报告对自由贸易区的定义是：自由贸易区是货物进出无须通过国家海关的区域，此类区域主要用于存储和贸易。而最近则强调进行制造、加工和装配业务活动，货物进出该区域可不缴纳关税或受配额的限制。

为了减少或取消附加于贸易自由平等交换上的障碍，相同利益的地区或国家之间，通过签订自由贸易协议，结成自由贸易联盟，相互取消货物的关税、非关税壁垒和市场准入限制，开放投资，促进商品、服务和资本、技术、人员等生产要素的自由流动，实现优势互补，促进共同发展，让贸易回归自由平等交换的理想状态。目前，全球主要自由贸易联盟有欧洲经济共同体、北美自由贸易区、中国－东盟自由贸易区等。

欧洲经济共同体又称欧洲共同市场，通过建立共同市场，商品、劳务、人员、资本自由流通，推动经济活动的协调进行，经济增长速度快速提高，成为世界重要的经济共同体；北美自由贸易区的美国、加拿大、墨西哥三国采取最惠国待遇消除贸易障碍，开放市场，货物互相流通并减免关税，通过自由贸易实现经济的共同增长，迈向地区经济一体化；中国-东盟自由贸易区是世界人口最多和发展中国家最大的自由贸易区，通过降税、原产地规则和非关税措施，消除贸易壁垒，简化通关手续，免除重复检测，创造和完善自由的投资环境，实现中国与东盟各国双边经济融合、贸易总量快速增长和互利共赢、共同发展的目标，进一步促进了中国和东盟各自的经济发展，也有利于推动东盟经济一体化，对世界经济增长发挥了积极作用。

改革开放以来，我国通过发展"加工贸易"，在东南沿海和相关区域先后设立了经济特区、保税区、出口加工区、跨境合作区、保税物流园区、保税港区、综合保税区、自由贸易试验区和探索自由港等各种类型的自由贸易区域，划定地理范围，设置关卡，采取物理围网或某些障碍与其他区域相隔离，豁免关税，方便货物自由进出，有区别地实行某些自由贸易区的优惠政策，由中国海关实施"境内关外"的监管，形成了独立的自由贸易特殊经济区域，推进了中国经济社会建设的快速发展，促进世界经济全球化的迅速进展。

加快实施自由贸易区战略，是我国新一轮对外开放的重要内容。党的十七大把自由贸易区建设上升为国家战略，党的十八大提出要加快实施自由贸易区战略，党的十八届三中全会又提出要以周边为基础加快实施自由贸易区战略，形成面向全球的高标准自由贸易区网络。

当今世界，全球贸易价值链、供应链不断深化发展，自由贸易创新发展已是世界经济可持续发展的必然选择。世界新一轮科技革命和产业变革正处于重大突破的历史关口，各国加强创新合作，推动深度融合，共享创新成果，共同维护国际贸易秩序，推动经济全球化朝着更加开放的目标前行。

按照国际通行规则，进出自由贸易区的货物通过削减关税和破除其他贸易壁垒，由海关实施"境内关外"监管，形成独立的自由贸易特殊经济区域。中国香港、澳门特别行政区和台湾地区，与中国内地不属于同一关税区，系不同的关境，实施的是不同的关税贸易规则。在本书中，笔者重点采写报告的是改革开放以来，中国内地自由贸易发展的情况。

第一篇　中国自由贸易之光

  1978年12月，中国大地春雷滚动，中国共产党十一届三中全会决定把工作重心转移到社会主义经济建设上来，要求在自力更生的基础上积极发展同世界各国平等互利的经济合作，努力采用世界先进技术和先进设备。拨开迷障的中国大地，自由贸易曙光初现。顺应世界经济发展潮流，摸着石头过河，创办经济特区，突破重围，风雨中前行；引进外商投资，发展加工贸易，经济建设破冰启航；建立保税特殊经济区域，构建沿海开放大格局，推进社会主义现代化建设。

  自由贸易曙光冉冉升起，照耀着中国的大地。

经济特区

党的十八大开局之始,习近平总书记来到中国改革开放的起源地——深圳视察,向世界宣示了新一届中央领导集体对坚持改革开放和全面深化改革的坚定决心。我的采访循着总书记的脚步,首先来到了深圳经济特区。一下飞机,我便马不停蹄地拖着行李箱直奔莲花山公园,来到邓小平塑像前瞻仰,深情缅怀这位披荆斩棘创建中国经济特区,引导中国经济驶上快车道的改革开放总设计师。

图1-1 笔者在深圳经济特区莲花山公园瞻仰邓小平塑像

我驻足塑像前凝视着。小平同志神情怡然，目光炯炯地注视着远方，迈着坚定的步伐大步前行。我循着他的目光向前方眺望，鳞次栉比的楼宇、巍峨壮丽的大厦映入眼帘，昔日贫困至极的边陲小镇，如今已是一派现代化大都市的宏伟景象。山下不远处是形如大鹏展翅的深圳市政府办公楼群，再望向前方，那就是香港了。

我心想，小平同志居高临下，每天都在这里注视着特区的建设发展。特区的建设者们为早日实现小平同志提出的"再造一个香港"的伟大宏愿，循着"发展才是硬道理"的目标，百折不回，奋力拼搏。小平同志手书的"深圳的发展和经验证明，我们建立经济特区的政策是正确的"的题词，被镌刻在大理石座碑上，苍劲有力，金光熠熠，奠定着经济特区的前进方向。

当我拾阶而下来到莲花湖畔，一群穿着艳丽的大妈们正载歌载舞地欢跳着，一位大叔正放声高歌《春天的故事》，周边围绕着好多人一起欢唱着。我也不由自主地参与其中。

图 1-2　莲花湖畔群众载歌载舞高唱《春天的故事》

> 1979年，那是一个春天，
> 有一位老人在中国的南海边画了一个圈。
> 神话般地崛起座座城，
> 奇迹般聚起座座金山。
> 春雷啊唤醒了长城内外，
> 春晖啊暖透了大江两岸。
> ……

在这里，我深情地感悟到改革开放总设计师邓小平当年在中国的南海边"画了一个圈"的改革开放方略，也领悟到习近平总书记治国理政的新理念、新思想、新战略。那亲切的歌词、优美的旋律，像是在向人们娓娓述说着中国改革开放40多年来的伟大历程，赞美着一代又一代中国共产党人带领全国各族人民砥砺奋进的光辉业迹。

1978年，是中华民族5 000年历史上具有重要意义的一年。从这一年起，无数中国人的命运因改革开放而改变；从这一年起，中国改革开放的每一个脚步都引起了世界的关注；从这一年起，为根本改变贫穷落后的面貌，中国这艘巨轮向着富起来的彼岸扬帆启航！

闭关锁国的门打开了！

经济建设的路打通了！

任何社会变革都要有一个突破口。中国改革开放和经济建设的排兵布阵，同样需要排头兵。

广东位于我国东南沿海，毗邻香港、澳门，与台湾隔海相望，自古以来就是中国的海上贸易通道和通商口岸，是移民出洋最早、最多的省份，著名的侨乡，每年都有大量的港澳台同胞和海外侨胞回国探亲或者寄钱寄物接济亲友。因此，广东比全国其他地区更早，也更强烈地意识到中国的落后，广东的干部群众对内外经济差距的认识也更早更深刻，广东人民对改革开放的要求也最强烈。

广东宝安县（深圳建市前为宝安县）与香港山水相连，因是边境前沿地区，新中国成立后"强化政治保卫"，长期忽视经济建设，经济十分落后，主要靠国家救济。1978年宝安县人均年收入为134元，而一河之隔的香港新界农民则是13 600港元（当时折合人民币约4 360元），两地生活水平天壤之别。

悬殊的经济差距带来了严重的社会问题,有海外关系的人想方设法移居海外,没有合法途径的人就偷渡出境。新中国成立后,曾发生多次"逃港"风潮。1979年"逃港"潮再度发生,每天都有成千上万人在与香港新界山脉相连的深圳梧桐山的树林中伺机越境,成群结队的人们沿着公路涌向边境线外逃,有的村庄甚至全村"逃港"。这成了当时中国大地改革开放最脆弱的幕布。

1979年4月,主政广东的省委第一书记习仲勋在中央工作会议上提出:"广东邻近港澳,华侨众多,应充分利用这个有利条件,积极开展对外经济技术交流。"此后,中央和广东开始酝酿在毗邻香港、澳门的宝安、珠海边境等地创办"特区",引进港澳资金,扩大出口,提高当地人民的生活水平。

交通部在香港的招商局①也迫于香港土地价格奇高,酝酿征用与香港隔海相望的深圳蛇口的土地建立开发区,利用香港资金办厂,为国家创汇。

1979年7月15日,中共中央、国务院批转广东、福建对外经济活动实行特殊政策和灵活措施的报告,决定在广东省深圳、珠海、汕头三市和福建省厦门市试办"出口特区",利用两省毗邻港澳台、华侨众多的优势,在对外开放中"先走一步"。之后,又将"出口特区"名称改为内涵更加丰富的"经济特区",提出首先集中力量把深圳特区建设好。

晨光熹微,经济特区犹如一轮旭日跃出了海平面,给中国大地染上了万道金光。这是为中国人民的生存杀出的一条血路,这是为中华民族的伟大复兴闯出的一条生路!

党的十一届三中全会在勤劳勇敢的中国人民心中点燃了熊熊的烈火,再也按捺不住了,那憋在心中太久的一股劲迸发出惊天动地的力量。穷则思变,奔着过上好日子的念头,甩开膀子、撸起袖子大胆干了起来。被压抑了几十年的经济动能,瞬间释放了出来。

---

① 交通部香港招商局,是驻在香港的一个百年老企业。新中国成立前,原是国民党政府的产业。新中国成立后,招商局在内地的资产、员工被全部接管;1949年秋,招商局在香港的员工宣布起义;翌年初,中华人民共和国政务院派员接管。

1980年8月26日，五届全国人大常委会第十五次会议批准了国务院提出的《广东省经济特区条例》，鼓励外国公民、华侨、港澳同胞投资兴办企业，依法保护合法权益；对特区企业进口生产所必需的机器设备、零配件、原材料、运输工具和其他生产资料，免征进口税。

这一天，深圳、珠海经济特区正式设立，8月26日也成了深圳、珠海经济特区的生日。

深圳经济特区东起大鹏湾边的梅沙，西至深圳湾畔的蛇口工业区，面积327.5平方千米；珠海经济特区规划在东、中、西三片人口较少的6.81平方千米区域。国务院给深圳、珠海定位为兼营工、商、农、牧、住宅、旅游等多种行业的综合性特区。

1980年11月厦门经济特区设立，规划在三面临海荒芜沙地的湖里地区建设2.5平方千米的工业区。

1981年11月汕头经济特区设立，在龙湖村1.6平方千米的荒滩上，重点建设出口加工区。

风潮涌动，中国的改革开放和经济发展从经济特区起步了。

从1979年7月15日中央决定设立经济特区后，加工贸易初级产品料件进口和加工成品的数量陡增，加上特区建设所需的大量建筑材料和机械设备蜂拥而入，改革开放汹涌的大潮正前所未有地考验着进出境口岸。

1979年，深圳打开文锦渡口岸通道，开通香港货运车辆进出口通关，每天通过的货运车辆高达1 400~1 600辆，平均每分钟要通过2~3辆。按照当时海关的规定每车必查，而且是严格检查。每天进出境的车辆排起了无尽的"长龙"。

令我记忆犹新的是，1980年的1月7日，中断了30余年的上海至香港客运航线复航，首航香港的"上海轮"满载四百多位香港旅客返航。这是上海口岸自新中国成立以来首次面临大客流的入境。

当时由于国内物资匮乏，缺衣少食，还实行着凭票凭证计划供应，城市人口成人每人每月30斤[①]粮票，每年1丈[②]或8尺[③]布票。香港同

[①] 1斤=0.5千克。 [②] 1丈=3.33米。 [③] 1尺=0.33米。

胞多少年难得回乡一次，为了接济国内亲友，每人都带着好多包裹，装满了衣食用品。可当时国家对携带物品入境是有限制的，回乡探亲的港澳旅客携带进境的行李物品，限定总重量30千克。其中各种衣服共35件，每种限合理数量：鞋袜头巾共10双（条）、床上用品每种1件共3件、各种衣料（单幅）共10米。还限定各种食品15千克、零星日用品共人民币20元。手表、收音机、电视机、录音机、照相机、电风扇、自行车、缝纫机，每人每年征税放行其中的1件。携带超量物品入境，按照当时的入境旅客行李物品进口税率计征税款，如粮食20%、食品和饮料100%、棉麻衣着用品100%、人造和合成纤维纺织品及衣着用品150%等。

海关是为国家守门的，执行国家的法令法规，对进出境物品实行严格检查，征收税款。当时实行"人人过筛、细查细验"，箱包要一个个打开检查，衣服要一件件数，布料要一块块量。上海海关在高阳路码头仓库临时开辟了大型的海关检查现场，一排排的检查台，一个关员对一名旅客进行检查，办理一次入境行李检查耗时很长。人手不够，连海关食堂管理员都披挂上阵了。

面对进出境大客流、大货运量的冲击，我国海关当时又是如何应对的呢？

新中国成立后，国家设立海关总署，实行中央垂直统一领导，管理全国海关。随着国家政治经济体制的改革，国家对进出口贸易实行管制政策，进出口货物按照计划由专业外贸公司对口经营。1967年7月起，海关对外贸公司统一作价的进口商品停止征收关税，改由外贸公司并入外贸利润统一缴库，海关统计也已中断。各地海关一度归属外贸部门和地方的领导。"文革"期间，云南等边境地区的海关机构更是层层下放，有的甚至归属当地公社领导，广西凭祥海关竟改制为其监管对象——凭祥外运公司下属的一个海关科。

1978年1月，上海海关9位关员联名写信给国务院领导，建议恢复对进出口货物征收关税，终盼来石破天惊的决策。1979年8月，时任副总理李先念批示肯定了上海海关同志的建议。1980年1月恢复海关征收关税，2月国务院决定改革海关管理体制，成立海关总署，直属国务院。从此，海关对进出境管理的职能得以逐步恢复和加强。

打开的国门，顺应着改革开放的发展。

处于国家改革开放前沿的中国海关，为了促进改革开放国家战略的实施，适时地将海关工作方针从过去的"政治经济保卫"调整为"促进为主"，把工作着眼点从严查细验转移到促进对外经济贸易和科技文化交流上来。中国海关探索自由贸易，实行税收优惠与便捷管理相结合的一系列措施，把工作重点调整到促进改革开放、服务外向型经济发展上来。

百废待兴，开放倒逼着改革。

九龙海关[①]采取灵活措施，对特区进口机器设备、建筑材料等生产资料先登记放行，保留征税权等国家具体规定后再补办征免税手续。

拱北海关对特区内企业免税进口的加工贸易机器设备和原材料，采取事先审核合同，事中重点抽查，事后深入工厂核查的办法加强监管，以便货到及时验放。

汕头海关对进入特区的基建材料、生产出口产品所需的机器设备以及供特区内使用的物资，予以减免税优惠，采取船边直接验放。

厦门海关凭企业"不运出特区外、移作他用或变卖处理"的书面保证函登记放行，对特区生产建设急需物资优先验放。

经济特区采用世界通行的自由贸易区形式，划定特定区域，实行关税减免等优惠措施，创造良好的投资环境，鼓励外商投资，引进国外先进技术和管理方法，促进经济特区和国家经济技术的发展。这是国家给予经济特区的优惠政策，对于支持促进经济特区的建设与发展起到了重要的作用。

1980年8月，深圳特区进口各类物资4万多吨。九龙海关对蛇口工业区进口的建筑材料、机械设备、生产原材料和生活必需品等，凭招商局证明免税放行。对深圳经济特区10多家合资企业进口的生产资料全部免税，对进口的机器设备、建筑材料等，先登记放行，后补办手续，对生活资料则按章征税。

---

① 九龙海关为深圳海关的前身，1887年设立于香港新界，1898年落入英国管辖，后撤到宝安县，仍沿用九龙海关名称，以体现中国对香港的主权。1997年7月1日香港回归祖国时更名为深圳海关。

1982—1985年，深圳经济特区基本建设全面铺开，进口大批的办公、通信、供电、供水等设备，九龙海关"特事特办"免税放行，对前期减半征税的餐料、物料和公用物品准予免税，对特区内企业进口自用应税物品登记放行，以方便特区物资的进出。

据当时九龙海关的统计，1983—1985年，共验放深圳经济特区进口货物359万吨，货值282亿美元。这一进口货值已大幅超越改革开放前1978年全国进口货物108.93亿美元的总值，占1983—1985年同期全国进口货物总值910.50亿美元的30.97%。如以当时进口货物50.87%的最低税率和海关代征一般商品工商统一税10%的税率，按照1985年的汇率计算，国家减免了深圳经济特区1 300多亿元的进口货物税收。而1983—1985年全国的财政收入合计是5 014.63亿元，国家减免深圳经济特区进口货物的税收约占到当时全国财政收入的26%。

这是国家给予经济特区的一个大红包，好比是一封"利是"，助推经济特区的起步发展。

我第一次去深圳是在1980年的4月，那时的我是上海海关查私处办案科的科长。当时广东沿海一些地区走私进口大量的生活用品和生产资料，特区一些企业免税进口的物品被贩运到上海和内地其他地区进行非法销售。于是，我们经常要去广东一些走私行为严重的地区查办案件。

当时深圳特区是边防禁区，外来人员需凭"边防通行证"方可进入。我们出差办案住在罗湖口岸九龙海关的招待所。罗湖口岸连接香港，香港与宝安的界河——深圳河就在招待所的窗下，宽不过七八米，跨过桥头中间线就是香港的管辖地。

图1-3　1980年笔者在深圳罗湖口岸铁路桥分界处留影

中国自由贸易之路

我在写作过程中,查阅了1972—1984年间广东省委办公厅编印的《中央对广东工作指示汇编》,看到经济特区建设初期,上层对特区姓"社"姓"资"还有不少争论,有些人心存疑虑,多有非议;有的甚至把经济特区与"租界"联系起来加以指责。加之,广东、福建沿海地区和经济特区又出现了大规模的走私,中央各个调查组纷纷开展特区检查。今天读来字里行间仍感到"千斤重担压在肩头",特区建设一度举步维艰。

我在《谷牧回忆录》中看到:"在当时,党中央、国务院严肃提出开展打击经济领域里违法犯罪的斗争,并为此采取有力的措施是完全必要的。由于那次走私贩私的泛滥主要是在开放地区发生的,有些人就对开放画问号了,特别对举办特区的这件事摇头了……本来应当进入草木芳菲阳春季节的经济特区,却很有点风雨萧瑟的味道。"字里行间无不透露出这位经济特区领导者的深深忧虑。

1982年3月24日到4月14日,时任国务院副总理、国务院特区办主任的谷牧到深圳、珠海经济特区检查工作,对办什么样的特区提出要求:一是要办成综合性特区,利用外资,由小到大,由劳动密集型的来料加工,逐步提高引进先进技术,学到外国先进管理经验。特区搞好了能为稳定港澳、争取台湾回归祖国创造更有利的条件。特区的产品以外销为主。二是要分期分批有步骤开发。三是特区体制改革要先行一步,闯出一条新路子。四是抓好经济建设的同时,要注意抓精神文明建设。今日读来,很是感动,内心充满敬仰之意。

为了促进经济特区的稳定发展,保证改革开放政策在特区顺利实施,1982年6月2日,国务院批准设立深圳经济特区管理线。东起大鹏湾码头,西至珠江姑婆角码头,修筑了一条全长84.6千米、高2.8米的铁丝网隔离线,把深圳分为特区内和特区外。特区内面积327.5平方千米。特区管理线于1986年4月1日正式启用,按照边境管理规定实施严格管理,进入特区的人员必须持有通行证,进出特区的货物由海关实行监管,为深圳经济特区"一线放开、二线管住"的管理模式创造有利条件。

1983年1月,九龙海关沿特区管理线设立了南头、沙湾、布吉、梅沙、盐田、西沥分支关,以及经济特区业务处和深圳车站、笋岗车站办事处等9个二线海关,对深圳特区实行"境内关外"的管理。货物运出特区,由海关征收关税和发放许可证管理。

对经济特区内的企业,九龙海关设立《特区企业免税进口货物登记账册》,由企业填写自报,主管地海关核查,发现有擅自转让减免税货物的,从严处理。

历史大潮,稍纵即逝,奔流不回。

1984年1月24日至2月10日,邓小平前往深圳、珠海、厦门经济特区视察,仔细听取了特区的工作汇报,详细察看了特区的建设情况,并欣然为珠海、深圳、厦门经济特区题词:"珠海经济特区好""深圳的发展和经验证明,我们建立经济特区的政策是正确的"和"把经济特区办得更快些更好些",极大地鼓舞和振奋了经济特区的建设发展。

按时任副总理谷牧同志当时的话说:"在对外开放艰苦行进之时,小平亲自出马了。"

一股寒流过后,经济特区的春天来临了。

以邓小平第一次视察经济特区为标志,扫除了前进的障碍,经济特区进入新的发展时期。

1981—1985年,深圳经济特区快速发展,地区生产总值从4.96亿元增长到39.02亿元,年均增长51.06%;工业总产值从2.67亿元增长到24.67亿元,年均增长56%;固定资产投资从3亿元增长到33.3亿元,年均增长61.83%。但在这一连串漂亮的数字背后,也凸现了经济特区发展中存在的不容忽视的问题。

以深圳经济特区为例,1983年工业总产值7.2亿元,建筑业占了6亿多元,真正的工业总产值只有1亿多元。自1980年建立特区以来,深圳社会商品零售总额超出工农业总产值,仅1983年就超出56%。这说明深圳经济特区产业不是以工业为主,而是以转口贸易为主,而且只是赚了内地的钱,由此产生的高额利润支撑了特区的表面繁荣;所建立的大多是劳动密集型加工业,远未达到引进先进技术的目的。产品出口慢,1984年四个经济特区加起来商品出口总额仅为4亿多美元。产品进口多于出口10亿多美元,这是在利用国内外差价做倒手生意。

"靠贩卖舶来品去赚人家的钱,或者靠偷税漏税去发家,这不光彩。必须建立自己的工业基础,生产出拳头产品打进国际市场。没有工业做后盾,就会成为'软骨美人'。要把深圳办成以出口为主、以工业为主真正外向型的综合性经济特区。"这是谷牧副总理当时对经济特区语重心长的一番话语。

磨揉迁革,使趋于善。中央力促经济特区加快转型发展。

1986年2月7日,国务院批转的《经济特区工作会议纪要》指出:经济特区今后的任务是建成以工业为主、工贸结合的外向型经济,把更多的先进技术引进来,使更多的产品进入国际市场,更好地发挥"四个窗口"的作用。并要求再经过十年,把经济特区建成高水平外向型经济特区,既是产业结构合理、科学技术先进、生活文明富裕的发达地区,又是万商云集、通向世界的出口基地。

从1986年开始,深圳经济特区进入探索发展外向型经济和全面市场化经济改革的新的发展阶段。投资环境进一步完善,建设了一批新的工业区,利用外资和技术兴建了港口、码头、油库、核电站、高速公路等基础设施;开始了皇岗新口岸、福田新市区、深圳机场等的建设;扩大招商引资力度,加强与内地特区以外地区的横向联合,推进经济发展;与中科院合作发展高新技术产业;组建外贸骨干企业发展对外贸易;等等。通过一系列开发措施,迅速形成了以工业为主、工贸结合的外向型经济新格局。1987年深圳经济特区出口贸易总量大于进口,终于扭转了贸易逆差的局面。1988年深圳出口总额居广东省首位,全国大中城市第二位。

全面推进市场经济体制改革,率先实行国有企业股份制改革,开放金融市场,引进一批外资银行,创办了招商银行、深圳发展银行,成立外汇交易中心,建立有色金属期货市场,公开发行股票,建立证券交易所。公开拍卖土地,推进商品房制度。改革旧体制,创新新机制,极大地推进了深圳经济特区的发展。工业化步伐加快,城市建设突飞猛进,1989年深圳经济特区地区生产总值突破100亿元,年均增速30%。

珠海经济特区于1983年6月29日和1988年4月15日,两次扩区到121平方千米。2009年8月14日,国务院批准将横琴新区纳入珠海经济特区,特区面积增至228平方千米。2010年10月1日起,珠海经济特区扩展至全市，陆地面积 1 700 平方千米，加上海域面积，达到 7 653 平方千米。

珠海经济特区及时调整完善发展思路，实施功能区带动战略，大办实业经济，发挥高新区、临港工业区、保税区、横琴经济开发区、万山海洋开发试验区的集聚辐射和带动作用，珠海经济特区进入了新的发展时期。

1984 年 5 月，厦门经济特区由 2.5 平方千米扩大到全岛，总面积达 131.8 平方千米，并享有"自由港"的某些特殊政策。之后，中央又相继批准设立海沧、杏林、集美三个台商投资区，致力于先行先试，全面拓展对台交流合作，提升产业对接的规模、层次和水平。

在厦门经济特区发展的关键时刻，习近平同志奔赴厦门担任市委常委、常务副市长，分管经济特区管理建设，牵头研究制定了推动经济特区改革发展的一系列政策措施，提出"经济特区的任务就是改革，经济特区应改革而生，我们要承担起这个责任"。

天将降大任于斯人也。

习近平同志作为厦门经济特区初创时期的领导者、拓荒者、建设者，立足厦门经济特区的自身条件，推动金融机构企业化经营，成立华侨投资公司和地方保险机构，建立外汇调剂中心；在全国首次提出"小政府、大社会"原则，建立精简、高效、廉洁、团结的特区政府，开启了一系列改革开放和经济建设的生动实践，许多思路和举措都具有开创性和前瞻性，为厦门经济特区的发展注入磅礴活力。

汕头是著名的侨乡，汕头经济特区因侨而立，潮汕大地因侨而兴。现今分布世界各国的华侨华人约 5 000 万，潮汕籍侨胞就有 1 000 多万，遍布世界 40 多个国家和地区，且在当地都具有重要的影响力。汕头经济特区的区域面积于 1984 年 11 月 29 日扩大为 52.6 平方千米，分龙湖和广澳两片区。1991 年 4 月 6 日，再次扩区到 234 平方千米，基本覆盖整个汕头市区，汕头经济特区向多功能经济特区发展。

1988 年 4 月 13 日，七届全国人大一次会议决定设立海南省，建立海南经济特区。这是中国最年轻的省份，也是最大的经济特区，但又是经济总量不及全国 1% 的欠发达的经济小省，基础薄弱，经济落后。尤其是1985年的"汽车事件"和1989年的"洋浦风波",加之20世纪90年代初的房地产"泡沫经济",使海南经济特区建设陷入了困境之中。

1990年,深圳、珠海、汕头、厦门四个经济特区的工农业总产值已增长到305.6亿元,其中工业总产值达到296亿元;累计实际利用外资41.7亿美元;外贸出口46.8亿美元,且出口大于进口12亿多美元,成为全国经济增长最快的区域、重要的外贸基地和外商投资的热土。

1992年1月19—29日,时隔8年,88岁高龄的邓小平再次视察深圳、珠海经济特区,看到由他倡导并坚定支持的经济特区已结出丰硕的"果实",他非常高兴。他高瞻远瞩,排除干扰,运筹帷幄,充分肯定经济特区取得的成绩,并为中国改革开放和经济特区建设发展,发表了具有深远影响的讲话。他登上当时中国第一高楼53层的深圳国贸大厦俯瞰深圳全貌,提出了"再造几个香港"的愿望。在皇岗口岸深圳河大桥桥头,他久久地凝视着对面的香港,期盼着香港回归祖国的那一天。在他走向码头乘坐拱北海关902缉私艇离开深圳时,突然又转回来,叮嘱深圳经济特区的领导"你们要搞快一点",这之中的深情厚意饱含着改革开放总设计师对经济特区快速发展急迫的期盼。

图1-4　1992年1月23日邓小平视察乘坐的海关902缉私艇

在珠海采访时,我与拱北海关几位老缉私关员相约品茗聊天。他们拿着当年邓小平乘坐902缉私艇来珠海视察的照片,深情地回忆着当时的情景。

1992年1月23日，邓小平乘坐902缉私艇，由深圳蛇口前往珠海视察，队长黄健搀扶着小平同志走上船舷。在这段1小时45分钟的难忘的历史航程中，拱北海关关员见证了中国改革开放历史上重要的"南方谈话"。

902缉私艇是当时全国最先进、战功卓著的英雄缉私艇，先后查获海上走私案件800多宗，总案值3.3亿元，曾50多次接送党和国家领导人视察。902缉私艇放慢航速，平稳航行。小平同志在艇上兴致很高，不断叮嘱身边人："你们要搞快一点！"

"改革开放胆子要大一些，看准了的，就大胆地试、大胆地闯。"小平同志的"南方谈话"掀起了中国改革开放的第二次浪潮，标志着经济特区发展进入了崭新的时代。

风起云涌，中国的改革开放和经济发展从经济特区起飞了。

随着国家改革开放的全面推进，经济特区建设进入了转型发展的新阶段。

深圳经济特区向高层次、宽领域、纵深化发展，呈现快速发展的新态势。产业结构发生战略性转移，高新技术产业发展迅速，"三来一补"①传统密集型企业发展成为外向型经济的出口基地，建立起比较完善的社会主义市场经济体系，经济社会持续快速地发展。从1993年到2003年的十年间，地区生产总值由453.14亿元增长到3 585.72亿元，增速位居全国第一。进出口贸易由282.04亿美元增长到872.31亿美元，连续领跑全国大中城市。经济总量迅速上升，排名仅次于上海、北京、广州之后，位居全国大中城市第四。

珠海经济特区于1992年成立了国家高新技术产业开发区，多家世界500强企业入驻。国家软件产业基地、留学人员创业园等孵化器和产学研基地走向成熟，培育了格力电器、伟创力集团等优势企业，电子信息、生物技术、光电一体化等高新技术产业成为发展的龙头。

厦门经济特区提出实施自由港的某些政策，进一步深化两岸经济合作。1995年厦门台资企业达到1 800家，投资金额24亿美元；1998年大

---

① "三来一补"是"来料加工""来料装配""来样加工"和"补偿贸易"的简称。

嵴设立对台小额贸易交易市场，零售原产于台湾地区的货物，每人每天享受1 000元的免税额度（2006年增加到3 000元），1999—2005年进入交易市场的游客330万人次，交易总额达3 000多万美元；2005年设立全国首个享受零关税优惠的台湾水果销售集散中心，2008年进口台湾水果和水产品1 600多吨，占大陆进口总量的40%；2009年对台贸易达42亿美元；厦金直航往来人次达120万人次，实现两岸空中和海上直航常态化客货运。先行先试两岸贸易和人员往来便利化，积极做大"小三通"，稳步推进"大三通"，不断提升经济特区改革开放的层次和发展格局。

随着我国对外开放的逐步深入推进，上海浦东新区、天津滨海新区、高新技术产业开发区、保税区等全方位、多层次、多形式的特殊经济区域不断涌现，经济特区实行的某些优惠政策和灵活做法已逐步推行，新经济区域以点、线、面的发展路径呈现展开，已成为我国区域经济发展的重要形式，成为中国新一轮改革开放的重要标志。

1996年4月，国家发布《特定区域自用物资进口税收返还管理办法》，对经济特区自用物资进口不再免税，按国家核定额度，实行先征后返，过渡期五年，税收返还比例逐年递减20%。2000年年底，延续多年的经济特区自用物资进出口减免税优惠政策停止。时任总理朱镕基答记者问时曾说："现在特区已经不'特'了，已经没有什么优惠的政策了，全国都是一样的。我们并不按地区来优惠，而是按产业来优惠。"

1996年4月1—3日，国务院在珠海召开经济特区工作会议，要求经济特区把主要依靠优惠政策转移到提高整体素质上来，以二次创业精神，争创新优势，更上一层楼。

经济特区经过二十年的砥砺前行，已进入成长期，在改革开放的征途上将以二次创业反哺国家。经济特区自用物资进出口减免税优惠政策的停止，并不意味着经济特区建设发展的终止，而是进入了新的发展时期。

经济特区将贯穿于中国改革开放的全过程，贯穿于中国现代化建设的全过程，以特区已有的优势，继续当好改革开放的排头兵，加快实现发展方式的转变，早日建成现代化国际大都市，构筑中国区域经济的新版图。

云舒霞卷，中国的改革开放和经济发展从经济特区腾飞了。

深圳经济特区提高引进外资的质量，特别注重引进高新技术和知识密集型企业，促使高新技术产业异军突起，外贸质量水平得以大幅提升。开始实施走出去战略，对外贸易取得了快速发展，经济保持年均20%的增长速度。城市建设、城市人口都呈现快速增长，综合经济实力跃居全国大中城市前列，实现了跨越式的发展。

跨入21世纪，我国进入全面建设小康社会、加快推进社会主义现代化建设的新的发展阶段。2000年11月14日，时任总书记江泽民在深圳经济特区建立20周年庆祝大会上提出：在新的历史条件下，经济特区要认真总结成功经验，抓紧解决存在的问题，继续"争创新优势，更上一层楼"。努力创造新的业绩，率先基本实现现代化。积极探索实践建立社会主义市场经济体制，大力推进科技创新，加快结构调整和产业优化升级，实现经济增长方式的根本转变。

2003年4月，时任总书记胡锦涛视察深圳经济特区，要求深圳经济特区加快发展，率先发展，协调发展，继续走在全国的前列。2005年9月，时任总理温家宝在深圳考察时指出：深圳要肩负起新的历史使命，攀登新的高峰，率先基本实现现代化，在全面落实科学发展观方面走在全国的前列。

2002年6月，时任福建省委副书记、省长的习近平到厦门调研，指出"厦门本岛基本饱和，而岛外发展明显滞后，经济腹地空间小……拓展中心城市发展空间，扩大经济发展腹地，已成厦门建设发展当务之急"，并发出了"提升本岛、跨岛发展"的动员令，鼓励厦门加快从海岛型城市向海湾型生态城市的转变。

2004—2008年的五年间，深圳经济特区高新技术产业连续跨越3 000亿~8 000亿元的5个千亿元台阶，年均增长27.8%，产品附加值年均增长28.0%，高新技术产业、现代物流和现代金融业成为特区经济社会发展的三大支柱产业，深圳经济特区成为全国高新技术产业基地和IT重镇。

2009年1月10日，时任中共中央政治局常委、国家副主席的习近平在考察澳门时宣布：中央决定开发横琴岛，并充分考虑澳门经济适度多元发展的需要。2009年8月14日,国务院发布《关于横琴总体发展规划的批复》,把横琴纳入珠海经济特区范围,以充分发挥横琴地处粤港澳结合部的优势,率先发展探索"一国两制"条件下粤港澳合作的新模式。这对珠海经济特区提出了新的使命,为珠海经济特区发展注入强大动力。

2014年9月,国务院批准在汕头经济特区设立华侨经济文化合作试验区,以凝聚侨心,汇聚侨力,发挥华侨资源在新一轮对外开放中的作用和独特优势,构筑华侨精神家园,为新时期全面深化改革、扩大对外开放探索新路,努力开创汕头经济特区改革开放和经济社会发展新局面。

海南经济特区不断提高对外开放水平,先后设立了洋浦开发区、海口保税区、亚龙湾国家旅游度假区等,率先实行落地签证政策,已逐渐成为新的国际旅游度假胜地,特区发展实现了历史性的突破。2007年生产总值由建省办经济特区前1987年的57.28亿元,扩大到1 229.6亿元,增长20.47倍;工业总产值突破1 000亿元大关,接待旅客1 845.51万人次,旅游收入171.37亿元。交通、通信、电力等基础设施不断完善,为海南经济特区的大规模开发营造了良好的硬环境。

2009年12月31日,国务院下发《关于推进海南国际旅游岛建设发展的若干意见》,提出将海南建设成为"生态环境优美、文化魅力独特、社会文明祥和的开放之岛、绿色之岛、文明之岛、和谐之岛"。海南经济特区建设再次上升为国家战略,海南经济特区进入了新的战略发展机遇期。

2010年深圳经济特区扩容到全市1 948平方千米,接近香港面积的两倍,2011年又延伸至深汕特别合作区。为了促进深圳经济特区的一体化发展,实现超大城市的规划管理,2018年1月6日,国务院决定撤销深圳经济特区管理线。这次我在深圳经济特区采访,在深圳海关同仁的陪同下,我特地来到南头海关。这里是沿广深公路进入深圳经济特区的"二线"主要门户,当年建设的"二线"检查站和铁丝网隔离墙、巡查道仍然横亘在原地,把深圳"一分为二"地割裂开来。当时设立的"二线"从农民的水塘、稻田中划过,为了便于农民耕作,于是设置了29个耕作口,当地农民可以就近"过境"种地。如今,这已成为深圳经济特区过往的历史。为了留住这段记忆,我在铁丝网隔离墙前留影纪念。

我在深圳 5 天的采访，从昔日罗湖口岸的荒凉萧条到今天皇岗口岸的通衢大道，从旧时简陋落后的东门老街到如今繁华的城市景象，从夙昔贫困潦倒的渔民村到当前高楼林立的国际化大都市，从畴昔开山填海的蛇口码头到而今喷薄崛起的前海新城，我努力地想寻找旧时深圳的印记。但深圳已一改曩昔的旧貌，换了人间。我说，朋友，如果你有时间，请一定到深圳来看一看。这是一座英雄史诗般的城市，作为经济特区建设发展的领头羊，孕育出了华为、腾讯、中兴、比亚迪、巨人等一大批创新型企业，高新技术产值占比 90%，成为国内高新科技的重镇。

图 1-5 "时间就是金钱，效率就是生命"标牌矗立蛇口街头

1982 年我去深圳蛇口时，曾看到街头竖立着"时间就是金钱，效率就是生命"的标语牌。这次在深圳前海蛇口自贸片区采访，我特意去寻找，想再去看一下这块标语牌，体会一下现今的感受。

在蛇口大南山脚下车辆川流不息的转角处，"时间就是金钱，效率就是生命"十二个金色大字镶刻在黑色大理石上，金光闪烁，熠熠生辉，几经风雨，依然矗立。当年蛇口工业区的当家人、"蛇口模式"的探索创立者袁庚的塑像屹立在深圳博物馆广场上，塑像中的他正挽起衣袖大步前行，好似要赶去人民大会堂纪念改革开放 40 周年大会领取功勋奖章。深圳博物馆展示着袁庚的至理名言："蛇口的发展是从人的观念转变和社

中国自由贸易之路

会改革开始的。"我深情地注视着这一深圳特区精神的标牌,思绪又回到了当年深圳经济特区开山辟地热火朝天建设的情景。

"时间就是金钱,效率就是生命"这句话在今天看来似乎已很平常,也很符合社会的发展,可在当时却是冒天下之大不韪的,引起了轩然大波。直到1984年小平同志视察时得到肯定和赞许,才响彻全国,被誉为"冲破思想禁锢的春雷"。

这一体现"深圳精神"的标牌,揭示了"发展就是硬道理"的理念,是当年"杀出一条血路",大干快上的写照,激励着特区冲破思想禁锢,砥砺前行。改革开放40多年来,深圳日新月异的发展速度,也正是对深圳精神的最好诠释。

据深圳市统计公报,2018年,深圳生产总值24 221.98亿元,首次超越香港;规模以上工业增加值9 109.54亿元,其中,先进制造业和高技术制造业增加值分别为6 564.83亿元和6 131.20亿元,占规模以上工业增加值比重分别提升至72.1%和67.3%;进出口贸易总额29 983.74亿元,其中,出口总额16 274.69亿元,进口总额13 709.05亿元。初步实现了经济特区总设计师邓小平"再造一个香港"的伟大宏愿。

同时,深圳还连续五次荣获"全国文明城市"称号,彰显了深圳经济特区在经济、政治、文化、社会、生态文明建设中协调发展的突出成就。

这次我到深圳采访,深圳海关二位久违的上海籍老同事热情地邀我再次到深圳国贸大厦旋转餐厅小酌。这里离深圳海关人员居住的家属区只有几百米的距离。

国贸大厦坐落在罗湖商业区,1982年10月开工,1985年12月竣工,高160米,共53层,是当时全国最高的建筑,由中国人自己设计和施工,以三天一层楼的速度建成,创造了建筑史上的新纪录,被赞誉为"深圳速度"。1992年1月20日,邓小平到深圳国贸大厦参观并听取工作汇报,充分肯定深圳在改革开放和建设中取得的巨大成绩,并作重要指示。在这里响起了声震寰宇的"南方谈话"。

我在1986年到深圳查办走私案件时,工作闲暇之余便在这两位海关同仁的陪伴下首次参观了国贸大厦,这让当时我这位从上海大都市来的老乡激动不已。如今,时隔 32 年再次登临,对在上海看惯高楼大厦的我来说,仍然怦然心动、欢忻鼓舞。

树老根多,人老话多。久未谋面的特区发展见证人,打开了话匣子就收不住了。

1980 年初次到深圳时,他们二位配合我一起办案。那时的深圳真是一穷二白。我们有个不成文的规矩,凡是到深圳出差的人员,都得为老乡捎带些上海产的毛巾、香皂、牙膏等日用品。如能带上几块上海的蛋糕点心,那得美滋滋好多天。

罗湖当时是深圳进出香港的主要通道,是深圳的门面。深圳经济特区建设首先从罗湖拉开序幕。那时罗湖口岸区域是边境禁区,一片低洼空地,只有一条广深铁路直达口岸的火车站。回港的旅客通过检查,步行走过界河的铁路桥,再换乘香港的火车,一路上熙熙攘攘人来人往。我们一起聊到有次在罗湖办案,恰遇暴雨,罗湖口岸区域顿时成了水乡泽国,好多打扮时髦的香港女子,一手拿着行李,一手拎着高跟鞋,赤脚淌着尺把深的积水艰难地行走着。那时是经济困难时期,不舍得皮鞋踩在积水中。在内地下雨地面积水时赤脚淌水司空见惯,但是在罗湖口岸,第一次看到香港旅客过境都打赤脚,心里很不是滋味。

以前国贸大厦是金鸡独立,一枝独秀。如今,高楼林立,它已陷入重围。大家席间交谈的话题,都离不开改革开放给深圳带来的翻天覆地的变化和突飞猛进的发展,都离不开对党的改革开放富民政策的赞美。作为一个在上海大城市生长的我,虽然已习惯于大都市的景象,但我从心底还是要为深圳点个赞,为深圳经济特区建设发展所取得的举世瞩目成就倍感骄傲。

深圳经济特区是中国改革开放的"试验场",昔日的边陲小镇已发展成为国际大都市、全国经济中心城市,创造了世界工业化、城市化、现代化史上的奇迹,是中国改革开放 40 多年辉煌成就的精彩缩影。

前些日子,我们一群上海海关的退休关员自行组团去美国旅行。在拉斯维加斯,导游介绍拉斯维加斯以前曾是荒凉沙漠包围的山谷,一个破落的村庄,现在已发展成为世界旅游度假城市。这里灯红酒绿、繁华时尚,被称作"人间天堂"。我想,深圳与拉斯维加斯都是从名不见经传的小村庄发展成为国际化的城市，都有着骄人的发展业绩。但是一个是高科技的文明大都市，一个是以博彩业闻名的旅游城市，就对人类社会的发展，对世界的贡献而言，那自然是无法比拟的。这是东西方两个文明、社会主义与资本主义两种制度的比较。深圳经济特区的快速发展，乃至改革开放40多年来中国经济社会发展的事实证明，我们取得成绩和进步的根本原因，可以归结为开辟了中国特色社会主义道路。经济特区的成功实践，中国经济社会发展的成就，使我们对党的十九大提出的"道路自信、理论自信、制度自信、文化自信"，更有了一份完完全全的自信。

深圳经济特区留给我们的不仅是一个现代化的国际大都市，它更是一种在迈向中华民族伟大复兴路上的精神。

40多年来，深圳、珠海、汕头、厦门、海南5个经济特区不辱使命，在建设中国特色社会主义伟大历史进程中谱写了勇立潮头、开拓进取的壮丽篇章。它以世界公认，并为之惊讶的快速全面发展，树立了社会主义现代化建设的标杆，确立了中国政治制度的自信力，回答了中国道路快速发展社会经济的问题，为中国走向现代文明做出了杰出的贡献。同时，也为发展中国家结合本国国情发展社会经济树立了典范。

中国经济特区的创办与成功实践，是改革开放以来实现历史性变革和取得伟大成就的一个精彩缩影与生动反映，是中国共产党执政的光辉杰作，是对党的正确领导和社会主义制度优越性的一个有力印证。

2018年4月3日，习近平总书记在庆祝海南建省办经济特区30周年大会发表重要讲话时指出：经济特区要不忘初心、牢记使命，把握好新的战略定位，继续成为改革开放的重要窗口、改革开放的试验平台、改革开放的开拓者、改革开放的实干家。发展经济特区，是建设中国特色社会主义的重要组成部分，将贯穿我国改革开放和现代化建设的全过程。我们完全相信在习近平新时代中国特色社会主义思想的统领下，经济特区将越发光彩四射，中国自由贸易将放射出更加灿烂的光芒！

加工贸易

加工贸易是发达国家向发展中国家产业的梯度转移，是当今世界普遍开展的国际贸易方式，体现了生产国际化、市场国际化、资本国际化的世界贸易格局。

第二次世界大战后，工业化大机器生产带来高额的生产率，发达国家借以调整产业结构，转移劳动密集型产业，促使经济在发展水平不同的国家间进行国际分工。全球曾发生三次较大规模的产业转移。第一次在 20 世纪 50 年代，美国将钢铁、纺织等传统产业向日本、联邦德国等地区转移；第二次在 60—70 年代，日本、联邦德国向亚洲"四小龙"和部分拉美国家转移轻工、纺织等劳动密集型产业；第三次在 80 年代，欧、美、日等发达国家和亚洲"四小龙"等新兴工业化国家（地区）把劳动密集型加工产业向中国内地等发展中国家转移。由此，带来了加工贸易在世界的兴起。20 世纪 80 年代，中国通过改革开放快速融入了经济全球化浪潮，逐渐成为第三次全球产业转移的最大承接地，成为了世界工厂。

加工贸易在海关有个标准的名称叫"保税加工"，意指经营者经海关批准，对进境的原材料和零配件进行加工后再出口的经营行为，海关对所涉货物实行自由贸易的税收保全，以便利加工贸易货物的自由进出。

我在查阅江海关[①]历史档案时看到记载，民国25年（1936）上海美亚织绸厂来料加工保税进口人造丝织品，江海关1名验货员长驻工厂，8名税警分四班值勤监视。改革开放前，加工贸易也曾在我国个别地区办理过，但数量很少。1950年上海外贸公司进口抽纱绣花原料，由进口商交保具结，产品在加工期限六个月内复运出口；1962年厦门土畜产进出口支公司从香港购买牛皮加工皮鞋出口；1976年北京市轻工业品进出口公司接受香港公司免费提供的"大牙拉链"加工人造革旅行包出口，海关对进口的原材料和辅料保税放行，"以进养出"。

1978年我国进入改革开放时期，国家对加工贸易实行税收保全和外汇留存的鼓励政策，加工贸易开始发展，20世纪80年代有了较大发展，90年代进入快速发展。广东、福建沿海地区由于毗邻港澳和台湾，众多侨胞旅居海外，接近东亚和东南亚国际市场，就率先成为加工贸易的集中区域。加之中国的廉价土地、原材料和劳动力资源，在当时的国际产业分工中具有充分的比较优势，对劳动密集型加工产业转移极具国际竞争力。

我长期在海关从事加工贸易实际监管，经历了加工贸易起步发展，深谙加工贸易在中国经济发展中的作用。也可以说，没有加工贸易，就没有中国外向型经济的发展。加工贸易为中国进出口贸易的发展、腾飞，做出了卓著的贡献，创造了卓越的业绩。

加工贸易通常分为来料加工、来件装配、进料加工和补偿贸易，俗称"三来一补"。来料加工和来件装配是由外商免费提供的原辅材料和设备保税进口，境内厂商按照外商的要求加工生产，收取加工费，产品返销出口；进料加工是境内厂商按照外商的产品要求，保税进口原辅材料，加工成品出口，进口原辅材料和出口成品各作各价；补偿贸易则是外方出售技术或补给设备，国内厂商保税进口原辅材料，以生产的产品分期偿还技术或设备的货款。

风起于青萍之末，浪成于微澜之间。

1978年5月，香港爱国实业家曹光彪获知中央即将实施改革开放政策，并向外资开放的消息，大胆投资700多万港元到珠海开办香洲毛纺

[①] 上海海关的原名，江海关大钟楼坐落在上海市黄浦区中山东一路13号外滩，是上海的地标性建筑。

厂,并引进设备、进口原料、培训员工、回销产品,珠海提供土地和工厂的建设管理,用回销产品价款分期偿还外商的投资。珠海经济特区以"敢为天下先"的勇敢精神,迎接全国第一个外商投资加工贸易企业的到来。

图1-6　1978年5月香港爱国实业家曹光彪投资开办全国第一家外商投资企业——珠海市香洲毛纺厂

这是春蚕破茧,首开加工贸易的先河。

这是开放倒逼改革,冲破长期计划经济的思想禁锢,在中国改革开放和外向型经济发展的进程中影响极其深远。从此,掀起了加工贸易外向型经济的雄壮序幕。

1978年7月15日,国务院发布《开展对外加工装配业务试行办法》,对进口料件和设备免征关税,海关凭加工合同查验放行,并给予企业留存外汇,鼓励发展来料加工。是年7月29日,香港商人张子弥带着几个手袋来到东莞虎门太平服装厂商谈"来料加工"制作手袋。由港

图1-7　1978年9月15日广东东莞创办的中国第一家太平手袋来料加工厂

中国自由贸易之路

商提供原材料和设备，东莞出厂房、人力，收取加工费，每个月加工费的20%偿还设备款。8月30日，太平服装厂与香港信孚手袋制品有限公司签订了5年的来料加工手袋合同。9月15日，中国第一家来料加工厂东莞太平手袋厂正式开工，工商批文号为"粤字001号"。

1979年3月，国务院发布《以进养出试行办法》，提出大力发展以进养出，把出口贸易做大做活，增加外汇收入。从政策法规上确立了加工贸易的地位。

国门刚刚开启，人们对外面的世界还很陌生，行事也很拘谨，对新政策的知晓度和认知度都还不足，人们的思想还习惯性地停留在计划经济的框框里，难以跨出。于是，海关主动宣传，下企业调研，有针对性地开展送政策上门服务，助推加工贸易的发展。1979年3月，福建粮油食品进出口分公司与香港和益公司签订补偿贸易协议，港方提供船用发动机及设备，中方捕捞和加工石斑鱼偿还设备款。上海第五丝织厂从日本引进织绸机，生产高档真丝绸，年利润达到1 400万元，是原利润的3倍多。舟山第二海洋渔业公司进口日本15艘渔船，捕捞鱼品偿还船款。在当时，这种不出本钱，由外商提供进口设备，国内企业进行生产返销产品，分期偿还设备价款的补偿贸易，很受企业的欢迎。

1980年2月6日，海关总署等国家部委下发《海关对加工装配和中小型补偿贸易进出口货物监管和征免税实施细则》，实行优惠政策，推行便利措施，促进加工贸易快速发展。

当时的中国，刚走出"文化大革命"的困境，开始发展经济，但面临原材料、外汇的缺乏。而来料加工不需要投资，又能创汇与解决大批人员就业。企业签订的对外加工合同到政府审批后，拿到海关就可以免税进口原材料和零配件，接着生产加工装配为成品出口。

国务院和国家管理部门接连颁布的文件，犹如一道道催战的令牌，吹响了改革开放的冲锋号角，加工贸易呈现扬鞭奋蹄之势。

广东省充分利用毗邻港澳的地缘优势，大力发展加工贸易。加工贸易迅速扩大到乡镇社队，呈现星火燎原之势。家家都是来料加工小作坊，全村男女老少齐上阵。

当时，我们经常去深圳出差办案，晚上就聚到海关朋友家中看香港电视节目聊天。主人忙着来料加工，我们自然不能闲着，也做起了来料加工"钟点工"。帮着把散装的手表金属表带一节一节地扣起来，往长毛绒玩具里充填尼龙纤维，给电子手表装纽扣电池贴标签……也忙得不亦乐乎。

据海关1980年5月的统计，自1979年以来短短的一年多时间，东莞全县3个镇、29个农业社、1个渔业社全部都开展了来料加工贸易，与外商签订加工合同480份，引进设备总值828万美元，仅合同工缴费一项就达1.75亿美元。1.75亿美元现在不是什么大数字，但要知道的是，1978年年底我们整个国家的外汇储备金仅为1.67亿美元。

一个县一年的来料加工工缴费已超出整个国家的外汇储备，可见当时国家的外汇储备是多么的捉襟见肘，又可见加工贸易对于引进国际资本、技术设备和现代化管理，打开国际市场，为中国经济腾飞积蓄力量，是多么的重要。

以下报告一组20世纪80年代海关总署统计的全国加工贸易发展情况（如表1-1所示）。

表1-1　1981—1990年全国加工贸易发展情况表

外贸总值、外汇储备单位：亿美元

年份	全国外贸总值	其中外贸出口总值	其中加工贸易总值	加工贸易增速/%	加贸总值占全国外贸总值/%	加贸出口值	加贸出口值占全国外贸出口总值/%	国家外汇储备
1981	440.2	220.1	24.9		5.6	10.6	4.8	27.1
1982	416.1	223.2	35.2	41.7	8.5	15.2	6.8	69.9
1983	436.2	222.2	42.2	19.7	9.7	19.4	8.7	89.0
1984	535.5	261.4	58.4	38.6	10.9	28.6	10.9	82.2
1985	696.0	273.5	75.4	29.1	10.8	34.2	12.5	26.4
1986	738.5	309.4	123.2	62.4	16.7	56.2	18.2	20.7
1987	826.5	394.4	191.9	55.7	23.2	89.9	22.8	29.2
1988	1 027.8	475.2	291.7	52.0	28.4	140.6	29.6	33.7
1989	1 116.8	525.4	369.5	26.7	33.1	197.9	37.7	55.51
1990	1 154.4	620.9	441.8	19.6	38.3	254.2	40.9	100.9

加工贸易起步十年,犹如阪上走丸,神速发展。加工贸易总值从1981年的24.9亿美元,增加到1990年的441.8亿美元,增长16.7倍,占全国外贸总值的比率从5.7%,快速增长到38.3%。尤其是加工贸易出口值从1981年的10.6亿美元,增加到1990年的254.2亿美元,增长22.9倍,占全国外贸出口总值的比率从4.8%,快速增长到40.9%,约占"半壁江山"。国家外汇储备也从1981年的27.1亿美元,增加到1990年的100.9亿美元,可见加工贸易对外向型经济的发展和外汇储备增长所起的作用。

1979年放开外贸经营权后,广东、福建大量引进外商投资,加工贸易货物大量进口,而一些地方简政放权,加工贸易合同审批层层下放,不具备来料加工条件的"三无"(无厂房、无设备、无工人)企业增多,"来料不进厂,进厂不加工,加工不出口"。进口以多报少,出口以少报多,有的甚至直接倒卖加工贸易保税进口货物,走私违法活动一度猖獗。

1980年9月8—22日,九龙海关在文锦渡口岸突击检查103辆货车,查获走私案件30起,占比34%。其中,来料加工以少报多进尼龙布2.8万码[1],估值30余万元。针对当时化纤布料走私突出的情况,九龙海关使用量布机抽查,年内查获案件319起,涉案走私进口尼龙布417万码。福州海关查获莆田某来料加工"三无"企业服装厂擅自出售来料加工保税进口150万元的尼龙布。泉州海关查获南安县8起倒卖经批准的《来料加工登记手册》,每本手册500~5 000元不等,涉及400多万元的尼龙布料。厦门海关在查验福建晋江县一来料加工企业返销出口尼龙拉链时,发现表面是4%的尼龙拉链,96%竟是树叶稻草和沙石装入包装冒充。文锦渡海关还查获来料加工走私进口收录音机组装件5 000套,经中纪委协同追查,查获走私进口电子产品24批,价值2 269万元。

1981年,一则上海南京路床上用品公司销售精美进口尼龙蚊帐的轰动新闻,引起了我所在的上海海关查私处的关注。在当时的中国,都是使用棉或麻的蚊帐,国内还没有尼龙网眼的面料。经过缜密调查,查获汕头某公司采取少报多进的手法,将来料加工保税进口的尼龙蚊帐布料

---

[1] 1米≈0.9144码,1码≈1.0936米。

和加工的成品尼龙蚊帐非法销售到上海等地，案值 70 余万元。这在当时的上海是震惊一时的走私大要案。我参与了此案的查办。

甚嚣一时的走私违法活动，直接影响了加工贸易的健康发展。

针对东南沿海地区出现群体性走私现象，一些地区出现公开的私货市场，利用加工贸易渠道走私的情况日益严重。1981 年 3 月，国务院成立全国打击走私领导小组，让其领导全国开展打击走私工作。全国各省（区、市）按要求都相继设立了打击走私领导小组。

这一时期，我在上海海关办公室工作，还兼任上海市政府打击走私领导小组办公室的日常工作，多次陪同时任上海市政府副市长、上海市政府打击走私领导小组组长的孟建柱参加全国打击走私工作会议、考察打击走私工作，对东南沿海地区走私严重的状况十分清楚。

1982 年 3 月 8 日，全国人大通过了《关于严惩严重破坏经济的罪犯的决定》，并对《中华人民共和国刑法》的有关条文作了修改补充，对经济犯罪量刑从重，对国家工作人员从严，情节特别严重的可判处无期徒刑或死刑。

1982 年 7 月 23 日，中纪委派出 154 名司局级以上干部，分赴各地加强打击经济领域犯罪活动的办案力量，直接参与走私大要案的调查处理。

1982 年 8 月 17 日，国务院下发了《关于加强对广东、福建两省进口商品管理和制止私货内流的暂行规定》，要求加强对广东、福建用留存外汇进口商品的管理，采取措施制止东南沿海走私进口物品继续内流。

中央三令五申，一手抓改革开放，一手抓打击经济犯罪，保障改革开放的健康发展。

1984 年 5 月，国务院决定对外开放大连、秦皇岛、天津、烟台、青岛、连云港、南通、上海、宁波、温州、福州、广州、湛江、北海等 14 个沿海开放城市，扩大对外贸易和外资项目的审批权，加工贸易审批由省级外贸主管部门扩大到沿海开放城市。

沿海地区利用来料加工走私现象的日渐严重和加工贸易的不断扩大，在社会上引起了强烈的反响。1985 年 7 月，海关总署组织调查组奔赴九龙、拱北、江门和广州海关等关区进行调研。调查报告认为：开展加工贸易成就显著，引进设备，解决就业，增加外汇收入，改善人民生活，但也存在走私违法活动增多的问题。海关总署要求全国海关统一认识，积极支持加工贸易健康发展，严厉查处走私违法活动。

1987年5月，海关总署会同经贸、财政、工商等部门，联合召开对外加工贸易管理工作会议，各部门各司其职，综合管理，促进对外加工贸易的发展。国务院批转了会议文件。海关总署下发了对外加工贸易的管理规定，明确来料加工的范围和备案、核销及法律责任，进一步加强对来料加工的管理，促进加工贸易健康快速发展。

一手抓扩大开放，鼓励推进加工贸易健康发展；一手抓严密监管，打击走私违法行为，保障加工贸易健康快速发展。

1981—1987年，我国加工贸易年增长率约40%，加工贸易出口主要为服装、纺织、鞋类、玩具、塑料、家具、箱包等七类劳动密集型产品。

1987年年底，国家提出沿海地区经济发展战略，深化外贸体制改革，抓住有利时机进一步发展加工贸易。凡国家批准的进出口企业都可以开展进料加工业务，实行统一政策、开放经营、平等竞争，建立适应国际经济通行规则的运行机制。简化加工贸易许可证手续，放宽经营限制，扩大免税范围，并对加工贸易在一定限额内节余料件或增产成品内销的给予免税，打破了加工贸易保税进口料件或加工成品内销征税的规定。各项政策利好的叠加，促进了加工贸易的快速增长。

加工贸易经过十年的发展，贸易结构发生了可喜的变化。据海关统计，1989年全国加工贸易进出口额369.49亿美元，同比增长26.69%，占全国进出口贸易总值的比例上升到33.09%。其中，进料加工进出口额192.5亿美元，首次超过来料加工进出口额的169.13亿美元，在加工贸易中占比52.1%；加工贸易出口额197.85亿美元，首次超过加工贸易进口额的171.64亿美元，首次实现加工贸易顺差26.21亿美元。以上数据说明由外商主导的来料加工贸易已经转变为由国内企业主导的进料加工贸易，加工贸易产品已经由低价值的劳动密集型产品转变为高新技术、高附加值商品，我国外向型经济发展出现了可喜的变化。

1992年7月25日，国务院特区办、财政部、外经贸部、海关总署、国家税务局制定了《中华人民共和国海关对外商投资企业进出口货物监管和征免税办法》,进一步给予外资企业优惠政策,增加免税进口自用合理数量的汽车、办公用品等。调整对加工贸易的限制,采取放开经营、简化审批程序、下放审批权限等做法,大力支持加工贸易的发展。外商投资环境优化改善,外资企业开展加工贸易得到进一步的便利。

外商投资企业加工贸易进入了快速发展的阶段。1993年,外商投资企业加工贸易进出口额405.63亿美元,占加工贸易进出口总额806.2亿美元的50.31%,首次站上加工贸易主导地位。

1995年6月20日,国家发布《外商投资产业指导目录》,分鼓励和禁止两类,对外商开展鼓励类加工贸易项目并继续给予优惠,禁止类项目不予办理,指导加工贸易健康快速发展。

1999年5月26日,海关总署和国家经贸委、外经贸部联合发布《关于确定第一批加工贸易禁止类和进口限制类商品目录的通知》,规定旧服装、含淫秽内容的废旧书刊,含有害物、放射性物质的工业垃圾等禁止进口;用于拆解翻新的废旧汽车、摩托车及其主要部件,为种植养殖等出口产品而进口的种子、种苗、化肥、饲料、添加剂、抗生素等不允许开展加工贸易。并把糖、植物油、天然橡胶、羊毛列为加工贸易进口限制类商品,实行银行保证金台账实转,把加工贸易进口与环境保护和经济健康发展紧密结合起来。

2003年10月,党的十六届三中全会提出"引导加工贸易转型升级"的发展方向,加工贸易进入转型升级阶段。2004年2月,海关总署设置了"加工贸易和保税监管司",制定了《加工贸易和保税监管改革指导方案》,推进加工贸易转型升级。2004年全国加工贸易进出口金额高达5 496.64亿美元,比上年增长35.8%,实现加工贸易顺差1 062.76亿美元。这是自1989年加工贸易规范整顿以来最大的增幅。

2005年,加工贸易出口额达上亿美元的企业达到518家,出口总额3 336.4亿美元,占全国加工贸易总额的80.1%。加工贸易出口额超10亿美元的企业42家,出口总额1 045.2亿美元。其中,鸿富锦精密工业(深圳)有限公司出口额144.7亿美元,摩托罗拉(中国)电子有限公司、名硕电脑(苏州)有限公司出口额超过60亿美元。加工贸易发展主要集中在东部地区。

长期以来，由于交通不便，中西部地区加工贸易发展缓慢，全国对外加工贸易分布很不平衡。据海关总署统计的2003年全国加工贸易出口情况显示，东部地区加工贸易出口额2 366.84亿美元，占全国加工贸易出口总额的97.91%；而中部地区加工贸易出口额仅22.10亿美元，占全国加工贸易出口总额的0.91%；西部地区加工贸易出口额28.38亿美元，占全国加工贸易出口总额的1.17%。

2007年7月，商务部、海关总署发布44号公告，对东部和中西部地区开展加工贸易实行差别政策，塑料原料及制品、布匹、家具等1 853个税号的劳动密集型商品，列入东部地区加工贸易限制类商品目录，占据全部商品编码的15%。东部地区着力控制高耗能、高污染、资源性产品出口，实行加工贸易转型升级。新设立的外资企业不批准限制类商品的加工贸易，引导加工贸易向高附加值、高新技术产业发展。引导加工贸易向中西部地区转移，对东部地区加工贸易企业原免税进口的设备可结转到中西部转入企业继续使用，鼓励向内陆和沿边地区承接地梯度转移。

我国加工贸易发展呈现了量质并举的大好局面。加工贸易产业构成和加工产品逐渐从劳动密集型向资本密集型、技术密集型并重方向发展。2007年，我国机电产品加工贸易进出口额7 296亿美元，占全国加工贸易进出口总额9 860亿美元的74%；高新技术产品加工贸易进出口额5 063亿美元，占全国加工贸易进出口总额的51.35%。机电产品、高新技术产品已成为加工贸易进出口的主体。

由于国际贸易市场的变化多端和加工贸易的转型升级，加工贸易的产品也由单一的劳动密集型产品向深加工高附加值和高科技的产品发展，原有的简单加工模式已不能完全适应加工贸易的发展，有些企业因加工能力的限制，需要将保税加工产品转到另一、另二企业深加工成品后再复出口。1985年天津化纤棉厂需将经保税加工的腈纶棉转销给服装企业再加工成服装后出口，这是对"加工贸易企业须具备加工生产条件"已有法规的挑战，但天津海关想企业所想，试行"两次保税"监管方法，帮助企业抢占国际市场。

2001年后，全国加工贸易上下游企业深加工结转有很大的发展。广东省6.8万家加工贸易企业中70%的企业有深加工结转，深加工结转的金额达 376 亿美元。但由于当时还不具备全国海关联网监管的条件，跨省区深加工结转线长、漏洞多，监管脱节，出现了以深加工结转为名义的"飞料"走私。黄埔老港海关核查一化工企业发现"假结转飞料"化工原料 310.6 吨，案值 600 万元。东莞海关下厂核查发现某塑胶制品厂利用"结转"倒卖 ABS 塑胶粒 906 吨，案值 1 262 万元，偷逃税 296 万元。

不断出现的新的生产方式、贸易形式，给身处改革开放前线的中国海关出了一道道严峻的考题。

中国海关"依法行政，为国把关，服务经济，促进发展"的工作新方针，是海关工作服务现代化建设的认识升华，是完成党和人民赋予的神圣使命的责任担当。主动适应企业加工贸易出口的需求，主动适应国际市场的变化，主动创新海关监管方式方法，努力做好"把关服务"这篇大文章，为促进对外经济贸易的健康快速发展提供优质高效的服务。

加工贸易跨关区异地深加工结转的发展，倒逼海关改革创新监管方式，支持加工贸易高新技术产品深加工结转。海关实施转出转进地海关计算机联网监控，联动核查，减少申报结转环节，降低成本，便利结转。苏州海关辖区 IT 企业多，2004 年深加工结转货物 46 808 批，货值 123.84 亿美元。2005 年全国加工贸易货物深加工结转 1 392 亿美元，占加工贸易进出口货物总额的 20%。深加工结转产品技术含量和附加值得到提高，国内产业链得以延伸，带动了上下游产业的联动发展，促进了加工贸易的转型升级，也促进了国内工业化水平的提升。

支持加工贸易企业因加工产品急需，在同一企业非牟利地串换保税与非保税进口的料件，串换保税与国产的料件，打破了加工贸易进口商品不得串换其他商品的禁忌。浙江嘉兴毛纺总厂因进料加工进口的羊毛尚未办理，向海关申请以一般贸易进口的羊毛顶替生产，"先出后进"。考虑到企业已签订返销合同，交货期紧，同意企业按同规格数量串换，保障货物及时出口。

支持加工贸易企业设立保税工厂，降低成本，扩大出口。上海正泰橡胶厂每年出口轮胎不到 10 万条，1984 年批准设立保税工厂后，免征原进口帘子布、炭黑、纤维钢丝等辅料 15% 的税款，减低了轮胎的成本，增强了出口优势。1985 年出口轮胎增加到 23 万条，1986 年出口 25

万条，1987年出口30万条。外销的国家地区由原来的9个增加到23个。

支持大型出口加工型企业做大做强。1996年海关总署首批批准西安飞机制造工业公司、希捷国际科技（无锡）公司、宝山钢铁（集团）公司、上海石化公司、中华造船厂、江南造船（集团）公司、沪东造船厂、上海船厂、上海飞机制造厂、东方航空食品公司、哈尔滨双太电子公司、大连造船厂、大连造船新厂、中国华录集团、中国大杨集团、沈阳飞机制造公司、广州广船国际公司等17家大型出口加工型企业设立保税工厂，海关派员驻厂监管，海关与企业计算机联网，最大限度减少通关手续，便利进出，免予办理银行保证金台账。

图1-8　设立加工贸易企业保税工厂

支持多道工序连续加工的企业建立保税集团，所属企业进口料件全部保税。1987年国务院批转国家计委扩大机电产品出口的报告，北京海关开展调研，与北京市经贸委、电子公司协调，批准建立北京电视机保税集团，下属11家配套企业进口料件全额保税。保税集团成立3年，出口电视机37万台，收汇3 500万美元，年均出口是之前的9倍。1989年，批准山东省服装进出口公司与青岛印染厂、棉纺厂、毛纺厂等18个前后道加工企业组成保税集团，成立4年创汇4 200万美元，盈利4 700万美元。1991年批准江苏省轻工长毛绒玩具、粮油罐头食品、金属材料包装等7个保税集团，批准上海市电子、机械、冶金、轻纺等9个保税集团，大大地降低了企业成本，增加了产品出口，增长了企业经济效益。

支持设立寄售维修专业保税仓库，保障维修型企业及人民群众维修进口商品的便利，缓解维修企业的税收压力。改革开放之初的20世纪80年代，日本、联邦德国等国的彩电、冰箱进入了寻常百姓家，价格更高昂的计算机也涌入了中国市场。为解决"天价"物品的维修问题，1979年5月在北京设立了全国第一家中国技术进出口总公司——日本横河电机寄售维修保税仓库。至1991年，仅北京就设立了223家寄售维修保税仓库，贮存齐全的零配件。中国仪器进出口总公司DEC计算机维修站接到中科院高能所电子对撞机所用的计算机故障电话后，2小时内就把零配件送到高能所，及时修复使用。1983年在多地也设立了82家进出境运输工具燃料辅料保税仓库，方便进出境航空器、国际航行船舶、远洋捕捞渔船在国内补充免税的燃料辅料。设立进口汽车保税仓库，方便外商投资企业在境内就近购买进口汽车。1991年广州设立了66家加工贸易保税仓库，加工出口产品的原辅材料40%以上都是就近从保税仓库提取，极大便利了加工贸易的开展。据统计，1991年广州加工贸易合同数量比1990年上升了30%。

图1-9 设立加工贸易保税仓库

支持大型物流枢纽和区域性物流中心建立保税物流中心，引进全球和地区性物流配售维修中心。2003年，我在地处上海外商集聚之地闵行区的莘庄海关担任领导工作。一次，我与区政府领导一起接待

图1-10 设立上海先锋保税物流中心（A型）

了上海日本先锋（中国）投资公司的工作人员。该司的工作人员提出日本先锋音响电器在世界多地设厂生产，产品行销全球各国，意向把在日本的全球维修仓库迁至上海，需要从全球的工厂采购零配件，再分拨出口到世界各地用于维修，探询海关的保税政策和通关便利措施。当时在我国单一的外资企业要建立自用型的综合功能保税仓库尚无先例，但全球物流中心可是块"香饽饽"啊，不能轻易放手滑走。经过缜密研究，莘庄海关提出监管方案，向海关总署提出设立先锋保税物流中心的请示。经海关总署批准，全国第一家量身定制、集"全球采购、国际分拨配送、转口贸易、简单加工＋国内采购、增值服务"于一体的保税物流中心应运而生。这也是全国唯一的 A 型保税物流中心。先锋保税物流中心与之前设在日本、新加坡的仓库相比，物流周期降低 75%，商务成本减少 30%~50%。

2004 年，苏州工业园区建立公共型保税物流中心（B 型），国内货物进入保税物流中心视同出口，先期办理退税。美国快捷半导体、韩国三星、英国捷豹路虎等近百家国内外知名物流企业纷纷入驻，涉及进出口企业近 500 家，满足 IT 产业零库存、订单式采购的现代物流管理模式，辐射全国 18 个省（市）。2006 年，南京龙潭港、苏州高新区建立

图 1-11　设立苏州工业园区保税物流中心（B 型）

保税物流中心（B型）。2008年，又建立了武汉东西湖、上海西北物流园区和天津、广东、山东、福建、陕西、四川、江西、陕西等省（市）18家保税物流中心（B型），吸引了名硕电脑、富士康、美国泰科集团进驻。保税物流中心设置物理围网、卡口、车牌识别系统、闭路电视监控，实现智能化管理，极大地推进了现代物流业的发展，促进了加工贸易高新技术产业的快速发展。

加工贸易经历了从无到有、从小到大、从单一加工到组合加工不断发展的各个时期，海关对加工贸易的监管也经历了从无到有、不断发展的各个阶段。从最初的纸质表格登记备案、《加工贸易登记手册》备案核销、单耗管理、银行保证金台账、信任管理、电子账册、计算机联网监管、保税业务绩效评估、保税核查作业管理，一直到目前的全国海关通关一体化管理。在沿海开放地区和中西部广泛的区域，建立起了成千上万家保税工厂、保税集团。截至2008年，中国海关批准设立并实际监管722个保税仓库、109个出口监管仓库、1个保税物流中心A型、20个保税物流中心B型。中国海关以自身观念的不断革新服务于加工贸易的持续发展，以海关监管方式的不断进步促进加工贸易产业的转型升级。

40多年来，中国海关伴随加工贸易一路高歌猛进。

海关总署从1981年开始单列加工贸易统计，当年全国加工贸易进出口总值24.85亿美元，占全国进出口货物总值440.22亿美元的5.64%。十年含辛茹苦修得正果，1991年全国加工贸易进出口总值已达到574.6亿美元，占全国进出口货物总值1 356.34亿美元的42.36%；1996年全国加工贸易进出口总值达到1 466.0亿美元，占全国进出口货物总值2 898.81亿美元的50.57%，首次过半，并在很长一段时期占有"半壁江山"。随着我国现代化建设的不断发展，一般贸易进出口货物逐步占据主导地位。2018年全国加工贸易进出口总值1.27万亿美元，占全国进出口货物总值4.62万亿美元的27.5%；加工贸易出口总值0.79万亿美元，占出口总值2.48万亿美元的31.9%；加工贸易顺差0.31万亿美元，占进出口贸易顺差0.35万亿美元的88.6%，成为我国进出口贸易顺差的主要来源。

改革开放40多年来，加工贸易的快速发展已成为我国经济发展的一个重要形态和对外贸易持续快速发展的主要推动力,为促进区域经济繁荣,推动利用外资,解决社会就业,增加出口创汇,引进国外先进技术和管理经验发挥着重要作用,取得了明显的经济效益和社会效益。

中国加工贸易的发展,走出了一条在全球化背景下工业化发展的新道路。当前,以信息技术为代表的新一轮技术革命,带来生产方式的智能化、平台化、模块化发展的格局和制造业服务化、研发国际化的发展趋势。中国经济的发展已从高速增长转向高质量发展的新阶段,中国正处在新一轮技术革命比较优势的转换时期,中国参与全球竞争已涌现出很多新的优势,如丰富的人力资源、完整的基础设施、完善的产业配套,以及已经形成的加工贸易完整的生态系统。手握加工贸易转型升级提升竞争力的重要优势,中国要加快从加工贸易下游国向上游国转型发展,继续保持世界制造大国的地位,并向世界制造强国迈进。

2019年4月18—21日,由商务部、国家知识产权局和广东省政府主办的第十一届中国加工贸易产品博览会在有"加工贸易之都"美称的东莞举办,全国19个省(区、市)及港台865家企业携10万种商品展现风采,打造梯度转移省际协作和内外贸一体化市场"两大平台",助推"中国制造"走进新时代、走向更广阔的世界舞台。

加博会上,高科技与制造业"亲密接触",从事前沿技术和产品研发的企业明显增多,会下棋的机器人、无人驾驶电动车、VR设备等一大批高科技智能化产品集中亮相,展示了中国加工贸易继续发展的宏伟前景。

如果把中国改革开放40多年来的发展奇迹比喻为一篇宏大的诗篇,那加工贸易便是其中光彩夺目的一个篇章。中国改革开放和经济发展前行的路上,加工贸易劳苦功高。没有加工贸易就没有中国经济的起步、发展、腾飞!

海关特殊监管区域

在改革开放进程中，按照党中央、国务院不同时期经济发展的战略，为了促进加工贸易持续健康快速地发展，中国海关以蹈厉之志，尝试运用世界上自由贸易区封闭监管的方式，采取税收优惠和贸易便利化的举措，探索对加工贸易实行由"散养"到"圈养"的集中管理，借以推动外向型经济质的提升和量的发展。

从1990年开始，经国务院批准，我国先后设立了保税区等6类共140多个具有自由贸易雏形的特定经济功能区域，实行保税加工、物流、仓储等特殊政策，由海关实施"境内关外"的封闭式监管，最大限度地便利货物的自由进出。经过不断的整合提升，列入海关总署2018年贸易统计的有10个保税区、32个出口加工区、4个保税物流园区、2个跨境工业区、14个保税港区、65个综合保税区共127个特定经济功能区域，在我国统称为海关特殊监管区域。

近30年来，海关特殊监管区域潮起潮涌，已成为我国开放型经济发展的先行区、加工贸易转型升级的集聚区，成为新一轮改革开放的重要标志和区域经济发展的重要形式，在承接国际产业转移、推进区域经济的协调发展、促进对外贸易和扩大就业等方面发挥了重要作用，赢得了地方政府和企业的支持。

无冥冥之志者，无昭昭之明；无惛惛之事者，无赫赫之功。

海关特殊监管区域自由贸易新业态在我国广阔的地域得到广泛的发展。

中国自由贸易之路

保税区与保税物流园区

保税区亦称为自由贸易仓储区，具有保税仓储、出口加工、转口贸易和商品展示等功能，是当时中国对外开放度最高、自由度最大、运作机制最便捷、政策最优惠的自由贸易区域。

保税区因加工贸易的快速发展而创立。

加工贸易经过十年的起步发展，1990年加工贸易进出口额已达到441.8亿美元，占全国进出口贸易总值的38.3%，年均增速高达38.48%。全国加工贸易企业共5万多家，一年的加工贸易备案进口合同200多亿美元，进口货物保税额高达100多亿美元。宽松的贸易条件，巨大的保税税额，有力地推进了加工贸易的快速发展，但海关的监管也面临高风险。一些企业出现不规范的经营行为，甚至出现严重的走私违法活动，从而影响了加工贸易的顺利开展，危害了国家的经济安全。

为了服务和保障加工贸易快速健康地发展，便利加工贸易企业进出口设备料件和制成品，引导加工贸易向高新技术和知识密集型产业转型升级，我国开始对加工贸易实行封闭集中的管理。由此，推动了保税区的诞生。

1990年6月10日，国务院批准设立中国关境内第一个具有出口加工、转口贸易、保税仓储等功能的上海外高桥保税区。海关总署发布了《中华人民共和国海关对进出上海外高桥保税区货物、运输工具和个人携带物品的管理办法》，明确保税区须设置高度不低于3米的隔离围网，中国海关开始探索封闭区域内对加工贸易的保税监管，实行"一线放开、二线管住"的监管办法。上海海关发布了《对进出上海外高桥保税区货物、运输工具和个人携带物品监管实施细则》，规定境外货物进入保税区免征进口税，免许可证和保税管理；境内货物进入保税区视同出口，给予退税。

1991年5月12日，国务院又批准设立了天津港保税区，至1993年年底，深圳沙头角、大连大窑湾、张家港、福州、深圳福田、宁波、海口、厦门象屿、广州、汕头、青岛前湾保税区又先后通过验收运作。保税区主要分布在加工贸易集中的东部沿海港口地区，批准面积42平方千米，实际验收37平方千米。

图1-12　1990年6月设立上海外高桥保税区

截至1994年3月，经国务院批准设立的13个保税区，共进驻企业5 813家，其中外商投资企业3 404家，占58.56%，投资总额88亿美元；保税区进口和出口货物总值分别为12亿美元和5.4亿美元，出口商品主要有汽车、电动机、收录机、手表等机电产品与服装、玩具、鞋类、医药、塑料制品等传统出口商品，进口商品已转变为以机电产品为主，占61.5%。

经过探索和实践，各地保税区进一步强化功能开发，重点发展出口加工、转口贸易、保税仓储和商品展示。保税物流和出口加工发展迅猛，保税区已成为我国保税物流和出口加工集聚的区域，大幅提升了出口加工的能级，达到了设立保税区集中开展加工贸易的早期收获，保税区逐步发展成为当地经济的重要组成部分。

保税区造区浪潮波澜壮阔，风起云涌，一波又一波地推动着各地外向型经济的发展，但也不时泛起一阵一阵的暗流漩涡。一些地方保税区的隔离围网遭受损坏，封闭不完整、管理不严格；一些地方保税区企业从事"非保税业务",没有出口贸易,骗取出口退税;一些地方走私分子利用保税区特殊区域做掩护,存放、转口走私货物,明修栈道暗渡陈仓。保税区走私违法现象一度凸现,社会上也盛传"保税区成了走私区",严重影响了保税区的健康发展。

1996年1月,公安机关查获深圳沙头角保税区中侨激光有限公司复制加工淫秽盗版光盘;1996年5月,福州保税区某公司申报转口贸易出口去菲律宾"南阳双喜香烟"4 000箱,船舶驶出闽江口即改变航线驶入福建兴化港,过驳走私香烟进口,之后被杭州海关查获;1999年4月,厦门远华特大走私案中,走私分子从香港、欧洲进口大批香烟,先存放到保税区仓库,然后暗中把香烟卸下,以转口去菲律宾为名,将空集装箱转运出口,走私进口香烟高达300多万箱。

为此,国家进一步加强了对保税区的监督管理,要求各地保税区管委会限期修缮损坏的隔离设施,逾期未修复则暂停办理货物进出区业务;海关落实对保税区的封闭管理,加强出入卡口的执勤和对隔离围网的巡查监管,重点管住保税区与非保税区进出货物环节;重点稽查一年以上未开展进出口业务的区内企业,取消有严重违法行为企业的注册登记;取消国内货物进入保税区视作出口提前退税的优惠政策,规定进入保税区的货物必须实际离境后方可退税;设立激光光盘的企业须报经国家主管部门批准,进料加工复制激光唱盘、激光视盘的内容须经文化宣传部门审查;严格审批香烟的转口贸易。同时,国家指定了天津、大连、上海外高桥、广州、深圳福田保税区为汽车进口口岸,其他保税区不允许以转口方式进口汽车;外汇部门取消区内企业经营范围内购付汇,实行使用自有外汇,防范利用保税区优惠政策套汇和骗取出口退税。这一系列迫不得已的政策调整,对保税区的快速发展产生了极大的影响。

自1997年起,海关对保税区侧重于规范管理,管住管好,"放宽一线、管住二线"。对进出境货物试行备案制与报关制相结合的申报制度,企业凭货物清单向海关报备;取消加工贸易登记手册,实行一次性备案和总体核销,加工贸易进口料件不实行银行保证金台账,便利区内企业开展加工贸易;推进保税区海关与企业电脑联网监管,试行保税区与港口通关一体化，解决保税区企业两次报关、加工贸易手续繁多的问题。上海外高桥、天津港保税区改革保税区通关管理，管住保税区与非保税区的进出环节；宁波保税区海关开发了保税仓储计算机管理系统，实现海关与区内企业仓库的计算机联网管理；深圳沙头角保税区开展"一站式""一条龙"工作服务，便利加工贸易货物进出，吸引了生产电脑主机板和显示屏的跨国公司进区投资。

该放的放开，该管的管住，为保税区营造风清气爽的营商环境和通关便利，促进保税区健康持续快速发展。

1999年1月和6月，深圳盐田港保税区和珠海保税区分别通过验收运作。

2000年11月，海关总署、国家经贸委、财政部等部门赴张家港、上海外高桥、海口、深圳保税区调研，提出发展保税区功能特点，实行"一线放开，二线管住"，加快推进保税区发展成为区域经济和世界经济连接的桥梁和窗口。

截至2001年年底，15个保税区封关运作，面积34.8平方千米，批准设立企业27 978家，其中外商投资企业13 180家，实际利用外资95.64亿美元；全国保税区实现进出口货值213.8亿美元，占该年全国进出口货物总值的4.2%，其中进口额129亿美元，出口额84.8亿美元，分别比上年增长11%和20.11%。保税区封关运作十年，年均增速84.73%，比同期全国进出口货物总值年均增长14.18%高出70.55个百分点，为中国外向型经济的持续健康快速发展交出了一份满意的答卷。

从2002年开始，保税区进入整合转型、发展完善的阶段。在中国加入世界贸易组织，承诺"放宽贸易权的获得及其范围，使所有在中国的企业均有权在中国的全部关税领土内从事所有货物的贸易，逐步取消贸易权的限制"后，中国外贸形势发生了很大的变化，保税区的政策优势弱化，要求保税区做大物流分拨产业和强化外贸出口，提升保税区进出口货物供应基地和国际商品分拨配送中心的功能。海关运用现代科技手段，按照"封闭管理、卡口验放"模式，提高监管效率和服务水平，促进保税区的进一步发展。外汇管理局放宽"购汇支付"管理规定，企业外汇资金不足，可申请购汇支付。

2003年4月起,上海外高桥、天津港、深圳和厦门象屿等保税区开始赋予区内企业进出口经营权,以增强保税区活力,促进区域经济的发展,率先走出了保税区整体转型发展的第一步。

2003年10月11日,党的十六届三中全会提出"引导加工贸易转型升级的目标",国家加强对加工贸易企业的准入审核,对加工贸易禁止类商品目录进行修订和调整,各地保税区严格执行,凡涉及国家禁止的商品不允许进入保税区。保税区充分发挥加工贸易集聚和进出境货物通关便利的优势,注重引进IT高新技术、高附加值企业入区,率先推进加工贸易由劳动密集型产业向高新技术产业转型升级。上海外高桥和天津港保税区分别拥有大型超亿元的加工企业66家和20家,这些企业对保税区工业经济的贡献率分别达到91.4%和91.2%;青岛保税区形成通信和电子加工产业,占区内工业总产值的55.11%;宁波保税区获得"国家集成电路产业园"称号,有24个项目完成科技成果鉴定或项目验收,17个项目被国家知识产权局授予专利。

随着加工贸易转型升级的发展,大批IT高新技术电子信息产业进入加工贸易行列。IT高新技术产品生产工艺复杂、技术含量高、加工流程多,犹如产业链流水线上各个工序组合的接力赛,需要多家工厂合力完成产品的全程加工制造。这完全不同于劳动密集型产品的由单一工厂简单加工,高新技术产品需要按照不同的技术要求外发到不同生产工艺的厂家进行深加工。

同时,随着我国工业化的发展,加工贸易已由初期外购外销两头在外的"V"形模式,转变为内购、内销与外购、外销相结合的"X"形模式,加工贸易已形成全球采购、分拨、销售的多元贸易形式。

随着加工贸易高新技术产业的进一步发展,保税物流业态蓬勃兴起。但碍于加工贸易保税货物不能出区自由流通,须办理深加工结转的监管手续,且产品在国内(境内)深加工增值部分不能退税。于是,加工贸易企业就需要将货物先出口去香港等境外地区,得到出口退税,然后再将货物重新进口加工。这是因内地口岸港口缺乏保税物流功能和保税区缺乏出口退税政策,而造成的出口货物复进口"一日游"现象。保税区制度的缺陷,保税物流功能的缺失,造成加工贸易企业产品"一日游",劳民伤财。

加工贸易高新技术产品深加工结转方式的新发展提出了口岸保税物流的新需求,保税物流链随着高新技术产业链的不断延伸而延长,出现了物流功能依托港区口岸功能发展的新动向,迫切需要补上口岸保税服务贸易的"短板"。

开放倒逼改革,改革促进发展。

为了推动区港一体化,更好地发挥保税区物流枢纽的功能作用,2003年2月21日,国务院决定在上海外高桥保税区和外高桥港区之间试点"区港联动",在临近保税区的港区划出特定区域设立保税物流园区,专门用于发展现代国际物流业。2004年4月15日,上海外高桥保税物流园区通过验收,国务院批准设立了中国海关境内第一个保税物流园区。

图1-13 2004年4月设立的上海外高桥保税物流园区

保税物流园区具有保税区和出口加工区优惠政策的叠加,可以存储进出口货物及其他未办结海关手续的货物,对所存货物开展分装、加贴标签等流通性简单加工和增值服务,进行国际采购、分销、配送和检测、维修及商品展示。境外货物进入园区须向海关备案保税,园区内货物自由流通,不征收增值税和消费税,国内货物进入园区视同出口,予以退税,园区货物进入内地如同进口,按实际状态征税。

2004年8月16日,国务院接连批准在天津、深圳、大连、厦门、张家港、宁波和青岛保税区设立保税物流园区。2007年,广州、福州保税物流园区又获批设立。

企业将加工贸易深加工结转货物就近运入保税物流园区，办理出口退税。然后，深加工企业再从保税物流园办理进口手续，进行深加工。保税物流园区的特殊功能和政策优势，不但为企业节省了大量的物流成本和时间，而且增强了企业产品的价格竞争力。困扰加工贸易企业的因国内深加工增值部分不能退税而造成的货物出境"一日游"的现象得以迎刃而解。

上海外高桥保税物流园区和保税区同属一个区域，与外高桥港区之间横亘着一条公路，但分属保税区和港区两个不同海关的监管。上海海关对保税物流园区实施海运直通式通关，变出港区、进园区"两次放行"为"一次放行"，在装卸货入库环节进行核查，大幅降低物流成本，实现区港联动运行顺畅和海关高效严密监管的目标。张家港保税物流园区开发了信息化管理系统，囊括园区所有业务，且具有自动比对核算、衔接业务流程、实时监管等功能，园区通关效率和海关监管的有效性明显提高。全国保税物流园区海关针对园区保税物流少批量、多批次进出的特点，实施批量进出，集中报关，便利企业。

2008年，在全球经济危机背景下，全国保税区货物贸易、物流产业仍得到扩大。据全国保税区加工区协会统计，2008年全国保税区进出口货物总额1 363.06亿美元，仍比上一年增长6.4%；营业收入3 373亿元，同比增长13.2%。经批准运行的8家保税物流园区实现进出口货物总额91.34亿美元，同比增长20.6%。荷兰世天威、商船三井、伊藤忠物流、东方海外等一大批国内外著名物流企业纷纷进入保税物流园区，外高桥、宁波、张家港保税物流园区发展成为"长三角"物流配送集散中心。

特别值得赞誉的是，作为全国第一个保税区和保税物流园区，上海外高桥保税区和外高桥保税物流园区，承担了加工贸易转型发展试验田的重任，不断优化贸易便利化环境，提升贸易产业能级，促进跨国贸易向亚太地区拓展，在岸业务向离岸业务延伸，传统贸易销售向分拨配送转型升级，不断提升全球资源配置能力和全球经济综合服务能力，实现了从单纯加工制造向现代制造业和国际服务外包并举的转变，形成高附加值制造业与服务贸易相结合，成为跨国公司加工制造订单中心、技术服务中心和研发中心，主要经济指标连续保持两位数增长，各项经营指标始终占有全国保税区的"半壁江山"，成为保税区发展的领头羊。

据海关总署发布的2018年全国特定地区进出口总值的数据显示，2018年上海外高桥保税区进出口总值1 244.1亿美元，占列入统计的全国10个保税区同期进出口总值2 144.9亿美元的58.0%，是列入统计的全国32个出口加工区同期进出口总值952.6亿美元的130.6%，是列入统计的全国14个保税港区同期进出口总值1 140.4亿美元的109.1%，占列入统计的全国65个综合保税区同期进出口总值3 467.3亿美元的35.9%。2018年上海外高桥保税物流园区进出口货值33.2亿美元，占列入统计的全国4个保税物流园区同期进出口货值85.7亿美元的38.7%。

业绩超卓，功绩非凡。我认真地查考、归纳、演算、比对了这组数据。上海外高桥保税区如同全国百多个保税区域一样，都有着同样的保税称号，都有着同等的保税功能，但它却创造出了不凡业绩，让人肃然起敬，足以著于竹帛，功标青史。

2010年英国《金融时报》对全球自由贸易区按八大要素进行综合评比，外高桥保税区获得第一名；2013年商务部授予外高桥保税区"国家进口贸易促进创新示范区"称号，外高桥保税区成为全国经营最佳的保税区和保税物流园区，是世界规模最大的自由贸易区。

为了更多地了解上海外高桥保税区建设发展的情况，我与中国保税区出口加工区协会副会长、上海保税区域协会会长、前外高桥保税物流园区党委书记邢慷弟相约聊天，倾听他讲述保税区的故事。

邢会长长期担任上海外高桥保税区和保税物流园区的领导工作，也是一位保税物流的专家，从事保税区的开发建设和营运管理，主持设计了9种业务流程，创新了整合型国际中转、集约型国际采购和出口复进口三大业务模式，主编了《物流园区实务指南》，探索物流园区贸易、金融和物流的功能集成和资源整合，构建大客户、大项目、大平台的发展框架。多次向党和国家领导人汇报上海区港联动、运作模式、创新成果、项目合作和服务全国的情况，多次在国内外高层物流论坛、国家重要行业刊物上发表创新成果和优秀论文，得到了国际港航物流界的关注和赞誉。我在上海海关工作中与邢会长多有交往。在邢会长的身上还有众多闪亮的头衔：中国仓储与配送协会副会长兼保税物流分会会长、复旦大学 MBA 荣誉导师、全国首届物流行业劳动模范、中国物流十大年度风云人物、改革开放 40 年物流行业企业家代表性人物等。在保税区业界声名显赫。

邢会长介绍，上海外高桥保税区的建设发展经历了起步、探索创新和规模形成三个阶段。贸易带动物流，物流促进加工，加工又反作用于贸易和物流的发展。

跨国贸易是启动外高桥保税区发展的发动机。1992 年年初，全国第一家外商跨国贸易企业"日本上海伊滕忠商事有限公司"注册。中国加工贸易的快速发展与转型升级，推进了保税区贸易功能的发展，跨国贸易企业纷纷入区开展大规模的贸易分拨业务，分拨面也从单一的国内市场向国际市场拓展，保税区成为了跨国公司货物集散中心。2006 年，外高桥保税区进出口贸易企业超过 2 700 家，已同世界上 160 多个国家和地区开展贸易往来，进出口总额 448.57 亿美元，占全国保税区的 41.3%；商品销售额 3 980.91 亿元，占全国保税区的 55.1%。在中国经济日益加速融入世界经济全球化的背景下，跨国贸易企业依托在外高桥保税区形成的产业链优势，将贸易功能从保税区扩展到中国全区和亚太地区，形成了跨国贸易营运中心和销售总部。外高桥保税区孕育了中国跨国贸易企业地区总部经济。

保税仓储物流是外高桥保税区做大做强的又一重器。20 世纪 90 年代中后期，随着外资企业加工贸易的大发展，第三方保税分拨物流得以快速发展，为外商加工贸易企业大量国外商品进入中国提供高效的物流渠道。外高桥保税区设立了全国保税区第一家中外合资物流企业，形成以第三方物流为主体的现代物流产业体系，集聚了诸多世界知名物流企业在内的 1 000 多家物流仓储企业。2006 年物流企业完成营业收入 1 770.59 亿元，同比增长 24.1%，物流服务功能扩大到长三角地区。外高桥保税区物流产业在全国乃至全球物流供应链中发挥了重要作用，成为跨国公司在我国及亚太地区的采购中心、配送中心及物流中心的主要聚集地之一。

加工制造转型升级是外高桥保税区的制胜法宝。保税区最初的加工制造业态与全国一样都是轻纺、家电产品的简单来料、进料加工。20世纪90年代中期,外高桥保税区紧紧抓住世界制造业向中国转移的机遇,注重不断提升产业结构,形成了英特尔、IBM、惠普等微电子产业群和德尔福、伊顿、通用等汽车零部件的加工制造、研发及分拨产业群,先进制造业成为保税区出口加工业发展的重要支撑。2006年包括12家高新技术企业在内的240多家出口加工企业完成工业总产值519.59亿元,占全国保税区的21.3%。

我国保税区和保税物流园区,依托贸易带动物流、物流促进加工、加工提升先进制造业,先行先试探索区域经济动能,走出了一条成为世界一流水平的自由贸易园区的成功发展之路。随着一些地域的保税区、保税物流园区整合为综合保税区,有的跨进了自由贸易试验区行列。保税区和保税物流园区将进一步探索向自由贸易园区的转型升级,着力建设功能创新领先、增值服务发达、国际贸易便利、外汇管理宽松、区港运作贯通、物流监管便捷,更具有国际竞争力的自由贸易园区。

出口加工区

出口加工区是自由贸易的特定区域,由国家划定专门的区域,专为制造、加工、装配出口商品。出口加工区多设于沿海港口地区或交通运输和对外贸易便利的区域。世界上有众多的国家建立了出口加工区,我国台湾地区高雄市在20世纪60年代也率先建立了出口加工区。

改革开放以来,我国加工贸易得以迅猛发展,从1981年加工贸易进出口总额24.85亿美元发展到1999年的1 844.6亿美元,增长73.2倍。1996年加工贸易进出口总额达到1 466.0亿美元,占全国进出口贸易总额的50.6%,首次过半,并连续多年保持"半壁江山"之势。加工贸易产品也已从传统劳动密集型进入高新技术知识密集型,成为我国外向型经济快速发展的主要推手。但加工贸易分散经营的业态增加了海关监管和推进加工贸易转型发展的难度,与现代化工业大规模发展不相融合,改进和完善加工贸易的管理和发展方式已迫在眉睫。

2000年4月27日，国务院批复海关总署等部委的报告，同意设立出口加工区。选择辽宁大连、天津、北京天竺、山东烟台和威海、江苏昆山和苏州、上海松江、浙江杭州、福建厦门杏林、广东深圳和广州、湖北武汉、四川成都、吉林珲春等15个地区作为第一批试点。之后，又增加了上海金桥南区和重庆出口加工区。国务院要求出口加工区不得搞新的重复建设，每个出口加工区的面积严格控制在 2~3 平方千米内，按照优化存量、控制增量、规范管理、提高水平的方针，先把新增加的加工贸易企业引入出口加工区，逐步实现对加工贸易企业的集中规范管理。

出口加工区作为海关特殊监管区域，设置监管隔离设施，实施全封闭管理。出口加工区专为制造、加工、装配出口商品，出口加工区内生产性基础设施建设所需的物资，区内企业生产所需的机器设备及其维修用零配件，以及企业和管理机构自用合理数量的办公用品，予以免税；区内企业进口原材料、物料及消耗性材料，予以保税；从区外进入区内的货物视同出口，给予出口退税，但不得经营商业零售、一般贸易和转口贸易。出口加工区的优惠政策有别于保税区，更有利于加工贸易的集中发展。

2000年9月和11月，江苏昆山和上海松江出口加工区分别通过海关总署等八部委的联合验收，成为全国最早通过验收的出口加工区。之

图1-14　2000年9月江苏昆山出口加工区率先通过验收运行

后，按照"成熟一个、验收一个、启动一个"的原则，通过其他出口加工区的验收。

出口加工区适应经济全球化和国际竞争环境，为加工贸易企业插上了腾飞的翅膀。工商总局放开区内企业在区外设立分支机构的限制；外汇管理局对区内企业实行有别于区外的统一外汇账户，区内与区外交易以外币计价结算，货物出境不需办理出口收汇核销，向境外（区外）支付外汇，可使用自有外汇，符合条件的可以购汇；海关对区外企业销售给区内的货物，签发出口退税报关单；海关进行通关和加工贸易监管改革，出口加工区被赋予口岸的功能，实施计算机联网监管和无纸化报关。

2002年4月4日，国务院又批准设立安徽芜湖、浙江宁波、江苏无锡和南通、陕西西安、河北秦皇岛、内蒙古呼和浩特、河南郑州等8个出口加工区。

随着加工贸易高新技术产品加工制造技术工艺的不断延伸，为了适应出口加工区企业生产经营的需要，海关总署决定在江苏昆山和上海松江出口加工区试点区内与区外企业深加工结转，在交纳保证金或保函后，区内企业可以将工模具、半成品等运往区外进行加工。

IT企业对生产时效要求高，企业提出95%的产品要在下单后5天内向用户交货。这对原材料、零配件的进口和加工制成品的出口通关提出了近乎严苛的挑战。出口加工区实行24小时不间断通关，以适应企业的需求。上海松江出口加工区海关实施快速干线通关，企业货物抵达空港、运至加工区卡口、上企业生产线，全程只需4个小时。昆山出口加工区海关建立午间值班室、首问负责制、急事急办制度，助力出口加工区企业快速通关。松江、昆山出口加工区的业务量得以快速增长，始终走在全国出口加工区的前列。截至2002年年底，全国批准设立的25家出口加工区，引进企业394家，投资项目以笔记本电脑、光电技术、精密机械、光纤元件等高科技产品为主，投资总额达38.07亿美元。

封闭集中的加工区域，宽松便捷的通关环境，推进了出口加工区的蓬勃发展，有力地带动了地方经济的发展，各地都以设立出口加工区作为招商引资、发展经济的金字招牌，引发了全国申办出口加工区的热潮，海关总署保税加工贸易司一度门庭若市，各地纷纷提出设立或增设出口加工区。2004年8月,海关总署和国家发改委等九部委规定出口加工区须设立在有一定规模的国家级开发区内,并根据各地加工贸易的规模,限定初设或增设出口加工区的个数及扩大的面积,避免各地出现盲目追随或重设立轻管理、浪费土地资源的倾向。并提出根据投资项目、进出口规模,实行已设立的出口加工区的撤销退出机制,规定出口加工区的设立或扩大面积,由省级人民政府请示国务院。只做苗圃,不摆花瓶。

截至2005年10月,全国共批准设立57个出口加工区,分布在全国51个城市。其中,通过验收并封关运行37个,验收面积55平方千米。全国出口加工区运作5年来,已累计进出口货物总值1 057亿美元,年均增长7.9倍,其中,进口货物总值451亿美元,出口货物总值606亿美元。

加工贸易的繁荣发展带来了出口加工区的遍地开花。大批出口加工区建立,星罗棋布地闪耀在祖国东西南北,实现了加工贸易"散养"到"圈养"的转变,降低了监管风险,提升了管理效能。值得引以为傲的是全国出口加工区未发生过一起严重的走私违规行为,实属不易。我国成功运用出口加工区管理方式对加工贸易实行集中封闭管理,既促进了加工贸易的快速健康发展,又大幅加快了加工贸易的转型升级。

2005年11月22日,商务部发布《出口加工区加工贸易管理暂行办法》,提出遵循国家产业政策导向,吸引实际水平高、增值含量大的加工贸易企业和带动配套能力强的大型下游企业入区。出口加工区内禁止开展高能耗、高污染等不符合国家产业政策的加工贸易业务。东部沿海地区出口加工区要求提高产业层次,不再新批低水平、低附加值的劳动密集型企业入区;中西部出口加工区结合本地优势发展具当地特色的出口加工业,积极承接东部沿海地区梯度转移的产业。是年12月11日,海关总署和商务部、环保总局联合发布公告,又一次修订和调整加工贸易禁止类商品目录,停止办理加工贸易禁止类商品的报关、报检,强力推进加工贸易的转型升级。

2007年4月19日,上海、南京、宁波、青岛、重庆、西安6个出口加工区开展拓展保税物流功能和研发、检测、维修业务试点。翌年12月,为应对国际金融危机的影响,保持对外贸易的稳定增长,全国出口加工区推广增加保税物流功能,开展研发、检测、维修业务,出口加工区从单一的出口加工功能区扩展到集出口加工、保税物流和研发、检测、维修等功能为一体的全方位运作功能区。2007年,全国出口加工区进出口额1 133亿美元,同比增长33.58%。上海松江和江苏昆山出口加工区进出口额分别达到386.16亿美元和315.6亿美元,两区进出口额占全国出口加工区进出口额的61.9%,继续保持领先优势。

出口加工区在承接国际产业转移、推进加工贸易转型升级、扩大对外贸易和促进就业等方面发挥了积极作用,但也存在重申请设立、轻建设发展的问题。经过整合转型,截至2008年年底,全国实有出口加工区56个,批准面积113平方千米,验收运作60平方千米。2008年全国出口加工区进出口总额达到1 444.48亿美元,同比增长27.5%,占全国进出口总额的5.63%。上海松江、江苏昆山、上海漕河泾和江苏苏州新区出口加工区进出口额超百亿美元。

昆山地处江苏省东南部,与上海毗邻,是"百戏之祖"昆曲的发源地,1984年全县财政收入不到1亿元,是个名不见经传的农业县,在苏州六县中经济排名倒数第一。当年还曾被人揶揄捧着"苏州城外半碗饭"过着穷日子,而今却连续14年位居全国百强县首位,一个县的GDP甚至超越了国内部分省份的经济总量。昆山出口加工区是全国第一个批准并封关运作的出口加工区,进出口货物总值等经济指标始终走在全国出口加工区的前列。

2018年12月4日,我从上海乘坐全国第一条跨省地铁11号线,直接到达江苏省境内的昆山花桥车站,转车片刻就来到了昆山综合保税区管理局。昆山出口加工区在2006年12月拓展保税物流功能试点转型为综合保税区,潘翔副局长向我介绍了昆山出口加工区的发展历程。

抓住浦东开发开放良机,借力上海,大力引进外资,实现开放"内转外";抓住自办开发区、出口加工区,实现产业"散转聚";抓住国际资本转移,引进研发经济、总部经济,发展高新技术产业,实现经济"低转高"。依托上海、转向亚洲、走向世界,把昆山变成"世界的昆山"。

潘翔副局长是出口加工区的"老兵",满怀深情地伴随出口加工区一路走来。我2003年担任上海海关监管处领导时曾多次为昆山出口加

中国自由贸易之路

区从上海关区进出口货物开辟直通式转关,助力昆山出口加工区有效提升进出口货物的时效,也可谓对昆山出口加工区"一往情深"。我们促膝长谈,回忆往事,意气相倾。

当时全国有2 851个县级行政区划单位,昆山是其中的一个,按照中国以往的规矩,大的建设工程县级单位是沾不上边的。天上不会掉馅饼,幸福是靠自己争取来的。1984年昆山干了一件"石破天惊"的大事。昆山人自己创办了一个工业小区,并在上海虹桥机场设立了一个大广告牌,上面写着"国家级经济技术开发区——昆山市欢迎你"。这在当时引来了许多质疑和嘲笑,但昆山的创新精神和务实作风却赢得了认可。1992年8月,昆山这个工业小区终获国务院批准,成为沿海"14+1"国家级经济技术开发区中唯一设在县级城市的开发区。但让昆山经济真正驶上"快车道"的是2000年昆山出口加工区的设立。这是中国改革开放征程中的第一个出口加工区。昆山市委、市政府为此整整"跑"了三年:跑上海台商外资企业沟通联系,跑台湾加工区考察招商引资,跑(江苏)省(苏州)市抢占先机,跑中央部委赢得支持。昆山走出了一条超常规、高回报、可持续发展之路。

我已十多年未到昆山出口加工区了,为了对加工区近况有个了解,我提议去两家企业看看。潘翔副局长临时安排陪同我前往。

我们来到台湾中强光电集团在昆山出口加工区投资的杨皓光电有限公司,关务经理林廷叡介绍了公司发展的情况。中强光电集团在大陆投资了11家公司,在昆山出口加工区的工厂有两千多名员工,主要生产投影仪光电设备,公司业务在加工区得到了长足的发展。2018年1月至11月,已出口3 400万美元,内销1.3亿元人民币。林经理还告诉我,他2006年从台湾来大陆江苏淮安工作,晚上8时商店就关门了,有时在商店购物付100元的人民币却找不出小票,而现在都刷"支付宝"了,十分方便。改革开放使祖国大陆发生了翻天覆地的变化。

昆山出口加工区是台资企业的集聚区。台商投资开始从劳动密集型向资金密集型和技术密集型转变,由分散发展向出口加工区集聚。昆山出口加工区2000年在全国率先封关运作,当时台湾5家电脑生产公司已经签约,出口加工区一举成为台资企业的基地和亚太区最大的电子生产区。台湾名列前100强的制造企业中有70家在昆山投资，迅速锻造出一个全球最具竞争力的IT产业集群。2013年2月3日，国务院批复同意设立昆山"深化两岸产业合作试验区"，赋予昆山对台合作先行先试的重要使命。截至2018年6月，昆山累计批准台资项目4 903个，投资总额593亿美元，台资占昆山利用境外资金总量的60%，创造了昆山70%的工业产值和80%的出口总值，昆山出口加工区成为大陆台资企业最密集的地区之一。

昆山出口加工区的优惠政策和便捷通关，最大限度地满足了加工贸易企业，尤其是IT企业"大进大出、快进快出"的要求。更重要的是"亲商、富商、稳商"的营商环境得到了外资企业的高度认可。昆山出口加工区自建立以来一直保持良好的发展态势，产业转型步伐不断加快，已形成电子信息、光电、精密机械和保税物流四大主导产业。

2000年我国初创出口加工区时，目的是为了强化对飞速发展的加工贸易的管理，建立一个专为制造出口商品的封闭区域，把加工贸易"圈养"起来。随着加工贸易的转型升级，大批IT高科技产业取代了服装等劳动密集型产业进入了出口加工区，其专业化的生产技术流程，又要求高科技加工产品深加工走出加工区，这就要求有专业化的现代物流配送相配套。从2007年开始，昆山出口加工区试点新增加了保税物流功能，为出口加工区的展翅高飞开创了美好前景。

出口加工区现代化的专业保税配送物流是如何开展的？与出口加工区初期每个加工厂自有仓库又有什么区别？在昆山出口加工区新宁现代物流公司，韦强总经理在办公室简要介绍公司情况后，就带领我们到最新研制的无人值守库区参观。

高大的两层仓储库区内，地面上十多台自动装载的智能小车整齐地排列着。在仓库进货处，上游零配件制造企业的集卡，把装着成千上万种零配件的大大小小包装盒卸载在匀速前行的传送带上，在电子卡口处扫描货物上的物联网标签，然后分门别类地自动落载到智能小车上。智能小车按照电脑编程的指令，自动运行到设定的位置，提升机自动提取货物后，沿着货架导轨自动爬升到指定货位卸载在货架上。然后，仓库再按照不同加工企业的订单，按照事先已设置的加工要求，把各类零配件集成，按照加工流程，通过传送带配送到各个生产企业的流水线上，以便加工企业进行装配制造。复杂的物流配送全程完全由电脑设置，无人值守，精确无误。这让我感到很惊讶。

现在出口加工区内的高科技产品的加工企业只是整个产业链上的一道加工流水线，已没有了配套的原料和成品仓库，实行零库存生产。公共型的保税物流仓库为加工企业承担起了原材料、零配件的配送，有效降低了加工企业的生产成本和加工时间。

昆山出口加工区的快速崛起，其效应不仅体现在带动招商引资和进出口增长上，还对民营经济、城市建设、第三产业发展和劳动就业都有很大的带动作用。2018年昆山出口加工区实现进出口货物总额3 390亿元，而当年昆山市的生产总值则为3 875亿元。昆山出口加工区撑起了昆山一片新天地。

十多年来，昆山出口加工区为加工贸易的快速发展，为昆山城市的崛起，为中国县域的繁荣做出了令人神往的业绩。"艰苦创业、勇于创新、争先创优"的"昆山之路"精神演绎了崛起的神话。

昆山出口加工区神话般的崛起令人称奇！

跨境自由贸易合作区

在中国自由贸易进程中，广东省珠海市与不同关税区的澳门特别行政区在毗邻珠海与澳门的关境区建立了珠澳跨境工业区，中国与哈萨克斯坦在新疆霍尔果斯边境区建立了中哈霍尔果斯国际边境经济合作中心。跨境自由贸易合作区域不仅包括加工贸易和货物贸易的自由化，还涉及服务贸易、投资、政府采购、知识产权保护等更多领域。这是两个不同关税区和两个国家（地区）间实施多双边合作的自由贸易特殊区域。

跨境自由贸易合作区是我在海关多年工作中未亲自去过的特殊监管区域，对此我颇有一点向往。跨境自由贸易合作区有哪些特殊性？现在境况又如何？这成为我采访体验的重点内容。

珠澳跨境工业区

为推进珠海与澳门的经济合作和互相发展，2003年12月5日，国务院批准设立了珠澳跨境工业区。这是我国首个跨关境的自由贸易合作区。

珠澳跨境工业区位于珠海市拱北茂盛围与澳门青洲之间的比邻区域，由珠海园区和澳门园区两部分组成，面积0.4平方千米。其中珠海园区0.29平方千米，澳门园区0.11平方千米，是海关特殊监管区域中面积最小的。自2004年3月28日开始填海造地，2006年9月完成基础设施建设，并验收合格，同年10月18日，珠澳跨境工业区珠海和澳门两个园区同步开通运作。

2018年6月，我从深圳蛇口前往珠海采访，在乘坐的高速快船上，我给原珠海保税区海关关长张旭打了电话，请她帮助联系去珠澳跨境工业区采访的事宜。

珠澳跨境工业区是珠海保税区的下属机构，也是归属于珠海保税区海关监管的区域。不消片刻，张旭就已联系上了珠海保税区跨境综合管理局的肖波局长。肖波局长给我打来了热情洋溢的电话，欢迎我去她们那里采访。

图1-15　2018年6月笔者来到珠澳跨境工业区采访

我与张旭关长相识于 1980 年，她当时在拱北海关闸口工作。那时我们在珠海查私办案，晚上入住海关招待所。晚饭后，我们一起到海边走走，看看澳门的夜景。

当时的拱北口岸是边境禁区，入夜一片漆黑，渺无人影，不远处的澳门则灯火闪耀。从海关关口步行到澳门也就几百米，如跃入海中，不一会就可以游到澳门岸边了。那个年代偷渡出境时有发生，记得那晚我们都穿着海关制服在海边散步，不时就有边防军人围上来把我们当作"偷渡犯"进行盘查，出示工作证件后方得解围。

第二天，肖波局长热情地接受了我的采访，并为我准备了珠澳跨境工业区的宣传册等资料。

肖波局长介绍，珠澳跨境工业区具有良好的地理位置和政策优势，距珠海机场 38 千米，距珠海九洲港集装箱码头 10 千米，距香港 36 海里、1 小时航程。港珠澳大桥落成后，到香港仅需 40 分钟车程。

珠澳跨境工业区的珠海园区、澳门园区分别由珠海市人民政府和澳门特别行政区政府管理，珠海市人民政府设立"珠澳跨境工业区珠海园区管理委员会"，澳门特区政府设立"澳门工业园区发展有限公司"，分别具体负责。

2004 年 12 月 9 日，广东省政府为降低跨境工业区内的澳门企业从内地进口货物的成本，提高产品竞争力，保持澳门长期繁荣稳定，申请珠澳跨境工业区珠海园区享受出口加工区入区退税政策，获国务院批准。

2007 年 3 月 8 日，海关总署发布的第 160 号令《中华人民共和国海关珠澳跨境工业区珠海园区管理办法》，明确珠澳跨境工业区珠海园区实行保税区政策，进出货物税收实行出口加工区政策；海关在珠海园区派驻机构，对进出园区的货物、物品、运输工具以及园区内的企业、场所实行 24 小时监管；园区实行封闭式管理，珠海园区和澳门园区之间设立专用口岸通道，用于两个园区的货物、物品、运输工具以及人员的进出；珠海园区可以开展加工制造、储存、国际中转、展示展销等业务。

珠澳跨境工业区实行"保税区+出口加工区+24 小时通关"的叠加优惠政策，这在当时的海关特殊监管区域中属特例。

澳门园区位于澳门特别行政区境内，不实行围网监管，享受澳门作为世贸组织成员、其他国际贸易协议的单独关税区和自由港等政策优惠，并享有中央政府与澳门特区政府签署的《内地与澳门关于建立更紧密经贸关系的安排》(Closer Economic Partnership Arrangement，简称CEPA)的经贸优惠政策和澳门的低税制及投资鼓励政策，货物和资金自由进出，无关税和外汇管制。

由于一场暴雨的突然降临，肖波局长就在二楼临街的办公室指着对岸的楼宇向我介绍起了珠澳跨境工业区的布局。

图1-16　肖波局长在临街的办公室介绍珠澳跨境工业区的布局

窗下就是珠澳跨境工业区内一条自然形成的水道，以水道作为隔离，对岸是澳门0.11平方千米的园区，排列着一栋栋整齐的楼宇厂房，不时有货运车辆穿梭而行。肖波局长如数家珍地向我介绍着这一家家服装、珠宝、电子等企业工厂。东侧河面上架设着一座平面钢制桥梁，是连接珠海和澳门两端园区的专用口岸通道，方便跨境工业区的人员和货物24小时通行。

雨停后，肖波局长带着我坐车在珠海0.29平方千米的园区巡游了一番，察看了珠澳跨境工业区的仓储和海关查验现场等场馆，还一起在珠澳跨境工业区门楼和专用口岸通道前合影留念。

从肖波局长的介绍得知，珠澳跨境工业区最早由澳门的成衣界人士提出，为的是应对当时全球纺织品配额制度取消对澳门带来的冲击，防止澳门本地成衣制造企业大规模北移。2002年8月,澳门特区领导在与广东省领导会晤时提出了联合兴建跨境工业区的设想。

设立珠澳跨境工业区是推进粤澳经济合作,加强内地与澳门互动发展和合作的重要举措,在《内地与澳门关于建立更紧密经贸关系的安排》框架内,发挥"一国两制"的优势,促进澳门回归后继续繁荣发展。珠澳跨境工业区的建立有助于整合珠澳两地的优势,实现制度优势、充裕土地和劳动力以及雄厚科技实力的共享,促进两地产业分工和布局的互补,从而提高珠澳两地的经济发展潜力,共同打造珠三角西冀经济中心及粤西商贸服务平台。

珠澳跨境工业区珠海园区设立初期的发展定位是以工业为主,兼顾物流、中转贸易、产品展销等功能,目的在于承接澳门纺织业的转移。2004年6月29日,珠澳双方在澳门首次联合举办了大型招商推介会。珠海园区共签约13个项目,其中12个为澳门企业投资,投资总额超过3亿港元。项目主要是纺织成衣业,也涉及制药、精密机械、食品加工、仓储物流等;澳门园区23个项目推荐入园,包括纺织成衣、制药、健康食品、信息产业、博彩用具制造、化工、新式混凝土生产等。投资者来自国内各省市以及北美等地区,投资总金额8亿澳门元。在澳门回归后的发展中,珠澳跨境工业区发挥了相应的作用,吸引了一大批澳门纺织企业进驻,对澳门的稳定发展产生了积极的作用。

据拱北海关统计,珠澳跨境工业区运行首年,即2007年,珠海园区注册企业34家,进出口额855.5万美元,经专用口岸出入境车辆3 646车次,出入境人员78 933人次。

2008年,虽然受国际金融危机的影响,但珠海园区的业务量还是有所增长。据拱北海关统计,珠海园区进出口额3 482.96万美元,比上年增长307%;经专用口岸出入境车辆9 505车次,出入境人员196 020人次,分别比上年增长161%和148%。

然而,随着纺织品配额的取消,人工成本的上涨,纺织行业利润下降,澳门纺织产业逐步萎缩,2011年区内工业厂房闲置率一度达到70%,珠澳跨境工业区面临着严峻的转型升级发展的考验。为了充分发挥珠澳跨境工业区的功能、政策和新的区位优势,经珠澳双方研究,确定了珠海园区从传统工业区向商贸服务区转型的发展方向。

从珠海园区管委会提供给我的文件资料显示，截至2017年年底，珠海园区注册企业522家，其中澳资企业233家，占比45%，投资总额逾3亿美元。运作企业468家，行业涉及仓储物流、电子商务、国际贸易、展示展销、信息技术及文化创意等。珠澳跨境工业区重新焕发了勃勃生机。

2017年珠海园区完成固定资产投资2.4亿元，同比增长122.7%；进出口贸易总额16.3亿元；跨境电商进出口通关33万票，货值6 528万元，同比分别增长149%和181%；社会消费品零售额4.79亿元，同比增长16.5%。澳门园区41家企业，35家投入运作，主要行业有玻璃纤维布、可录激光视盘、烟草、制药、制衣等。

2019年1月9日，澳门特别行政区政府举行"2018年度勋章颁授典礼"，时任行政长官崔世安向46名个人及实体企业颁奖，以表扬他们的杰出表现。其中，珠澳跨境工业区澳资企业宏基行供应链服务有限公司暨澳门供应商联合会会长叶绍文和新富伦贸易有限公司暨澳门北区工商联会会长黄健中荣获工商功绩勋章。

在园区巡游中，我看到这一0.4平方千米的袖珍型跨境工业区早已排兵布阵，处处都是楼宇式的工厂仓库。当我们来到成利威大楼底层的跨境供应链服务有限公司时，业务专员谢少樊在仓储区向我介绍了快件和跨境电子商务发展的情况。在仓储区的一边设置了封闭的海关查验场地，两名海关关员正在查验快件和跨境电商进口的包裹。我很感慨，在0.4平方千米的区域派驻海关监管，这是难得的功能优势。依我多年从事自由贸易区域管理的经验，我与肖波局长边走边探讨着珠澳跨境工业区的转型发展。时过境迁，珠海已由昔日的小渔村发展成为珠江三角洲中心城市，区位优势早已发生了变化。过去的土地人力资源优势已经荡然无存，反倒成为了软肋。夹在珠海与澳门之间的0.4平方千米的弹丸之地，不可能构筑起规模齐全的工业园区。珠澳跨境工业区要放眼粤港澳大湾区建设，紧紧抓住港珠澳大桥通车后珠海作为桥头堡的新契机，连接香港产业的延伸，依托跨境工业区仓储和派驻海关机构的区位和功能优势，大力转型发展服务贸易，以成为香港与内地之间快件和跨境电商的转运服务中心。

山不在高，有仙则名。夹在珠海经济特区与澳门之间的珠澳跨境工业区虽小，但区位、功能优势突出。在经济博弈舞台上，只要轻量级选手找到适合自己的搏击项目，同样可以摘取金腰带。

我从肖波局长提供的珠澳跨境工业区《招商引资手册》中看到，为主动适应和引领电子商务的发展，跨境工业区管委会创建了"珠澳跨境区电子商务平台"，为海内外电商在跨境区发展跨境电子商务创造条件，加速园区经济功能转型，实现园区经济提质增效升级。

在深入的采访中我获知，珠海市已制订了跨境电子商务产业化计划，从跨境工业区的功能政策优势出发，在珠海园区建成跨境电商公共服务平台，实现电商、支付和物流企业与海关的数据交互。目前已对接53家企业，建成启用1.13平方千米的跨境电商通关中心，海关入驻办公，实现"单一窗口"，为企业提供通关申报、保税仓储、货物查验、物流配送等"一站式"服务。珠海市还提供了珠澳跨境工业区珠海园区电子商务产业发展扶持资金1 000万元，已有易跨境、西洋街、惠澳、乐活岛、锦盛等一批跨境电商落户。加快跨境电商新业态成长，是国家坚定不移扩大开放、增加进出口、更好满足群众消费升级和国内发展需要的重要举措。2018年7月13日，国务院决定在珠海等22个城市新设一批跨境电子商务综合试验区，持续推进对外开放、促进外贸转型升级。相信珠澳跨境工业区能抓住新的历史机遇，打造跨境电子商务完整的产业链和生态链，推动园区跨境电子商务长足发展。

之后，珠澳跨境工业区管理人员给我发来了资料，2018年珠澳跨境工业区实现进出口额106 348万元，跨境电商产业园蓬勃发展。祝愿珠澳跨境工业区在跨境电子商务等新业态发展的征途上，继往开来，大展宏图。

中哈霍尔果斯国际边境合作中心

中哈霍尔果斯国际边境合作中心，是中国与哈萨克斯坦两国建立在霍尔果斯边境口岸国界线两侧接壤区域的跨境自由贸易合作区域，这是中国与他国建立的首个国际边境合作中心,也是上海合作组织框架下区域合作的示范区。

图 1-17　霍尔果斯边境口岸

霍尔果斯,中国隋唐时代古丝绸之路上的重要驿站,蒙古族语寓意为"驼队经过的地方"。唐代诗人王维送别诗《送元二使安西》中"劝君更尽一杯酒,西出阳关无故人"的绝句,道出了诗人对西行壮举的友人依依惜别的情谊和前路珍重的殷勤祝愿。2018 年 8 月 27 日,我从东海之滨的上海,乘飞机经停乌鲁木齐后,抵达西部边陲的伊宁机场。现代化快捷的交通工具,已全无了古时西出壮行的感觉。

历史上的伊犁是传统的边民互市集散地,霍尔果斯是边陲驿站,西出的骆驼商队循着古丝绸之路北道向中亚腹地一路迤逦前行。霍尔果斯 1881 年就与邻国通关,成为中国最早向西开放的口岸。新中国成立后,霍尔果斯成为中国与苏联的通商口岸。1983 年 11 月,国务院批准霍尔果斯恢复对哈萨克斯坦和第三国开放,霍尔果斯成为第一批对外开放的陆路口岸。

沿着丝路的足迹一路走来,云横荒岭的历史早已退去,沉寂 20 年的小城重新焕发了勃勃的生机,成为新疆对西开放的重要窗口和中哈两国陆路贸易的最大口岸,成为我国与周边国家贸易往来与人文交流的重要枢纽。

2003 年 6 月,时任国家主席胡锦涛访哈时,哈国时任总统纳扎尔巴耶夫提出,在霍尔果斯边境区域建立自由贸易区。一年后,新疆与阿拉木图签订了《关于建立中哈霍尔果斯国际边境合作中心的框架协议》；2006年3月，国务院下发《关于中国－哈萨克斯坦霍尔果斯国际边境合作中心有关问题的批复》，对合作中心及配套区的功能定位、优惠政策等方面作了明确批复；2010年5月，中央新疆工作座谈会决定设立霍尔果斯特殊经济开发区，将其建设成为新疆向西开放的桥头堡；2014年7月，国务院批准设立霍尔果斯市。

地处新疆西北角的霍尔果斯因贸易通衢，因口岸建市，是中国最年轻的一座县级市，同时也是国家重要的陆路口岸、国家经济开发区和中哈霍尔果斯国际边境合作中心所在地。一座小城，四块牌子，实行统一管理运行的机制。这在全国是绝无仅有的。

2013年，习近平总书记提出共建"丝绸之路经济带"倡议，随着"一带一路"合作的深入推进，集边境、公路、铁路、航空、光缆、石油天然气管道于一体，汇口岸、商贸、国家经济开发区和国际边境合作中心为同城的霍尔果斯，已绽放出非凡的光芒，为世界所瞩目。

我第一次远涉边陲的霍尔果斯，有很多的遐想。在霍尔果斯市行政服务中心宽敞明亮的办事大厅，熙熙攘攘的人们正在办理各项事务，大厅的墙上醒目地张贴着"各民族要像石榴籽那样紧紧抱在一起"的大红标语。服务中心指派了一位引导员给我做介绍。那是一位靓丽的女孩，身上披挂着写有"行政服务中心欢迎您"字样的织锦带。引导员自我介绍她叫木丽得儿，哈萨克族，之前在霍尔果斯检验局工作。

在"一窗受理联合登记"柜台前，木丽得儿介绍说："霍尔果斯已成为国内投资热点，按照自由贸易试验区复制推广的做法，实行负面清单办理，不断改善营商环境。现在每天来办事的人很多，我们努力做好服务。"

这很出乎我的意料。中国自由贸易试验区刚复制推广的做法在边陲小城也都得以实现了，营商环境已成为人们津津乐道的话题。

木丽得儿边走边介绍，带着我在办事大厅各处参观。

办事大厅汇集了全市各项行政事务，实行"一门式"办理。告示牌上标明各项事务的办事指南和网上申报、表格下载、业务咨询、进度查询等网上办事程序。办事大厅还设置了"互联网＋政务服务"自助服务区，配置了30台电脑、2台打印机，安排专人帮助办事群众，就像在自己办公室一样方便。

中哈霍尔果斯国际边境合作中心面积5.28平方千米，中方园区3.43平方千米，哈方园区1.85平方千米，主要功能为贸易洽谈、商品展示销售、仓储运输、宾馆饭店、商业服务、金融服务和举办各类区域国际经贸洽谈会。

合作中心对游客购物有很大的免税优惠，中方入境旅客可以免税携带8 000元的物品，哈方入境旅客可以免税携带1 500欧元的物品。相比我国海关对入境旅客免税携带物品5 000元的免税额度而言，着实提高了不少，这也极大地刺激了游客入区购物，推进了合作中心的发展。

在哈方园区通道的中线，建有中国古代方形四足礼器"鼎"型的门楼，高18.81米，寓意两国口岸通行时间为1881年。门楼的造型又如同拼音字母"H"，寄予和谐、合作、和平的愿景和中哈两国经贸往来、文化交流的美好前景。

图1-18　中哈霍尔果斯国际边境合作中心门楼

合作中心实行"一线放开、二线监管"的模式，中哈两国对园区实施全封闭，各留一个出入口。两国的公民，或第三国公民无须签证，持护照便可从各自的出入口进到这个共同的商贸区域，进行商贸洽谈和商品交易。

我们驱车在合作中心5.28平方千米的中哈两国商贸城参观了一圈，

各式楼宇铺就了整个园区。按照规划,中方园区划分为商贸区、会展区、金融商务区、宾馆饭店区等。义乌国际商贸城、苏新中心、中哈黄金城、天盛国际等10多个投资过亿的商业综合大楼已建成。中科国贸中心、欧洲城等商贸大楼早已经营,偌大的会展中心大厦即将完工,在建的还有宾馆酒店。在各个商贸大楼,前来贸易洽谈、购物旅游的人群川流不息。在大楼的门前或街角,堆放着一堆堆的货物,我问了一下,那是中东欧的客商在中方园区订购的货物,准备发运回国。

图1-19 中哈霍尔果斯国际边境合作中心中方配套区

哈方园区1.85平方千米,主体建筑是合作中心中央的金雕广场国际免税购物中心,建筑面积4.5万平方米。两层高的商场,楼下是五个大型免税店,楼上分A、B区,共64间商铺。国际品牌集聚、多民族文化荟萃,贸易投资、商务旅游和文化交流等功能齐全。

金雕广场购物中心车水马龙,人声鼎沸,商场里满是挂着哈斯克斯坦、俄罗斯、塔吉克斯坦、乌兹别克斯坦、土库曼斯坦、吉尔吉斯斯坦、土耳其、意大利等国招牌的商铺,还有不少澳大利亚、德国、韩国特色商品免税店,琳琅满目地陈列着各国的食品、纪念品、烟酒等特色商品,令人目不暇接。其间也有一些名贵手表、奢侈品箱包。

我走进金雕广场购物中心的几家商铺，金发碧眼的店主用简单的多国语言"无缝"切换招徕顾客。有些店铺是中国的店员在经营，忙里忙外地热情招呼着顾客。在一家挂着"格鲁吉亚红酒"招牌的店内，摆放的几十种外观造型各异的格鲁吉亚陶罐红酒，吸引了我的目光。我向店主询问了几款艺术陶罐红酒的特点和价格。格鲁吉亚是世界葡萄酒的发源地，深厚多彩的酒文化源远流长，其古老的陶罐酿造葡萄酒为非物质文化遗产，在世界上颇有名气。

之后，我们来到中方一侧"欧洲城"免税店，装潢很考究，类似大城市中的精美商场。在免税店咖啡吧，销售总监吴祖蓝告诉我：她们是家族企业，原籍浙江温州，早年去了欧洲。2017年7月投资3 000万元开办了"欧洲城"免税店，现在有上万个品种的欧洲品牌货。货物由欧洲空运到北京，再由海关"监管车"直接拉过来。坐在一方的老板娘热情地端上咖啡，并微信连线了远在欧洲的胡金云老板与我们通话。我在"欧洲城"免税店参观了一番，这里有欧洲各大名牌香水、化妆品、包袋和珠宝首饰等，琳琅满目。

中哈霍尔果斯国际边境合作中心管委会副主任李合龙全程陪同我考察采访。据李副主任介绍，当前合作中心已进入发展的"黄金期"，开免税店、盖仓储、建会展中心、置酒店……一片欣欣向荣的景象。近年来，中哈合作中心投资逾300亿元，打造基础设施"筑巢引凤"。自2012年正式运营以来，入驻商户近5 000家，从业人员6 000人。已集聚了包括中免集团、香港光辉等在内的75家免税商店入驻，游客日渐增多。经营商品涵盖欧米伽、万宝龙、范思哲、普拉达等国际知名品牌，商品种类涉及香水、化妆品、手表、珠宝、烟酒等多种类型，合作中心成为我国西北地区最大的免税"购物天堂"。

中哈合作中心汇集全球各地的商贾，汇聚世界各国的商品。以往中亚诸国或俄罗斯、土耳其等国商人到中国采购商品要先到中国驻所在国大使馆办理签证，现在合作区免签证，在合作区里的人员可以自由流动，洽谈结算贸易，也可以住宿，降低商务成本和时间。

合作中心退税政策降低了商户的进货成本，可以让利于顾客，吸引更多旅客。合作中心每天办证2 500~3 000人，长假期间达到5 000人。

夏季游客高峰期，办证大厅 34 个窗口同时开放。早上天刚亮，合作中心大门口就排起了等候入区的长龙，平均每天近 2 万人通过。

大客流进出区耗时费力成了合作中心发展的最大瓶颈。"在国家免税优惠政策实施的过程中，如何最大限度释放消费潜力，带动地方经济发展，成为海关关注的重点。"霍尔果斯海关为助推免税优惠政策效应的提升，不断深化分流集运联网监管改革，实现园区进出区人员、购物、店铺联网监管和分流集运，着力解决出区游客携行物品多、出区拥堵等问题，充分释放 8 000 元免税购物优惠政策，为游客带来便捷、高效的旅游和购物体验。

在合作中心入境海关检查大厅，接踵而来的旅客都提着大包小袋满载而归。我随意问了几位排队等候出关的旅客，在这里购物的感觉如何？他们都不约而同地回答道："这里汇聚了中国和中欧国家的各式商品，价格也便宜，既旅游又购物，很划算的。""最让人满意的是海关的通关，在这里选购完价格优惠的国际知名品牌商品后，可以在园区内快递直接送货，不用再大包小包地随身携带，比海淘代购省心省力，真是太方便了。"

与合作中心相距约 1 千米的中方配套区主要从事出口加工、保税物流、仓储运输等业务，9.73 平方千米的区域享有出口加工区和保税区的优惠政策，2016 年封关运营，目前已入驻企业 23 家，主要以粮食精深加工、油料饲草加工和高新技术为主。在门楼前宽阔的广场上排列着一长排满载货物的集卡和大货车，正缓缓地通过海关的卡口。

配套区内农业产业化龙头企业霍尔果斯金亿国际贸易（集团）有限公司在全国 7 个省（市）建立了 10 余万亩[①]出口果蔬生产基地，拥有果蔬保鲜库 1.8 万平方米和果蔬加工车间 2 万平方米，产品远销中亚五国及俄罗斯等国家。新疆兆丰和生物科技有限公司进口哈萨克斯坦绿色有机的农产品作为原料进行深加工，再销往国内四川、广东、广西、湖南、湖北等地。

外资企业金色喀秋莎国际贸易有限公司从俄罗斯搬到霍尔果斯，进

---

① 1 亩 ≈ 666.67 平方米。

口俄罗斯面粉原料，按照欧洲标准年产挂面 36 000 吨，投放中国市场。外商看中的不仅是霍尔果斯的政策优势，更是霍尔果斯面向国内和国际的市场优势。

哈萨克斯坦阿米克斯食品公司在这里建有合作厂家，签了十多份合同。阿拉木图五一肉类食品加工厂设立了销售窗口，让更多的中国人了解哈国新鲜优质的牛羊肉。

中哈霍尔果斯国际边境合作中心良好的贸易环境、优惠的商贸政策，使霍尔果斯成为我国出口商品"走西口"的重要集散地，亦是中亚商人的淘金逐梦之地，给新疆带来了前所未有的发展机遇，也体现了党和国家发挥新疆独特的区位优势和向西开放的重要视窗作用，以形成丝绸之路经济带上重要的交通枢纽和商贸物流中心，推进"一带一路"战略的发展。

据海关统计，2018 年合作中心中方园区进出口货物总值 48.8 亿元，比 2017 年同期增长 342.7%。进出合作中心人员累计已有 2 千多万人次、运输工具 60 多万辆次、贸易额 300 多亿元，逐年大幅上升。这些数字和上海、深圳等经济中心城市相比并不起眼，但对于远在祖国西北边陲，一个辖区只有 8.5 万人口的县级市来说，足以"皆天下之所谓难能而可贵者也"。2012 年前，这里还是一片戈壁荒原。2012 年中哈国际边境合作中心建成后，受益于"一带一路"建设，依托免签入境、跨境旅游、免税购物等优惠政策和连接中东欧的区位优势，吸引了越来越多的投资者。当地人甚至会骄傲地告诉你这样一句话："错过了深圳，错过了浦东，不能再错过霍尔果斯。"

在霍尔果斯市城市规划馆，陪同我参观的李副主任指着城市远景规划向我介绍。五颜六色的灯光不断跳跃，市中心高耸的丝路明珠电视塔、时代广场、国际广场、创业中心、总部基地等一座座高楼正拔地而起。气势恢宏的第六代国门已经打开，国家公路、铁路、航空、天然气管道、国际通信光纤"五位一体"架起了"一带一路"的金桥，连接着欧亚大陆。

李副主任告诉我，这是一个实现梦想的地方。

祈愿霍尔果斯的明天更美好！

中国自由贸易之路

保税港区

2004年,我国进出口贸易在连续多年20%以上的高速增长后,达到1.15万亿美元,同比增长35.7%,突破万亿美元,居世界第3位。进出口贸易的大幅攀升直接带动了港口的发展,中国港口吞吐量和集装箱吞吐量已多年位居世界第一。

港口作为全球资源配置的枢纽,国际与国内市场的结合点,是一个国家对外开放合作的桥梁。在经济全球化趋势下,港口已成为区域经济的增长极。不过,中国虽已是世界贸易大国、航运大国,中国大陆东部地区多个港口已跻身世界前十位,但港口的国际中转却十分滞后,还没有一个国际转口贸易功能成熟的港口。保税港区应运而生,成为中国港口积极参与国际分工、合作与竞争的试验基地,成为中国由航运大国向国际航运中心枢纽港发展的阶梯,成为中国自由贸易区域向自由贸易港区发展的起点。

经济全球化推动世界航运产业结构重大变革,区域性港口竞争日趋激烈,国际知名港口的自由贸易区大多与港口相连。德国汉堡港是欧洲经济自由区的典型,被称为"通往世界的门户",船只和货物进出得到最大限度的自由;荷兰鹿特丹港通过保税仓库和货物分拨配送中心进行储运和加工,再将货物运往欧洲国家;比利时安特卫普港在港口邻近区域设有六种类型的保税库区,可供物流企业更加灵活地操作;神户、釜山等东北亚港口群雄割据,纷纷竞逐国际航运中心,中国的港口面临沦为周边国家港口补给港的危机。为率先建设中国国际航运中心,上海急需更高的平台,洋山深水港建设应运而生。

打开封存的记忆,寻找历史的足迹。我找出筹建洋山保税港区时期的资料照片,回忆起过往的一幕幕情景。

2003年,我在上海海关监管处任职,负责洋山海关的筹建工作。上海海关作为上海洋山深水港建设指挥部成员单位,参加了上海市政府洋山深水港开发建设和洋山保税港区的规划筹建。上海市领导高度重视洋山港的开发建设,我每周例会上都与市领导和相关委办局人员一起研讨洋山保税港区的建设方案。

填砂围海,镇澜筑港。中国的港口建设者在临近上海的浙江舟山嵊泗列岛外海一处小小的小洋山岛礁上建起了一座水深 15 米以上的深水良港,首次架设长达 32 千米的跨海大桥与上海陆地相连接。港区、大桥、物流园区同步开工建设,成千上万的建设者日夜奋战,茫茫大海中停泊的废旧客轮成了指挥部临时办公地,地上的"星星"(电焊的弧光)与天上的星星竞相争辉。

期间,我与上海海事大学物流研究所开展了"洋山自由贸易港"的课题研究,提出在洋山深水港设立"自由贸易港"的研究方案;在复旦大学"全球供应链新机遇高级论坛"上做主旨演讲,阐述"洋山自由贸易港"的规划方案;应邀到上海国际港务集团等单位讲授;制定洋山保税港海关特殊监管方案,经常陪同市领导前往北京向海关总署和相关部委领导请示报告。在海关总署时任龚正副署长与相关职能司室的悉心指导和大力支持下,洋山港设立"自由贸易港"的运作顺利并展,但考虑到定名的连续性,协调意见还是延续我国"保税区域"的做法,定名为"洋山保税港"。2004 年 9 月上海市政府向国务院报送了《关于建立洋山保税港的请示》,上海海关向海关总署报送了《洋山保税港海关监管方案》。

国务院很快就把上海市政府的请示转发海关总署商有关部门研究。2004 年 10 月 13 日,海关总署会同国家发改委等 8 部委组成联合调查组赴上海进行专题调研;11 月海关总署主持召开 8 部委联席会议进行专题研究。

2005 年 2 月 22 日,海关总署等 8 部委在报送国务院的《关于建立洋山保税港及有关问题的请示》中,指出了"洋山深水港实行保税港政策的必要性","建立洋山保税港有利于加快上海建成东北亚航运枢纽港和国际航运中心的进程。随着经济全球化趋势的加强,港口已成为一个国家或地区参与国际分工合作和竞争的重要战略资源,国际化、便利化、信息化、组合化功能型已成为国际一流枢纽港的共同特征"。2003 年上海港集装箱吞吐量达到 1 128 万标准箱,成为继中国香港、新加坡之后世界第三大集装箱港口，但是上海港的中转量仍处于较低水平。当时，香港的国际集装箱中转量比例高达 40%，新加坡更是高达 70%，高雄港、釜山港也分别达到 53.4%、41%，而上海港仅为 0.76%。若在上海洋山港实行保税政策，可以大大简化船舶进出港的手续，提高国际集装箱的运输效率，吸引国际航运中转业务，从而增强其国际竞争力，加快推进上海国际航运中心的建设。

2005 年 6 月 1 日，国务院办公厅秘书局给上海市、浙江省和海关总署转发了一份《国务院关于设立洋山保税港的批复》的清样，同意了我们在报送方案中提出的保税政策和监管措施，要求海关总署会同有关部门，加强协作配合，简化手续，提高效率，优化口岸环境，切实做好洋山保税港的监管、服务工作，促进洋山保税港健康发展，为加快推进上海国际航运中心建设、促进现代物流业发展、提升我国对外开放水平做出贡献，并批复听取我们的意见。这让我感到很激动：一是我们的努力得到了国务院的肯定，二是国务院在做出重大改革决定前还再次听取我们的意见。

2005 年 6 月 22 日，国务院正式批复上海市、浙江省人民政府和海关总署，同意设立洋山保税港区。与批复清样对照，由设立洋山保税港改为洋山保税港区，从名称上更为全面完善。同意洋山保税港区充分发

图 1-20　2005 年 6 月设立洋山保税港区

挥区位优势和政策优势，大力发展国际中转、配送、采购、转口贸易和出口加工等业务，拓展相关功能。享受保税区、出口加工区相关的税收和外汇管理政策。国外货物入港区保税；货物出港区进入国内销售按货物进口的有关规定办理报关手续，并按货物实际状态征税；国内货物入港区视同出口，实行退税；港区内企业之间的货物交易不征增值税和消费税。

洋山保税港区由浙江小洋山岛礁建成的2.14平方千米的一、二期深水港码头和6平方千米的上海芦潮港陆上物流园区，及连接港口与物流园区、全长31.5千米的东海大桥三部分组成。2005年11月29日，海关总署等8部委对洋山保税港区联合验收合格。12月10日，全国第一个保税港区开港运作。全国唯一没有地域标识的"中华人民共和国洋山海关"同步挂牌开关。

我国尝试在港口设立保税港区，规划面积相对比较大，除具有港口功能外，还整合了保税区、保税物流园区、出口加工区的所有功能，国外产品可以快速进入中国市场，方便转口去其他国家。跨国物流中心集结，保税港区可以带动仓储、运输、贸易、金融和信息产业等多种服务贸易的发展，有助于建设国际物流中心，为进出口贸易、国际转口贸易提供便利，促使港口发展为国际枢纽港。

保税港区是自由贸易区的一种表现形式，是当时我国港口与陆地区域相融合的自由贸易层次最高、政策最优惠、功能最齐全、区位优势最明显的海关特殊监管区域，在形式上最接近自由贸易港的政策模式，是"中国化"的自由贸易港。

2006年8月31日，国务院又批准设立了天津东疆和辽宁大连大窑湾保税港区，着力打造北方国际航运中心和东北亚国际航运中心核心功能区；2007年10月，海南洋浦保税港区设立，着力建设面向东南亚的进出口贸易基地。

据海关统计，2007年洋山保税港区进出口货值800亿美元，较2006年增长222倍；水水中转集装箱301万标准箱、国际中转集装箱58万标准箱、保税仓储货值121亿美元，比2006年分别增长66%、241%和188%；国际航线覆盖全球300多个港口，保税港区内企业27家，投资总额78亿美元，集聚了叶永福、普罗斯、中储等众多国内外知名仓储物流企业，开展进口分拨、出口集拼等物流运作新模式，转运货物遍及全国27个省（区、市）的184个地区。

2008年，国务院接连批准设立了浙江宁波梅山、广西钦州、福建厦门海沧、山东青岛前湾、广东深圳前海湾、广州南沙、重庆两路寸滩和江苏张家港保税港区。山东青岛前湾保税区和保税物流园区以及临近的港口整合转型为保税港区，推动环渤海经济圈竞合发展，辐射带动沿黄流域九省（区）开发开放；设立重庆两路寸滩保税港区，采取"水港+空港"方式形成中西部地区出海大通道，变内陆口岸为开放前沿。2009年，山东烟台出口加工区与邻近港口整合转型为保税港区；2010年设立福建福州保税港区。我国侧重在东部沿海港口区域设立了14个保税港区，对于推进改革开放和外向型经济发展的新一轮战略布局，发挥了重要作用。

图1-21　天津东疆保税港区

青岛港是我国北方最大的集装箱港口，2008年集装箱吞吐量1 050万标准箱，但中转箱量仅57万标准箱，占比只有5%。反观青岛港在东北亚地区主要竞争对手的韩国釜山港，其2008年集装箱吞吐量1 432万标准箱，国际中转箱量却高达600万标准箱，占42%，其中来自我国北方的中转货物超过300万标准箱。保税港区的设立，可以充分发挥其特有的国际中转功能，提升中国港口的综合服务能力和国际竞争力。

2009年3月25日，国务院常务会议审议通过推进上海加快发展现代服务业和先进制造业、建设国际金融中心和国际航运中心的意见，要求上海探索建立"国际航运中心发展综合试验区"，到2020年基本建成具有全球航运资源配置能力的国际航运中心。上海洋山保税港区积极利用政策支持，寻求政策突破，研讨提出实行"启运港退税"等国家配套政策的支持，提升综合竞争力，进一步缩小与发达国家在航运政策和航运市场环境方面的差距。

启运港退税，是指从启运港发往洋山保税港区中转至境外的出口货物，一经确认离开启运港口，即被视同出口并可办理退税。这将有利于出口企业及时办理出口退税，加速资金周转。同时，也可减少国内流失到国外港口的中转箱量。2012年3月21日，财政部、海关总署、国家税务总局发布《关于在上海试行启运港退税政策的通知》，决定对从青岛前湾港、武汉阳逻港启运，出口口岸为洋山保税港区，从水路转关直航运输经上海洋山保税港区离境的集装箱货物，试行启运港退税政策。

2014年7月30日，启运港退税政策试点增加了南京龙潭港、苏州太仓港、连云港港、芜湖朱家桥港、九江城西港、岳阳城陵矶港；2018年1月8日，又增加了泸州港、重庆果园港、宜昌云池港、张家港永嘉港、南通狼山港，启运港退税试点范围扩大至13个。离境港增加了上海外高桥港区。同时，又新增了经停港退税政策。承运适用启运港退税政策货物的船舶，可经停南京龙潭港、武汉阳逻港、苏州太仓港加装货物。出口企业在启运港或经停港报关出口货物，启运后就能申请办理退免税，优于货物必须离境出口后才能申办，大幅提升了退免税时效。

交通运输部海事局也批准在洋山保税港区开展船舶登记，将"中国洋山港"作为一个新的船籍港，对注册在洋山保税港区的企业开展保税船舶登记业务。开创了国内保税船舶登记的先例，为进口保税船舶和国内制造入区退税船舶进行船舶登记创造了条件，提升了洋山保税港区航运资源的配置能力，促进航运金融等高端航运服务业的发展，使我国航运企业可以更为平等地参与国际竞争，形成规模化的航运市场经营主体。同时，也为吸引中资国际航运船舶回归登记开辟了新途径。

据海关总署统计，2018年全国14个保税港区共实现进出口货值7 526.68亿美元，比去年同期增长11.9%，占全国进出口货值4.62万亿美元的 16.3%。其中天津东疆保税港区以 1 326 亿美元继续领先，唯一的内陆港口重庆两路寸滩保税港区竟也达到 1 069 亿美元。此外，还有上海洋山、深圳前海湾、烟台、青岛前湾、广州南沙、张家港、大连、厦门等 8 个保税港区的进出口货值均突破百亿美元。

洋山保税港区是我全程全方位参与筹建的一个重大项目，因此我对其情有独钟。洋山保税港区的顺利运行，也可谓大功告成。2007 年我被调动到浦东海关工作，离开了情之维系的洋山保税港区。这些年中，因工作我常去洋山走动，对保税港区的情况也不陌生。为了深入了解洋山保税港区近来发展的情况，我给上海国际港务集团公司时任党委书记、董事长陈戌源发了条短信，相约采访。陈戌源董事长马上就回复了我，并做了安排。

海关与港务部门的日常工作联系密切，在筹建洋山保税港区时，我与时任上海国际港务集团总裁的陈戌源多有来往。陈戌源董事长是位"老码头"，长期在上海港担任领导工作，对上海港口建设发展情况了然于胸，为上海国际航运中心发展呕心沥血。

上海以港兴市，负海枕江。早期以黄浦江航道为主体的上海港呈现"千帆百舸从容过"的景象，自古以来就是我国重要的商贾重镇。浦东开发开放的号角推进了上海港的腾飞，20 世纪八九十年代掀起了从黄浦江向长江迁移的高潮。长江口万舸争流，沿岸各港口吞吐量激增，长江口深水航道的负荷日益加剧，水深不足，上海港已难以满足国际集装箱和船舶大型化运输的需求。于是，上海把目标投向了邻近上海的洋山岛，建造深水港。

2005 年 12 月，洋山深水港开港运行，一期码头第一年就突破 220 万标准箱的设计能力，达到 323.6 万标准箱。2006 年洋山深水港二期、三期工程竣工，拥有 5.6 千米深水集装箱码头岸线和 16 个 7 万～15 万吨级深水集装箱泊位，设计能力 930 万标准箱，实际运营达到 2 171.8 万标准箱。从 2010 年开始，上海港集装箱吞吐量连续荣登世界第一，上海港进出口货物约占全国的 30%，而其中的一半是洋山港完成的。

陈戌源董事长还介绍说，从世界范围看，船舶的大型化趋势要求现代化大型深水港。洋山保税港区作业船舶 60% 都是 1 万标准箱以上的超大型船，集装箱40%来自长三角及长江流域，国际中转比例提升到20%，水水中转比例提高到50%，已逐步成为国际航运版图上不可或缺的枢纽大港，为上海建设国际航运中心奠定了坚实基础，为全球竞争创造了良好条件。

陈戌源董事长还饶有兴致地向我介绍了洋山港四期工程"无人码头"。我登临洋山港中央控制塔，凭海远眺，巨型货轮停泊岸边，码头上齐整地排列着一座座大型集装箱桥吊，堆场上密布着一排排集装箱和一台台大型龙门吊，无人驾驶电动运载车川流不息，构筑出一派繁忙的海港图景。

洋山保税港区四期工程智能化码头于2014年12月开工建设，2017年12月10日开港试生产，2018年12月25日通过验收。2 350米的岸线，7个泊位，靠泊能力15万吨级，设计吞吐能力初期400万标准箱，远期630万标准箱。截至验收时，已累计安全开靠600余艘次干线船舶、3 200余艘次支线船舶，码头昼夜最高吞吐量达到14 451标准箱，是目前全球一次性建成规模最大的自动化集装箱码头。期间，习近平总书记、李克强总理先后与洋山四期码头视频连线，充分肯定了工程建设和码头运营所取得的成绩。

这里的码头静悄悄，完全没有了人们印象中脏、乱、闹的情景。

与传统码头相比，洋山四期工程首次采用了自动化设备和控制系统，由电脑控制桥吊来装卸集装箱，用无人驾驶的自动化引导运输车运输集装箱。与洋山港前期码头相比，四期码头2 350米的岸线，7个泊位，岸线最短、占地最少，但吞吐能力却是前期码头的一倍多。一个超级大港仅配备9名工作人员，作业效率却提升30%。真是令人不敢想象。

走进"无人码头"，岸边桥吊、轨道吊和自动化无人引导车非常有看点。卸载货物时，只见高大的桥吊将巨臂伸展到靠泊的远洋巨轮上吊取集装箱，转接后把集装箱放到自动引导车上，自动引导车依据指定路径驶向特定的堆场箱区，再由轨道吊车把集装箱吊装放置到指定的位置。全程自动化操作只需5~10分钟时间。

以往，桥吊司机坐在50米高的控制室里，凭双眼和手动操作将几十吨的集装箱从地面集装箱卡车上吊装到货船上。而今，操作人员坐在中控室，轻点鼠标就能完成集装箱装卸。

码头上看不到往常穿梭的集卡，运送集装箱的车辆借助埋在地下的导点自动行走。智能化港区共有 26 台岸桥、120 台轨道吊和 130 辆自动引导车投入使用，吞吐量将达到 630 万标准箱/年。整个码头就像一座看不见人的"游戏工厂"，从设备到"大脑"均为中国企业智造。

洋山港四期的建成，进一步提升了上海港的吞吐量，使上海港继续稳居世界第一大港。但陈戌源董事长说，数量不是关键。上海港务集团从大港到强港，洋山四期将挑战世界集装箱装卸技术的巅峰。

习近平总书记关心洋山港的建设和发展，2018 年 11 月 6 日在上海视察时，通过视频连线洋山港四期自动化码头，听取码头建设和运营情况介绍。习近平指出：经济强国必定是海洋强国、航运强国。洋山港建成和运营，为上海加快国际航运中心和自由贸易试验区建设、扩大对外开放创造了更好条件。要有勇创世界一流的志气和勇气，要做就做最好的，努力创造更多世界第一。他希望上海把洋山港建设好、管理好、发展好，加强软环境建设，不断提高港口运营管理能力、综合服务能力，促使洋山港在我国全面扩大开放、共建"一带一路"中发挥更大作用。

在采访中，陈戌源董事长还一再说到，港务与海关是一家人，是精神文明共建单位，洋山海关在世界第一大港的建设中发挥了"头雁"的作用，为加快上海国际航运中心建设提供了有力的支撑。

介绍了洋山保税港区 2.14 平方千米"港"的建设发展情况，那 6 平方千米"区"的情况又如何呢？于是，我来到了保税仓储物流区。2015 年洋山保税港区已转型为自由贸易试验区，保税仓储物流区的建设管理单位上海自由贸易试验区联合发展有限公司的党委书记、总经理孙仓龙和副总经理史陈骏向我介绍了洋山保税港区保税仓储物流区建设发展的情况。

孙仓龙总经理陪同我在仓储物流区参观。仓储物流区设有国际中转区、采购配送区、加工制造区、商贸服务区等功能区域。主要发展集装箱港口增值、进出口贸易和转口贸易、研发加工制造、保税物流、采购分销配送、展示交易、国际中转和集拼、期货交割、检测维修等业务。商务区集聚了货代、船代、报关、报检、金融、保险等航运与金融服务功能。整个6平方千米的仓储物流区早已"满座",一排排现代化物流仓库,川流不息的集装箱卡车,一座座进口商品展示交易馆,琳琅满目的各国商品秀……这里涌动着中国自由贸易的朵朵浪花。

在洋山保税港区仓储物流区卡口旁,一长排入驻企业国别的旗帜迎风飘扬,一长溜世界知名企业的铭牌闪闪发光,诠释着洋山保税港区自由贸易蓬勃发展的前景。

史陈骏副总经理介绍说,洋山深水港是全球最大的集装箱班轮码头,欧美远洋航线集聚,加之保税港区贸易便利化政策,具有开展汽车零部件进出口及转口、离岸贸易的独特区位优势,已形成以集中采购、分拨配送、国际贸易为核心,在亚太区域有重要影响力的汽车配件国际中转枢纽港。目前已有宝马、福特、戴姆勒、菲亚特、上汽、博世、采埃孚、马勒、法雷奥及海拉等全球知名汽车整车及零配件企业落户洋山,总仓储规模超过30万平方米,成为洋山保税港区第一大优势产业集群。洋山保税港区已发展为长三角地区最为重要的汽车零配件进出口产业基地、采购及分拨功能集聚区。

据海关总署统计,2018年我国进口汽车113万辆,汽车零部件进口额2 309亿元;出口汽车115万辆,汽车零部件出口额448亿元。2018

图1-22 上海自贸试验区港口整装待发的出口汽车

年国内汽车产销分别完成2 780.9万辆和2 808.1万辆,中国汽车产销已连续10年蝉联全球第一,中国正由汽车大国向汽车强国迈进,洋山保税港区作为汽车配件国际中转枢纽港和汽车配件采购分拨中心将大有作为。

成品油仓储及船用保税油供应服务已辐射至上海外高桥、宁波、舟山、江阴、南通、张家港等港口,洋山保税港区已成为上海最大的油品能源供给中心;洋山保税港区期货保税交割推动实现期货保税仓单质押融资,打通国内期货市场的国际化通道,在全国率先打造了保税大宗商品的供应链融资平台;上海铜铝期货交易以洋山保税港区保税铜进口的海关完税价格作为参照基准,形成伦敦期交所的期货价格,推动洋山保税铜由物流层面向金融层面转型升级,增加国际价格形成机制中的中国话语权。史陈骏副总经理望着我特地说道:这些创新成果都与洋山海关的支持分不开。

史陈骏副总经理介绍说,洋山海关首创了仓储货物分类监管制度。按照过去保税仓储最基本的规定,保税区域内的仓库不能存放非保税货物。但保税港区发展枢纽港,要开展进口货物分拨和出口货物集拼,同一订单的进出口货物混合后才能开展分拨和集拼。再则,保税货物存量不足时,仓库闲置会影响经济效益。洋山海关创新"仓储货物按状态分类"监管方法。通过建立监管系统和管理账册,实现保税货物和非保税货物在一个区域内分类存储,提升了仓库利用率,方便运作国内外采购订单,对接国际、国内两个市场,充分发挥保税港区的仓储物流配送功能。

目前,洋山海关创新的"仓储货物按状态分类"监管方法已经复制推广到全国自由贸易试验区,在全国各地海关运用。

孙总和史副总在介绍中一再向我表达了对洋山海关的赞扬。我知道,这并不是对我个人的恭维,而是对洋山海关在保税港区监管中不断改革创新,优化监管方式,热情为企业排忧解难,服务新型业态的肯定。我想,如果服务企业发展成为每一个国家管理部门常态化的做法,那我们国家经济社会就会更快地不断向前发展。

综合保税区

在我国对外开放进程中，为了适应不同时期对外开放和经济发展的需要，国家搭建了不同功能和优惠政策的自由贸易发展平台。最初设立的保税区，为实行加工贸易集中封闭管理，最大限度便利企业免税进出口设备、料件和加工成品；出口加工区增加出口退税，立足服务加工贸易企业扩大出口，推动外贸发展；保税物流园区在邻近港口的保税区实行区港联动，突出发挥保税物流枢纽的作用；保税港区则利用港口进出口便利的先决条件，实行港口与加工贸易、保税物流枢纽的一体化运作。

多年来，各种类型的海关特殊监管区域在承接国际产业转移、推进加工贸易转型升级、扩大对外贸易和促进就业等方面发挥了积极作用，但也存在种类过多、功能单一、重申请设立轻建设发展等问题。保税港区的设立，其优越的区位优势和功能优势，为沿海港口地区的发展注入了新的动能。同时，也凸现出了非港口区域的内陆区域和中西部地区发展的政策功能短板。

为了进一步推动特殊监管区域的科学发展，完善政策和功能，强化监管和服务，更好地服务于改革开放和经济发展，2012年10月27日，国务院发出《关于促进海关特殊监管区域科学发展的指导意见》，提出整合特殊监管区域类型，按照有利于实施国家区域发展战略规划、有利于中西部地区承接产业转移、有利于特殊监管区域整合优化，合理设立特殊监管区域，促进地区经济协调发展。

综合保税区的设立源于苏州工业园区。

苏州是国家历史文化名城，有着"人间天堂"之美誉，一个最像江南的江南，诗意盎然的地方。1994年2月，国务院批准设立中国和新加坡两国政府经济合作项目苏州工业园区。20多年前蛙鸣悠扬的稻田池塘，已转变为摩登的国家高新技术产业新城。苏州工业园区作为全国首个开放创新综合试验区域，被誉为中国改革开放的重要窗口和国际合作成功的典范。

苏州工业园区由中国和新加坡两国政府副总理担任联合协调理事会

主席。园区的开发建设和成功实践,得到了双方领导人的重视与支持。它是国际合作示范区,也是我国自由贸易先行先试的区域。1997年8月设立了直通式陆路口岸,2000年4月设立出口加工区,2002年11月实施国际航空货物虚拟空港直航,2004年5月设立保税物流中心,为各个时期园区的建设和发展提供了充分的优惠政策和通关便利。"不特有特,比特更特",这是苏州工业园区形象的比喻。

一个工业园区同时具有三个不同功能的海关特殊监管区域,这在全国是绝无仅有的。但张冠不能李戴,不同的保税区域对货物的流通有着不同的监管规定,三个单一功能的保税区域其优惠政策并不能叠加使用。于是,工业园区外向型经济发展中所面临的问题被提上了议事日程。2006年苏州工业园区第八次中新联合协调理事会提出汇合区内三个不同功能的海关特殊监管区域,设立综合型保税区域的议题。苏州工业园区旋即开展具有保税港区功能的海关特殊监管区域试点工作。

按照国务院领导对特殊区域进行"政策叠加、功能整合"的要求,苏州工业园区提出整合出口加工区、保税物流中心和直通式陆路口岸,实现"三区联动",建设内陆型保税港区的设想,得到了海关总署的支持和推动,海关总署将其作为全国内陆地区海关监管特殊区域"局部整合"的试点。2006年12月17日,国务院批准设立苏州工业园综合保税区,全国第一个综合保税区诞生了。

图1-23　2006年12月设立苏州工业园综合保税区

苏州工业园综合保税区规划面积5.28平方千米，分东、西两个园区，在原有出口加工区、保税物流中心和直通式陆路口岸基础上进行功能整合和政策叠加而形成，实施保税港区的相关政策，海关参照保税港区管理办法进行监管。国外货物进区保税，国内货物入区出口退税，区内开展保税仓储、加工制造、转口贸易、国际采购、分销配送、国际中转，以及研发、检测、维修和商品展示等业务，区内企业货物交易免征增值税和消费税。综合保税区和保税港区一样，是当时国内开放层次最高、优惠政策最多、功能最齐全的自由贸易区域，为苏州工业园区的进一步发展提供了政策支持和功能保障。

苏州邻近上海，平时节假日上海人总爱携家带口去苏州游玩，那里景色秀丽，好似上海的后花园。我在上海海关工作，与园区海关多有交往。苏州工业园区进出口货物主要通过上海的海空口岸，按通常做法，园区企业进出口货物要在上海的海运或空运口岸海关办理报关和查验手续。为了便利苏州工业园区企业进出口货物，支持园区的发展，海关单独为苏州工业园区创设了"直通式陆路口岸"，在苏州工业园区设立一处进出口货物通关点的虚拟口岸，通过海关信息化通关系统，直接与上海的海运或空运口岸海关联网办理报关手续，园区企业足不出户就可以办理货物进出口，极大地方便了园区企业，促进了园区的发展。

2018年12月4日，我在昆山出口加工区采访后前往比邻的苏州工业园综合保税区采访。园区管理办公室产业发展局王一瑛经理陪同我在园区采访。

在苏州工业园区展示中心，王经理向我介绍了园区建设发展辉煌的经历。在20多年的建设发展中，苏州工业园区积极借鉴新加坡等国家和地区的成功经验，坚持新型工业化、经济国际化、城市现代化的发展路径，经济社会发展取得了令人瞩目的成就。

接着，我们来到园区美国投资企业百得（苏州）精密制造有限公司。百得公司家用电动工具全球制造副总裁邹晴从会议中抽身接受了我的采访。

邹晴副总裁看了我的名片后兴奋地告诉我，他家原就在离外滩上海海关大楼不远处，小时候就是听着海关钟声长大的。他毕业于上海交通大学自动控制系，1986年从上海去美国留学工作。百得公司1997年来到苏州工业园区投资设厂，邹晴1998年4月就来到了工业园区内的百得。当时公司一百多名员工，几百万美元销售额。现在已有六千多名员工，研发团队一千多人，全球销售额十三亿美元，公司业务突飞猛进地发展。

"刚来时公司有18位外籍高层主管，现在就我一个职务最高，有三位在苏州工业园区发展起来的中国员工升任到美国专项商品的全球制造副总裁。我从公司和个人的发展经历都深深感受到中国改革开放带来的红利，也得益于园区的帮助支持。园区对外商的服务很好，这么多年我们没有请政府官员吃过一次饭，而政府每年会请我们开联谊会。我把人生最美好的时光都用在了这里。"邹晴副总裁十分动情地与我这位萍水相逢的老乡叙述着。

外商投资企业和人员积极参与融合到中国改革开放和经济发展之中，他们是中国改革开放伟大奇迹的共同创造者，同时，也是受益者。他们搭上了中国经济发展的顺风车，寻得了商机，赢得了红利，得到了发展。

综合保税区在苏州工业园区的成功试点，充分显示了不同自由贸易区域复合性政策功能的优越，对于服务和保障加工贸易企业转型升级，建立保税物流枢纽，全方位推进区域经济的协调发展，发挥了重要作用。

按照国务院促进海关特殊监管区域科学发展指导意见的要求，稳步推进特殊监管区域整合优化，完善政策和功能，逐步将不同经济发展时期建立的具有不同功能作用的保税区、出口加工区、保税物流园区、跨境工业区、保税港区整合优化为综合保税区，促进加工贸易向产业链高端延伸，使综合保税区成为引导加工贸易转型升级、拉动经济发展的重要载体，为内陆地区外向型经济的发展开创新通途。

2008年，国务院批准设立天津滨海新区、北京天竺、广西凭祥综合保税区，批准海口保税区调整升级为综合保税区，从而在全国引发了申办和调整设立综合保税区的热潮。

2015年8月28日，国务院又发布了《加快海关特殊监管区域整合优化方案》，要求主动适应经济发展新常态，紧紧围绕国家战略，加快海关特殊监管区域整合优化和创新升级。促进加工贸易转型升级，优化产业结构，推进加工贸易向中西部和东北地区梯度转移、向海关特殊监管区域集中。服务"一带一路"、京津冀协同发展和长江经济带等重大国家战略实施，促进区域经济协调发展。

国务院方案还提出了整合优化的实施步骤，建立健全与海关特殊监管区域发展要求相适应、相配套的制度体系，完善政策，服务"一带一路"发展战略，推进跨国产业联动发展，全面实现发展目标，促进海关特殊监管区域又好又快地发展。

截至2018年年底，全国共批准设立96个综合保税区，除西藏、青海两省（区）外，主要分布在全国29个省（区、市）。江苏省独占鳌头拥有16个综合保税区，长三角、珠三角、京津冀经济带实施协同发展，中西部和东北地区得以梯度转移连接。综合保税区已成为我国开放型经济发展的先行区、加工贸易转型升级时的集聚区，对深化国际产业的承接、推进区域经济协调发展、促进对外贸易和扩大就业，乃至城市建设，发挥了重要的作用。

截至2018年年底，列入海关总署统计的65个综合保税区，共实现进出口总额22 884.0亿元，占我国进出口贸易总值305 050.4亿元的7.5%。综合保税区已成为我国加工贸易的一个集中区域。据海关总署统计，成都高新综合保税区进出口额3 521.1亿元，摘得状元桂冠；河南

图1-24　南阳卧龙综合保税区

新郑综合保税区进出口额 3 415.4 亿元，荣获榜眼；江苏昆山综合保税区进出口额 3 399.0 亿元，取得探花；重庆西永和苏州工业园综合保税区分别以进出口额 2 061.2 亿元和 1 951.8 亿元，名列第四、第五。进出口额百亿元以上的综合保税区还有无锡高新、苏州高新、深圳盐田、西安高新、上海浦东机场、北京天竺、南京、天津滨海、广西凭祥、江苏吴江、武汉东湖、长沙黄花、南宁、广州白云机场、云南红河、浙江舟山综合保税区。21 家百亿元以上的综合保税区进出口额合计 21 765.6 亿元，占 65 个综合保税区进出口总额的 95.1%。

成都高新综合保税区由出口加工区、保税物流中心整合扩展而成，重点发展笔记本电脑、平板电脑制造，晶圆制造及芯片封装测试，电子元器件、精密机械加工以及生物制药产业，初步建成聚集新一代信息技术、生物、高端装备制造等先进制造业的"先进制造业集中区、复合型产学研新城区"，吸引了英特尔、富士康、德州仪器、戴尔、莫仕等世界 500 强企业和仁宝、纬创等全球知名代工企业入区发展，促进加工贸易转型升级，提升外向型经济的综合竞争力。

郑州新郑综合保税区是中部地区第一个综合保税区，富士康产业园的建设将郑州打造成全球最大的智能手机生产基地。新郑综合保税区积极承接加工贸易产业的梯度转移，加快产业结构调整和经济发展方式转变，带动了配套上下游厂商的进驻和电子信息产业的迅猛发展，全面提升河南对外开放的质量和水平，成为推进中原经济区腾飞的新平台。

江苏是我国地区 GDP 排第二位的大省，加工贸易外向型经济全面发展，江苏 131 个省级以上开发区进出口总额占据全省的 4/5，在国家级经济开发区综合发展水平考核评价中，名列前茅。江苏省拥有 16 个综合保税区，2018 年实现进出口总额 9 305.7 亿元，占全国列入统计的 65 个综合保税区进出口总值 22 884.0 亿元的 40.7%。

海关特殊监管区域是我国自由贸易的初始形态，随着对外开放和加工贸易的不断发展而逐渐培育形成。中国海关负重致远，不辱使命，为适应加工贸易的发展和企业的需求，不断探索税收保全和进出口货物的便利，承担促进加工贸易起步、发展、转型升级，推进中国经济发展的重任。

海关特殊监管区域进出口值占我国外贸的比重从 2000 年的 6.47% 增长到 2018 年的 16.8%，每平方千米平均进出口值超过 100 亿元，单位面积投资强度和工业产值居我国各类开发区之首；实际利用外资累计超过 1 000 亿美元，吸引了世界知名生产制造企业和现代物流、服务企业入驻；创造了 200 多万个直接就业岗位，带动了中西部地区开放发展，在我国对外开放和外贸发展中发挥了积极的作用。

2019 年 1 月 2 日，国务院总理李克强主持召开国务院常务会议，部署对标国际先进水平促进综合保税区升级，打造高水平开放新平台。按照党中央、国务院推动形成全面开放新格局的决策部署，完善综合保税区营商环境，进一步促进贸易投资便利化，有利于稳外贸稳外资、保持合理进出口规模、打造对外开放新高地，有利于培育国内市场、激发内需潜力。

一周后的 1 月 10 日，国务院举行了促进综合保税区高水平开放高质量发展的政策吹风会。海关总署副署长李国介绍，为贯彻落实习近平总书记的重要指示和国务院的具体部署，海关总署会同税务总局、商务部等 14 个部委研究提出了 21 项具体任务举措，着力培育综合保税区在产业配套、营商环境等方面的综合竞争新优势，推动综合保税区发展成为具有全球影响力和竞争力的加工制造中心、研发设计中心、物流分拨中心、检测维修中心、销售服务中心等"五大中心"，并将制定落实方案，争取各项任务举措早日在全国综合保税区落地见效。

国家税务总局总审计师（兼时任货物和劳务税司司长）王道树介绍说，综合保税区区内企业向境内区外的企业销售产品或从境内区外企业购买原材料、承接区外委托加工，可用增值税发票抵扣，满足企业开拓国际、国内两个市场和利用两种资源的诉求。

数日后的 1 月 18 日晚上，我收到昆山综合保税区管理局潘翔副局长发来的微信消息：今天零点刚过，张贴着"全球维修首票进区货物"大红标语的集装箱卡车驶进了昆山综合保税区卡口，旭达电脑（昆山）有限公司价值 1 800 美元的全球维修业务"第一票"货物顺利进入昆山综合保税区，标志着全国综合保税区开展全球维修业务试点已实质性落地。

旭达电脑（昆山）有限公司专业从事电子通信产品的维修，以往由于政策限制,只能承接由中国制造的产品的维修订单。2018年碰到3票货物中混进了其他地区生产的零部件,要退运回去重新分拣,增加了企业物流成本4.3万美元。旭达电脑(昆山)有限公司总经理陈智明激动地说道:"现在全世界生产的东西,都可以纳入我们的服务范围!2019年,我们将能做得更好!让中国的技术走向全世界!"

维修试点的落地,将政策红利转化为企业发展红利,将改革优势转化为企业转型发展的优势。目前昆山综合保税区内已集聚了7家专业维修企业和1家生产企业开展保税维修业务,实现产业链延伸,产品附加值提升,加工贸易转型升级,将逐步建立起全球性的维修中心。

设立全球维修中心使产业链从单一的代工制造向检测、维修等延伸,巩固与品牌企业的战略合作,拉动下游配套企业的进出口,带动物流、仓储服务业集中,实现"制造外包"向"服务外包"全方位发展,促使更多的功能性总部集聚。"五大中心"齐步开展,将彻底改变加工贸易产业以低端加工制造为主体的格局,稳定和促进外贸增长及加快推动加工贸易转型升级。

海关特殊监管区域在培育和推进加工制造、对外贸易、保税物流、港区联动、体制创新等方面发挥了重要的载体和窗口作用,对于我国的国际经贸合作和对外开放具有重要的探索和示范意义。

改革开放成功开辟了中国特色自由贸易新征途,中国自由贸易在发展征途上闪耀着璀璨的光芒!

第二篇　中国自由贸易之途

习近平总书记在党的十九大报告中提出：推动形成全面开放新格局，实行高水平的贸易和投资自由化便利化政策。赋予自由贸易试验区更大改革自主权，探索建设自由贸易港，加快培育国际经济合作和竞争新优势。中国自由贸易试验区成为国家改革开放和经济发展的新高地，对扩大开放深化改革探索新思路和新途径，培育贸易新业态新模式，实行更高水平的贸易和投资自由化便利化政策，优化区域开放的新布局，发挥了积极的重要作用，推动我国形成全面开放的新格局，我国经济发展迅速融入经济全球化的浪潮。

中国自由贸易试验区的脱颖而出，标志着中国贸易自由化的通衢大道已经开辟，向着世界经济全球化目标奋力前行。

中国（上海）自由贸易试验区

2013年8月，国务院正式批准设立中国（上海）自由贸易试验区，这在中国自由贸易发展史上是一个值得记取的日子，也使我感到特别的振奋。

图 2-1　2013年8月设立上海自贸试验区

2018年8月，在上海自贸试验区建设迎来五周年之际，我来到上海浦东展览馆，走进"在国家战略的伟大旗帜下——浦东开发开放主题展"展馆。迎面的展墙上，展现着邓小平、江泽民、胡锦涛、习近平国家历任领导人视察浦东的大幅照片，记录着党和国家领导人对浦东开发开放的殷切期望。

展馆中展示着国务院的红头文件《国务院关于印发中国（上海）自由贸易试验区总体方案的通知》（国发〔2013〕38号）。文件中写着："建立中国（上海）自由贸易试验区，是党中央、国务院作出的重大决策，是深入贯彻党的十八大精神，在新形势下推进改革开放的重大举措，对加快政府职能转变、积极探索管理模式创新、促进贸易和投资便利化，为全面深化改革和扩大开放探索新途径、积累新经验，具有重要意义……"

上海是我国最大的经济中心城市，中国共产党的诞生地，长期领中国开放风气之先，是全国改革开放的排头兵。随着浦东开发开放的不断深入，上海已成为我国改革开放的前沿阵地。全国第一个保税区、第一个保税物流园区、第一个保税港区先后在上海诞生。如今在中国自由贸易的新征途上，又迎来了全国第一个自由贸易试验区的诞生，上海又一次站到了中国改革开放的前哨，挑起了新时代更为重大的国家战略担当。

在上海自贸试验区外高桥管理局，我采访了上海自贸试验区管理委员会时任副主任李兆杰。

李副主任与我是多年的老朋友了。2003年我参加筹建洋山保税港区，当时他是上海市政府发展改革委贸易发展处的处长，我们经常一起参加市政府筹建洋山保税港区的例会。李副主任1990年就在上海市政府计划委员会计划处工作，曾参与筹建全国第一个保税物流园区和上海多个出口加工区。

我径直来到李副主任的办公室，与他聊了起来。在李副主任背后的墙上张贴着三张"中国（上海）自由贸易试验区"的平面图。李副主任不时转身指着平面图向我介绍上海自贸试验区建设发展的情况。

2011年5月，李副主任调任参加上海自贸试验区的筹建，做规划，搞方案，上北京，跑部委，苦心孤诣，历时两年多，迎来了上海自贸试验区的落地。从李副主任富有深情的介绍，看得出他对自贸试验区倾注的感情，就像对自己"十月怀胎"孕育的孩子似的。自贸试验区的指导思想、建设目标和具体任务，以及哪些知名企业的入驻，李副主任一项项了然于胸，如数家珍地娓娓道来。

李副主任介绍说，上海自贸试验区是中国顺应全球经贸发展新趋势、探索改革开放新路径的"试验田"，是党和国家在新形势下主动实行更加开放战略的一项重大举措。上海自贸试验区的核心任务是制度创新，要加快转变政府职能和行政体制改革，促进转变经济增长方式和优化经济结构，打造中国经济的"升级版"，以开放促发展、促改革、促创新，形成可复制、可推广的经验，服务全国的发展。这是前人没有走过的路，没有人告诉我们怎么做，要大胆试，自主改。这是新形势下党中央、国务院交给上海的重任。

李副主任对我说，筹建自贸试验区可与我们以前筹建洋山保税港区不一样，不仅要规划自贸试验区的政策功能，还涉及制度创新、转变政府职能和行政体制改革。怎么转变经济增长方式？怎么优化经济结构？这些都是政府的大事啊！真是不容易。挑担人知道这副担子的重量。

在国务院宣布设立上海自贸试验区后的一段时间，我应邀在上海的一些单位讲授自由贸易区的政策与海关管理，与会者提问最多的是"自贸试验区有什么新的税收优惠政策"。

在这之前，我国设立的经济特区、保税区、出口加工区、保税港区等自由贸易区域中，都是以税收优惠作为主导的，有些地方还有财政补贴。自贸试验区并没有出台新的税收优惠政策，这让一些专注税收优惠政策的人员有些茫然。那段日子里的股市，自贸试验区板块前期一路飘红，外高桥股票从2013年9月宣布设立上海自贸试验区后，连续飙涨，之后，又大幅回落，好似坐了一次"过山车"。股市反映了股民对自贸试验区传统税收优惠政策的心理期望。

我与李副主任谈论这个话题。自贸试验区是制度创新的高地，政策优惠的洼地。上海自贸试验区在国务院批准之前，李克强总理到上海外高桥保税区调研时，曾一连三问时任上海市市长杨雄，上海到底是要政策还是要改革？这不仅是向上海，也是向全国提出了这个重要的问题。总理一再强调一定要把改革放在第一位，把制度创新放在第一位。

在改革开放和自由贸易进程中，中国经济得以快速发展，前期靠拼资源消耗、拼廉价劳力、拼优惠政策，甚至以牺牲生态为代价。时过境迁，在世界经济全球化和中国取得完全市场经济地位的大背景下，中国的改革开放已进入"大海深水区"，如果还是照搬过去"内湖浅水区"的做法，那就游不快了，甚至会翻船。这就要求改革改变过去传统的发展思路和路径，摈弃依赖优惠政策，靠"吃偏饭"求发展的念头。这就要求抓住世界科技革命和产业变革的大趋势，靠拼开放服务、拼营商环境，来吸引投资，抢抓高新技术发展机遇，推进经济的持续发展。

回顾以往中央对设立的保税区、出口加工区、保税港区等自由贸易区域都有明确的概念，连地理位置、政策导向，可以做什么、怎么做，都明确写在文件里。为什么这次中央把自由贸易区定格为"试验区"——一种没有"句号"的经济改革形态？

设立上海自贸试验区，并不是对保税区传统优惠政策的技术性升级，而是对现行贸易、投资、金融和行政制度深度改革的试验。国务院发布的《中国（上海）自由贸易试验区总体方案》，对上海自由贸易试验区提出的总体要求、总体目标、主要任务和措施是"肩负着我国在新时期加快政府职能转变、积极探索管理模式创新、促进贸易和投资便利化，为全面深化改革和扩大开放探索新途径、积累新经验的重要使命，是国家战略需要"，"经过两至三年的改革试验……力争建设成为具有国际水准的投资贸易便利、货币兑换自由、监管高效便捷、法制环境规范的自由贸易试验区，为我国扩大开放和深化改革探索新思路和新途径，更好地为全国服务"。

这不是简单地设计自由贸易区，而是要通过自由贸易试验区提出全面深化改革和扩大开放的新举措，探索新途径。国务院发布的总体方案，只有总体要求目标，没有具体任务规定，给上海自贸试验区出了一份新形势下催人奋进的考卷。在主要任务的考题中，提出了加快政府职能转变、扩大投资领域开放、推进贸易发展方式转变、深化金融领域开放创新、完善法制领域制度保障等9道思考题；在营造监管和税收制度环境的考题中，提出了创新监管服务模式、探索与试验区相配套税收政策等5道应用题。如何转变扩大，又如何推进深化？这场考试是进行时，没有终止的时间，没有标准答案，没有最好，只有更好。

肩负着为中国全面深化改革和扩大开放探索新途径、积累新经验的重要使命,上海自贸试验区建立后,率先在投资管理、贸易监管、金融开放创新、事中事后监管、政府管理体制等方面进行了大胆的探索和突破。

上海自贸试验区将工作重心落在"试验"上,但难也难在"试验"上。这是前人没有走过的路,要我们去探出一条路来。转变政府职能、创新管理模式、促进贸易和投资便利化,为全面深化改革和扩大开放去探索新途径、积累新经验。

实行"证照分离"是自贸试验区改革创新迈过的第一道门槛。

党的十九大代表、浦东新区市场监督管理局注册许可分局企业注册科科长徐敏在这段时间可是"热点人物"。她在企业注册岗位已工作24个年头,身处浦东改革开放热土,站在市场准入改革创新的一线窗口,亲身感受并参与了浦东改革开放。

徐敏科长介绍,2013年上海自贸试验区建立;2014年上海浦东新区率先改革合并了工商、质监、食药监三个局,建立了市场监管局,实施注册资本登记制度改革;2015年自贸试验区扩区后,以"可复制、可推广"为目标,形成了100多项改革新政,市场准入创新制度占到40%,近20项为全国率先,并在全市、全国复制推广;2016年企业简易注销、证照分离"双告知"率先试点、名称登记制度改革试点;2017年浦东新区"全网通办""单窗通办"工程启动……徐敏科长如数家珍地娓娓道来这些年上海自贸试验区证照办理改革的大事件。

她所在的注册许可分局,由68位工作人员组成,2014年注册许可分局承担了原三个局的注册许可登记职能。目前共有9个注册许可综合受理点、36个基层所受理窗口,近200个对外服务窗口。2014年以来,日均业务受理量1 500人次,接待量4 000人次。在徐敏的办公桌上,需要批阅的申请材料堆积起来比办公桌还高。

据徐敏科长介绍说,自2013年上海自贸试验区建立后,率先开展商务制度改革,从"先证后照"到"先照后证",改革走了"一小步",营商环境优化却迈出了"一大步"。

"一小步"是企业领取工商营业执照后,就可以从事采购原材料、招聘员工、办理贷款等经营活动,先解决"准入不准营"的问题。如要从事需要得到许可的生产经营活动,再到相关部门办理审批许可。为此,浦东全面推行"双告知、一承诺、双反馈"的做法。即注册登记后告知企业和相关审批部门办理后置审批,企业做出承诺,相关部门审批后及时反馈信息。当然,改革起步时要打破诸多行业多年来构筑起的藩篱,走出这"一小步",其实还是很艰难的。

"证照分离"改革后,事中事后监管成了考验政府部门管理智慧的一道难题。浦东市场监管局开发建设了综合监管平台,加强信息共享、协同监管,建立起跨部门、跨区域的执法协作联动机制,为各部门实施综合监管协同联动提供支撑。政府"互联网+监管"综合监管应用体系的建立,为市场主体自律、业界自治、社会监督提供了有效支撑。

徐敏科长说,"窗口"虽小,但事关国家战略的具体实践,事关创业者的梦想。这样的使命感和责任感,给平凡的"窗口"工作增添了不平凡的意义。我们始终站在改革创新的前沿,为自贸试验区国家战略做着最基础的实践。大胆试、大胆闯、自主改,浦东的每一项改革创新,都要站在国家战略的高度,为全国投资管理改革创新探路。这就是全国"人民满意的公务员"获奖者的风采。祝贺徐敏在自贸试验区的岗位上获此殊荣。

自贸试验区对投资创办企业的改革,让我想起了30多年前上海"一个图章"审批外资的往事。那时上海改革刚起步,资金短缺,但外商来到上海投资却面临繁复的审批,最多得盖126个图章,涉及5个委办、20个局。查考历史的纪录,1988年6月10日,在没有中央部门可以"对表"的情况下,上海成立了"上海市外国投资工作委员会",简称"外资委",这在当时的上海是个很响亮的名字。"一个窗口"受理外商投资,"一个图章"审批外商投资,树立了外商心目中"服务政府"的新形象。上海投资环境一下子上了几个台阶,外商也用"真金白银"表达对"一个图章"的回报。外资委成立当年,上海新设外商投资项目219个,外商投资数十倍地增长,上海制造业水平实现了跨越式发展,上海城市面貌发生了翻天覆地的变化。

上海自贸试验区的建立,带来了全新的政府管理模式,外商投资从"一个窗口""一个图章"发展到"负面清单"管理制度。

上海自贸试验区第一份"负面清单"是如何制定的呢？带着这个问题，我请上海市商务委孔福安副主任帮助联系，采访了负责制定全国自贸试验区第一张"负面清单"的商务委外国投资管理处处长刘朝晖。

电梯来到外资处的楼层，迎面的墙上挂着"上海市三八红旗集体""巾帼文明岗"等牌匾，金光闪亮，告示来宾这是一个杰出女性云集的先进工作团队。

刘处长说话行事都有股干脆劲，一看就是"行伍"出身。我也曾在部队服役，我们自然而然就从部队这一话题聊了起来。我自报之前在南京军区装甲兵服役，刘处长说她在南京军区机关，咱们是"同一战壕的战友"！

刘处长转业来到上海市商务委工作已15年，是外资战线的一名"老兵"了。她带领外资处团队，开创性地制定了我国自贸试验区的第一张"负面清单"。

2013年，创建上海自贸试验区，中央要求积极探索管理模式创新，促进贸易和投资便利化。开始，他们是参加商务部、国家发改委组织的外商投资"负面清单"制定工作。后来，考虑到自贸试验区在上海一地试验，就委托上海商务委负责。于是，上海自贸试验区改革创新的一项核心任务，就交到了刘朝晖团队的手里。上海市发改委、海关、金融办和浦东新区政府等单位也分工负责，通力合作。

什么是"负面清单"？刘处长说开始还真是摸不着头脑。不懂就学，她带领团队迎难而上，学习最新国际投资规则，系统梳理外商投资管理的法律法规、双边和多边投资协定，以及美国、加拿大、日本、澳大利亚等多个国家和地区的"负面清单"管理体制，严谨细致地组织集体讨论、完善方案。

刘处长拿出一沓文件翻给我阅看。

"美国－韩国自由贸易协定的投资章节及美国负面清单附件""中国台湾地区侨外投资负面清单"等参考资料，以及组织专家研讨会的参考材料"中国（上海）自由贸易试验区外商投资准入特别管理措施与中国加入WTO减让承诺、《内地与香港关于建立更紧密经贸关系的安排》（CEPA）、《海峡两岸经济合作架构协议》（Economic Cooperation

Framework Agreement，简称 ECFA）对比表"等。

运用什么代码？这也是一门学问。美国的"减让表"只作文字表述没有代码，世界海关组织使用 HS 商品分类编码、台湾地区是数字代码。面对各地"负面清单"五花八门的代码符号，经过反复论证斟酌，最后选用了更切合我国实际的国家统计局国民经济行业分类的编码，显示国家文档代码的统一性。

好在我在海关摸爬滚打了几十年，也熟知 HS 商品分类编码等专业术语，否则采访就真抓瞎了。

在起草过程中，他们先后征求了上海众多管理部门的意见，召开了40 多次协调会。"这其中可没少跑你们海关的门了。"说到这里，刘处长看了我一眼，我们会意地笑了起来。海关是国家进出境活动的监督管理机关，海关繁多的政策法规，其实都汇聚着国家各个管理机关的监管要求。海关就像国家的一扇门，开大点开小点，都关乎外商投资贸易的便利与否。

他们还多次到商务部、国家发改委请示汇报。在无先例可循的情况下，借鉴国际通行规则，构思起草对外商投资准入的国民待遇和"负面清单"。

我们都是政府机关的"老兵"，在筹备洋山保税港区时我也操刀捉笔过，深知起草国家重要法规文件的艰辛。刘处长向我说起起草"负面清单"的内情。

"负面清单"从内容、形式，甚至是名称，都经过反复讨论，反复斟酌，上上下下几十次。哪些可以开放？哪些应该放开？上海相关委办局一次次协商研究，各委办局还要报中央对口的部委办，涉及国家各相关方面的主管部门，这不是在办公室里可以"闭门造车"的。"负面清单"的标的方——外资企业有何企盼建议？刘处长还带领团队到一家家外资企业调研听取意见，与各相关部门沟通协调。直到 2013 年 9 月 30日正式发布的那个凌晨，还在反复核对文字，因为"负面清单"意义太重大了，不容有失。

为了保证备案管理办法的可操作性，在制定过程中，刘处长带领团队同志分组"扮演"投资者和经办人，不断优化方案的可操作性，以提高投资者办事便利程度。

不涉及国家规定实施准入特别管理措施的外商投资企业，无须审批，只需经过备案即可完成设立及变更手续。外商投资企业设立由审批改为备案后，企业提交材料从原来至少11项缩减到"0"，到现场办事的次数从原来至少2次缩减到"0"，办结时限从原来的8个工作日缩减到1个工作日之内，办事结果从批复和批准文件2项缩减到备案证明1份，政府管理重心从原来的事前转到事中事后，最大限度给予投资者便利。

过去在人们心目中，外商到中国来投资办企业，是件颇为神秘而又烦琐的大事情，是由专门的代理机构办理，是要收好多费用的。现在，经过自贸试验区的改革创新，竟然无须审批，只要备案就可完成全部设立手续，也不需要到申办机关的现场去办理。我闻之也似乎有些莫名所以。

2013年9月，经国务院的批准，上海发布中国首份外商投资准入负面清单——《中国（上海）自由贸易试验区外商投资准入特别管理措施（负面清单）（2013年）》，里面包含190条外商投资特别管理措施。从此，外商投资由审批制变革为备案制，外商投资企业从"正面清单"转变为"负面清单"。虽一字之差，却天冠地屦。

这意味着外商投资由原来的"审批＋批复"的刚性制度，变成了信息报备的柔性操作，而且备案不再作为任何管理部门的前置许可。

据统计，上海自贸试验区从挂牌实行"负面清单"至2018年五年间，新设外商投资企业8 696家，吸引合同外资1 102.4亿美元，实到外资221.33亿美元，98%以上是通过备案方式设立的。

刘处长还告诉我：2014年根据进一步提高开放度和透明度的原则，她们又修订了2014年版的"负面清单"，由2013年的190条调整为139条，调整率达26.8%。面对的压力同样很大。为什么这些内容要调整，如何调整，怎么开放，都要有理有据。负面清单的长度从2013年版的190条缩短到2018年版的45条，上海自贸试验区近95%的外商投资项目都通过备案方式设立。

自由贸易区的宗旨是贸易便利化，贸易监管的改革创新是贸易便利化的重中之重。上海自贸试验区贸易监管的改革创新直击主管机关——

上海海关。

海关是国家进出口贸易的监督管理机关,中国海关伴随国家改革开放,创建了保税区、出口加工区、保税港区等多种形态的特殊监管区域,支持促进上海自贸试验区的建设发展是海关义不容辞的职责任务。

2014年4月22日,上海海关党组成员、上海自贸试验区海关工作组负责人张华鲁在上海市新闻发布会上,介绍了上海海关为上海自贸试验区从通关便利、安全高效、功能拓展等方面,积极开展监管服务制度创新研究与多项试点进展的情况,推出了海关第一批"先进区、后报关"和"区内自行运输"等14条自贸试验区"可复制、可推广"的海关监管服务制度。同年12月9日,上海海关在上海自贸试验区开展"自主报税、自助通关、自动审核、重点稽核"的通关作业新模式试点,标志上海自贸试验区23项通关改革创新举措全面落地。

平时,人们已熟悉的是银行的"自助存取款",在银行的自动存取款机上,插入银行卡,输入密码,就可以办理存取款了。那复杂的海关报关实行"自助通关"又是怎么一回事呢?

在上海自贸试验区外高桥片区报关公司,我请业务员启用"自助通关"模式办理一票货物的实际报关。

只见报关员打开电脑登录"关企共用平台预录入客户端",向海关申报进口一批计算机用主板。短短4分钟内,海关信息系统就自动完成了审核,税费自动缴付,货物自动放行。

"太方便啦!"同行观看的人员都禁不住地发出了赞叹声。

报关员曾经是一门很吃香的职业。要通过报关员资格全国统一考试,取得报关从业资格,并在海关注册登记,方可代表企业向海关办理进出口货物的报关业务。而且全国报关员资格统一考试每年举办一次,通过率如同全国会计、司法统一考试一样是有限的。报关员必须具备一定的学历、学识水平和实际业务能力,熟悉与货物进出口有关的法律、对外贸易及商品知识,要熟知海关法律法规,并具备办理报关业务的电脑操作技能。曾经报关业务是多么深奥、多么复杂,现在企业足不出户就可以"自助通关",完成货物申报、缴税、放行的全部报关手续了。

"这就等于把通关的权利交给企业自己啦。"

为了支持上海自贸试验区的发展，推进将上海建设成具有全球影响力的科创中心的国家战略任务，上海海关举行新闻发布会宣布在上海自贸试验区张江片区设立"上海海关驻科创中心办事处"，2018年3月15日正式办理海关事务。上海海关宣布对重点企业实施海关协调员管理制度，对国家重点项目和重点机构实施海关专人专岗服务；对中小微科创企业实行海关专人政策咨询业务辅导，协调解决在办理海关事务中遇到的问题；创新个性化监管，对冷冻、冷藏、恒温的特殊货物，预约通关、先放后验；对研发检测用试剂、样品与易挥发、易灭失、无法物化的耗材，以企业为单元，企业自律报备、中介机构评估、海关据实核销，实施过程式监管；对符合条件的研发检测项目等实行保税管理；推出了"减免税设备共享服务"，设立"科创主体知识产权海关保护联系点"，开设"科创人才进出境绿色通道"，实施精准有效监管。上海生物医药、集成电路、人工智能等近万家科创企业从中受益。

图 2-2　上海海关设立"驻科创中心办事处"，实行"一站式"服务

海关是国家进出境监督管理机关，上海海关为自贸试验区科创中心实行全新监管方式，如专人专岗服务、专人咨询辅导、协调解决、个性化监管、预约通关、先放后验、自律报备、保税管理、共享服务、知识产权保护联系点、科创人才进出境绿色通道、精准有效监管、一站式服

务……这一连串全新的名词在海关监管大词典里是找不到的，人们会惊讶怎么不同于过去国家机关的监管方式啊？难怪乎新闻媒体和网络报道使用了"重磅""惊呼""贴身保姆""保育员""引导员"等词语。

这是全国海关首个科创促进服务机构，面向上海所有科创主体提供"一站式"海关监管服务，为上海科创发展营造有利的环境。海关可提供类似家庭医生的"上门出诊"服务；对国家重点项目和重点机构，如国家重点实验室等，由于其建设周期长、涉及领域广，海关推出"保姆式"专人专岗服务，提供专人辅导，可在科研进程中的不同阶段提供政策指导和更有针对性的服务；面向广大中小微科创企业，海关则提供专人辅导，支持其更快发展为"独角兽"企业。

2019年年初，在上海海关举行的"2019年度十大风采人物"表彰大会上，我与"上海海关驻科创中心办事处"主任詹庆华坐在一起，我们聊起了科创中心海关的工作情况。詹庆华是全国海关屈指可数的全日制博士学历的基层海关关长，2007年我在浦东海关工作时，詹庆华已是浦东海关"保税－加工贸易监管处"的处长了。我想在科创中心这一高科技企业、高知识领军人才集聚的特殊区域，有一位高知识学历的海关关长居间服务，一定会有更多的共同语言，更多的贴心服务，一定会碰撞出更加灿烂的高科技火花，推动科创中心的迅快发展。

出入境检验检疫是国家对出入境货物、交通运输工具、人员等实施监督管理的重要部分，以保障人员、动植物安全卫生和商品的质量。上海自贸试验区设立初期，上海出入境检验检疫局对自贸试验区出入境货物创新性地全面实行"先进区，后查验""进境免于签发通关证明""申报前查验"和"预检核销""登记核销"制度，一线放得快、二线管得住。先后出台了77项新举措，其中15项是为上海产业发展和企业需求量身定制的改革创新制度，10项为全国首创，首批8项已在全国复制推广，对支持促进上海自贸试验区的建设发展交出了一份圆满的答卷。

2014年5月23日，习近平总书记来到上海自贸试验区外高桥综合服务大厅与窗口工作人员交谈，上海出入境检验检疫局自贸试验区办公室主任杨海军回答了总书记提出的问题后，递给了总书记一本上海国检"支持上海自贸试验区24条意见"的宣传小册子，尾页上有微信号。杨海军像平时介绍时一样告诉总书记,"请您关注我们的微信号,微信扫描下载APP"。引来了总书记和陪同视察的上海市领导的一片会意的笑声。杨海军绘声绘色地向我介绍了当时总书记视察时的情形。当时电视新闻播出这一幕时,在社会上曾引起一片赞扬声。

在上海出入境检验检疫局采访时,副局长曾玉成和办公室副主任潘婷等热情接待了我的采访,陪同参观了出入境检验检疫展示厅。2003年我在上海海关监管处负责洋山保税港区的筹建,与当时担任上海出入境检验检疫局综合业务处处长的曾玉成经常合作共商。之后,曾玉成升任上海浦东出入境检验检疫局局长,我也调任浦东海关工作。2018年3月,十三届全国人大会议审议通过国务院机构改革,出入境检验检疫管理职责和队伍划入海关,曾玉成副局长就此转任了上海海关副关长。从"关检合作"到"关检合并"走出的一小步,却使口岸监管贸易便利化前进了一大步。

国际贸易"单一窗口"是上海自贸试验区监管制度改革创新的经典之作。2016年11月22日,李克强总理来到上海亿通国际股份有限公司听取汇报,称赞道:"在当前全球进出口贸易萎缩情形下,你们创造的经验,为扩大我国进出口贸易打造了新亮点。"2018年11月7日,习近平总书记在上海视察时,通过视频连线了解国际贸易"单一窗口"的运行情况。现在"单一窗口"已在全国自贸试验区复制推广,在全国进出口口岸统一运行。

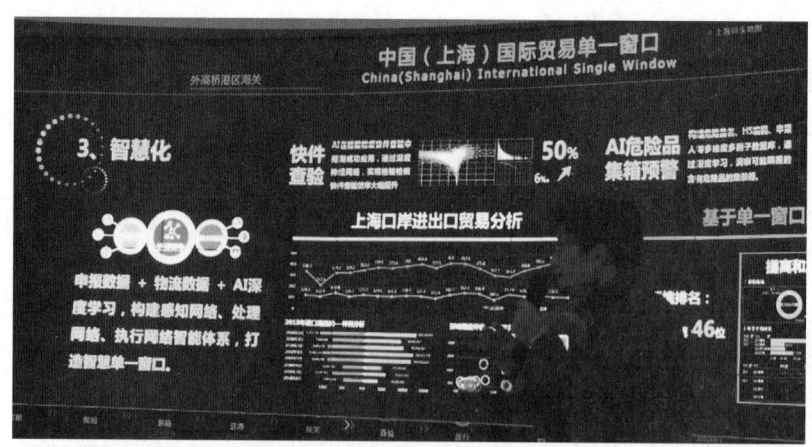

图2-3 国际贸易"单一窗口"被复制推广到全国

这是一家怎样的公司,"单一窗口"又有哪些创新亮点,竟能被总理点赞?

我应邀来到亿通国际公司采访,接待我的是"单一窗口"项目的研发设计师、企划部高级项目经理潘小东带领的团队。

没想到竟是多年未见的老朋友又相见了,我们紧紧握手。我的采访顿时变得更富有情感了。

2005年我负责筹建洋山保税港区时与潘小东相识,当时亿通国际公司负责保税港区信息系统,潘小东是项目经理,他经过十多年的历练已升任高级项目经理、资深咨询顾问了。

在亿通国际公司大楼底层大厅,"中国(上海)国际贸易单一窗口"巨大的显示屏上数据不断地跳跃,实时更新着上海口岸进出口货物和船舶的申报数据。潘小东向我介绍,当时总理就在大屏幕前听取汇报。总理赞扬他们"为扩大我国进出口贸易打造了新亮点"。

潘小东向我详细介绍了"单一窗口"的来龙去脉。2012年上海口岸办牵头开发上海口岸"通关一体化"工程,时任上海海关关长黄胜强给予了很大的支持帮助。2014年黄胜强升任海关总署国家口岸办主任,仍牵挂着"通关一体化"的进展,并委托上海开发国际贸易"单一窗口"。于是,由上海市口岸办牵头,海关、检验检疫、海事、边检、发改、商务、交通、经信、金融、邮政、民航、外汇、税务、食药监、林业濒管办、机场、港务等17个单位参加"单一窗口"的设计。黄胜强主任专门到上海调研,听取进出口企业和海关等监管机关,以及港务、机场、航空、通关代理等单位的意见,还主持了"单一窗口"模式启动仪式。

开始设计国际贸易"单一窗口",第一步考虑让外贸企业通过一个入口,向海关和检验检疫局一次申报提交货物进出口单证,以解决二次申报和二次提交单证的问题;第二步把船舶、港务的单证变为电子数据,包括进出口货物和运输工具的申报、贸易许可、资质办理、支付结算以及信息查询等功能模块。企业进出口货物和运输工具可以通过"单一窗口"一次提交申报信息,分别发送给监管单位系统;对需要查验的货物,关检查验指令可在"单一窗口"进行比碰;外贸企业与报关报检代理公司,可以通过"单一窗口"进行申报数据的相互交换;监管单位通过"单一窗口"共享监管状态和结果信息,申报结果通过"单一窗口"及时反馈;税费支付通过链接方式,接入关税支付、出口退税办理、外汇收付汇、检验检疫和海事规费支付等系统办理。

"单一窗口"实行企业免费申报,采用互联网模式登录,货物申报采用 B/S 网页模式,实行用户登记注册,直接与企业 ERP 系统对接,自动生成申报准备数据后,批量导入"单一窗口"。通过"单一窗口"大数据,企业可以提前申报,全程跟踪通关办理的实时状态,企业还可以获得均等化的政务服务,大幅提升自身的工作效率;管理部门可以跨部门共享监管信息、全面了解情况,在加强风险防控和协同监管方面获得数据支撑和网络通道。

在计算机程序开发过程中,亿通邀请了 10 家不同类型的企业全程参与货物申报功能的论证、设计、体验、应用和完善工作。各单位组成联合运维团队,共同承担"单一窗口"的运维保障,形成统一的运营服务规范,提供 7×24 小时服务响应。潘小东团队工程人员为了自贸试验区国家重点工程,可没少"白+黑、5+2、7×24","996"在其看来是家常便饭。

2014 年 6 月 18 日,"单一窗口"第一版正式上线运行,在国内首创企业进出口货物向海关和检验检疫局在同一申报表录入方式报关报检,实现了"一个平台、一次提交、结果反馈、数据共享"的"一单两报"。

2015 年 6 月 30 日,上海自贸试验区发布"单一窗口"1.0 版,实现进出口货物和运输工具申报、贸易许可、企业资质办理、支付结算及信息查询模块全部纳入。

2015 年,"单一窗口"2.0 版基本覆盖了上海口岸进出口货物和监管服务的各主要环节,上海口岸 95% 的货物申报、全部的船舶申报都通过"单一窗口"办理。企业通过单一接入点一次向管理部门提交单证数据,让数据多跑路。货物申报由 1 天压缩到半小时,船舶申报由 2 天压缩到 2 小时,提高通关时效,降低了通关成本。

2015 年 3 月 18 日,李克强总理主持召开国务院常务会议,提出改进口岸工作政策措施,促进扩大开放和外贸稳定发展,积极推进国际贸易"单一窗口",营造便利高效、公正透明的通关环境。

2015年4月，国务院发出通知推进国际贸易"单一窗口"建设，加快推进形成电子口岸跨部门共建、共管、共享机制。推动共享数据标准化，完善和拓展"单一窗口"的应用功能，进一步优化口岸监管执法和通关流程。按照2015年年底在沿海口岸、2017年在全国所有口岸建成"单一窗口"的目标，加快推广上海自贸试验区"单一窗口"建设的试点经验。

2016年11月22日，李克强总理视察后，"单一窗口"项目上升为国家口岸办"中国国际贸易单一窗口"工程。国家口岸办在上海市委党校汇集了全国主要地区的口岸办、通关业务和工程技术人员30多人，参加技术编程。海关总署牵头，会同18家政府部门共同推进"单一窗口"的建设，实现进出口贸易9项服务功能，在线办理货物申报、运输工具申报、许可证件的申领、企业资质办理、查询统计、出口退税和税费支付，实现了公安部、环保部、交通部、农业部、商务部、人民银行、海关总署、工商总局、税务总局、质监总局、林业局等11个部委信息化系统对接和数据互联互通，最大限度实现各个环节的无纸化。

国际贸易"单一窗口"得以实现"让数据多跑路，让企业少跑腿"的目标。以船舶离港手续办理为例，以往企业要分别去海关、检验检疫、海事、边检窗口办理手续盖章，现在通过"单一窗口"电子签单，办理时间由原来的2天压缩到2个小时。

国际贸易"单一窗口"为口岸管理部门"信息互换、监管互认、执法互助"提供了支撑，实现数据信息共享，通过联网核放，共享互认前序办理结果，简化监管流程和手续，提高了监管效率和执法透明度，成为推进"放管服"的重要抓手。"单一窗口"通过流程优化和数据整合简化，让各项通关申报作业"一点接入、一表录入、一次提交"，企业"一站式"办理，实现了"一次申报、一次查验、一次放行"。互联网的申报模式方便企业灵活选择申报地点，合理配置人力和业务资源。外贸企业与其代理通过贸易和物流数据的双向传输，及时了解货物和运输工具的通关监管状态和时间信息，便于开展供应链优化。与传统通关模式相比，"单一窗口"具有显著的优势，便利了企业办理，提高了通关效率，降低了商务成本。

国际贸易"单一窗口"成功地运用我国领先世界的互联网科技优势,通过"互联网+通关"的改革和实践,为我国贸易便利化插上了腾飞的翅膀,一下子就让我国跨境贸易便利化在世界银行的评比得分上名次升了32位,其中的功劳不言而喻。

让我们来感受一下世界银行《2019年营商环境报告:为改革而培训》是如何评价的:过去一年,中国对评估指标的各个方面都实施了改革,在促进跨境贸易便利化方面的改革亮点颇多,几乎各项指标都取得了显著进展:通过实施"单一窗口",取消行政性收费,增强透明度并鼓励竞争,压缩了"跨境贸易"的时间和成本。出口单证合规时间从21.2小时降至8.6小时,出口单证合规成本从84.6美元降至73.6美元,出口边境合规成本从484.1美元降至314美元,进口单证合规时间从65.7小时降至24小时,进口边境合规时间从92.3小时降至48小时,进口单证合规成本从170.9美元降至122.3美元,进口边境合规成本从745美元降至326美元。虽然我们对合规时间、合规成本这些专业名词的含义还不能完全理解,但从所采集的数据可以看出,国际贸易"单一窗口"对降低通关时间和通关成本所起到的作用是多么重要。

金融改革是自贸试验区的一项"重头戏"。改革开放40多年来,我国先后设立了保税区等各类自由贸易形态的特殊区域,实行了多种经济贸易的改革举措,但金融改革慎之又慎。

为了支持上海自贸试验区的建设,加大对跨境投资和贸易的金融支持,2013年12月2日,中国人民银行发布了《关于金融支持中国(上海)自由贸易试验区建设的意见》,明确上海自贸试验区五大金融创新关键点:创新有利于风险管理的账户体系;促进投融资汇兑便利;扩大人民币跨境使用;推动利率市场化体系建设;建立与自贸试验区发展需求相适应的外汇管理体制,实施25条创新举措和5条强化监测与管理的措施,实行风险可控、稳步推进。

金融支持上海自贸试验区的一大亮点是实行"自由贸易账户",使金融机构能够为客户在自贸试验区分账核算单元开立规则统一的本外币账户,便利办理跨境资金汇兑业务,按准入前国民待遇获得金融服务。这是自贸试验区承担中国金融开放"试验田"的重任。

我在各地采访中谈到"自由贸易账户"时,多地自贸试验区领导都向我"吐槽"一番,提出不要让"自由贸易账户"留在上海当"盆景"。

"自由贸易账户"类似于境外账户,能与国际市场连通。"自由贸易账户"的资金可以在境外和自贸试验区之间汇入和汇出,区内企业向海外融资更便利。过去,跨国企业境外资金需要回流国内,或境内资金需要转出去,都要通过手续烦琐的外汇管理,这等于是捆住了企业的手脚。在全球贸易竞争中,资金运用效率不高,使得企业处于不利地位。

为促进贸易投资便利化,自贸试验区推出跨境人民币双向资金池、人民币境外借款等,帮助跨国企业盘活境内外资金,打通跨国企业国际市场的通路,企业无须审批即可根据自身经营需要从境外借入人民币。因而,"自由贸易账户"被视为跨境贸易投资的"高速公路"。其重要性显而易见。

"自由贸易账户"在上海自贸试验区先行先试,建立本外币一体化境外融资,企业和金融机构从境外融资不再需要行政审批,市场主体在设定规则下可以自主选择境外融资的数量和结构。截至2018年7月底,上海自贸试验区内已有56家金融机构通过分账核算系统验收,累计为3.7万家企业开立了7.2万个"自由贸易账户"。为强化风险防控,上海自贸试验区建立了"电子围网"风险监测预警体系,采取分账核算方式,与境内区外其他账户"隔离",还设立了逆向调节机制,对冲企业跨境资金的大进大出,对跨境资金实施逆周期调控,减少对境内外市场流动性的扰动。

2014年12月28日,国务院批准上海自贸试验区面积扩展到120.72平方千米,范围涵盖上海市外高桥保税区、外高桥保税物流园区、洋山保税港区和上海浦东机场综合保税区、金桥出口加工区、张江高科技园区和陆家嘴金融贸易区。

上海自贸试验区的扩围,不仅是空间范围的拓展,更重要的是自贸试验区原有区域产业结构单一的缺陷得到了完美的补充。上海高端制造业集聚的金桥开发区、高新技术企业汇集的张江高科技园区和商贸金融汇聚的陆家嘴金融贸易区进入自贸试验区行列。这三大新增区域是上海开发开放经济发展的高地,在全国乃至世界都有着广泛的影响,这将有效增强上海自贸试验区的声望,促使上海在推进国际经济中心综合实力、国际金融中心资源配置功能、国际贸易中心枢纽功能、国际航运中心高端服务能力和国际科创中心策源能力等方面取得新突破。"五大中心"的蓄势发展,不仅是上海的期盼,我想更是中央要求在更高起点、更高层次、更高目标上推进改革开放的国家战略。正如习近平总书记所言:上海"长期领中国开放风气之先。上海之所以发展得这么好,同其开放品格、开放优势、开放作为紧密相连"。开放之于上海,正如上海开放之于中国,具有重要意义。

2018年,上海自贸试验区交出了一份亮丽的答卷。实现规模以上工业总产值4 965亿元,占上海市的14.3%;实现进出口贸易额1.46万亿元,占上海市的42.8%;全年新设企业7 200家,累计新设企业5.88万家。自贸试验区内共有企业8.85万家,新设企业中外资企业占比20%。根据习近平总书记"大胆试、大胆闯、自主改,力争取得更多可复制推广的制度创新成果"的要求,在投资、贸易和金融等一系列领域先行先试。负面清单、商事登记和证照分离等127项制度创新成果已在全国复制推广。

按照党中央、国务院的部署,在各地自贸试验区和全国范围推广上海自贸试验区改革创新成果,要求各省(区、市)和国务院有关部门制订工作方案,明确具体任务、时间节点和可检验的成果形式,推广到全国。上海话"变成"了普通话,上海清单成为了国家文件。

自贸试验区改革的"苗圃"枝繁叶茂,创新的"良种"播撒全国。

图 2-4　上海自贸试验区海关关员工作间隙

中国（广东、天津、福建）自由贸易试验区

2014年12月12日，李克强总理主持国务院常务会议，部署推广上海自贸试验区试点经验，在广东、天津、福建再设三个自由贸易试验区，以上海自贸试验区试点内容为主体，结合地方特点，充实新的试点内容，推动更高水平的对外开放。这是新形势下推进改革开放和促进内地与港澳深度合作、深化台海两岸经济合作和加快实施京津冀协同发展战略的重要举措。要求广东、天津、福建三地解放思想、改革创新、大胆实践，为全面深化改革和扩大开放探索新途径、积累新经验，当好改革开放排头兵、创新发展先行者。

广东、天津、福建三地都是国家改革开放征程上的先行区，都具有丰富的改革创新经验和雄厚的经济实力。三地自贸试验区要以上海试点内容为主体，结合地方特点充实新的试点内容，继续当好改革开放排头兵、创新发展先行者。中国自由贸易发展犹如奥林匹克竞赛场上的赛跑，由单人参赛发展成为团队竞赛，向国际自由贸易通行规则冲刺，将迸发出更大、更强的力量。

2018年6月，我扛起行装前往各地自贸试验区采访，了解深化改革扩大开放的举措，记取改革创新竞赛的成果，体验建设发展的新貌。

广东是中国的南大门，广东的先民从秦汉开始就漂洋过海与世界各地交往，广东成为海上丝绸之路最早的发源地。广东具有毗邻港澳的优

势,是改革开放的前沿,社会经济先于全国其他地区得以快速发展。自1989年起,广东国内生产总值连年高居全国第一,经济总量占全国的1/8,进出口总额和吸引外商投资占全国的1/4。广东自由贸易试验区的设立,必使广东迎来又一次突飞猛进的发展。

中国(广东)自由贸易试验区办公室与广东省商务厅合署办公,我在曾与我在海关总署党校同班学习的广州新沙海关单城新关长的帮助下,联系调任到广东省自贸办工作的海关人员田承达安排了采访。广东省自贸办政策法规处时任处长王濛向我介绍了广东自贸试验区建设发展的情况。

王濛处长说前几日应海南自贸办的邀请去讲课刚赶回来。海南刚设立自贸试验区,缺乏经验和人员,因此邀请先期成立的自贸试验区人员去做介绍,海南也派干部到各地自贸办实习。

广东、福建是全国自由贸易区域的"大户",保税区、出口加工区、保税港区等海关监管区域遍布。广东、福建自贸试验区设立后,选调了一批对业务熟悉的海关干部到自贸办工作。我在广东、福建多个片区的采访,都是通过几地海关同仁进行安排,方便了很多。

王濛处长是专事自贸区政策研究的专家,她了解到我也长期负责特殊区域的监管,于是,介绍中就自然地应用自由贸易的专业术语,不用再做"翻译"重复解释了。

广东自贸试验区有深圳前海、珠海横琴和广州南沙三个片区。中央要求广东在新形势下促进内地与港澳的深度合作,探索粤港澳经济合作的新模式,为全面深化改革和扩大开放探索新途径、积累新经验。广东毗邻港澳,要依托港澳、服务内地、面向世界,将自贸试验区建设成为粤港澳深度合作示范区、21世纪海上丝绸之路重要枢纽和全国新一轮改革开放先行地。听了王濛处长一番精彩的介绍,收获颇丰。王濛处长介绍我多去几个片区实地采访,会更精彩。

我从蛇口港乘车前往前海蛇口自贸区管委会,一路上,到处都是热火朝天的建设工地,高楼大厦如雨后春笋般地拔地而起,置身其间甚感振奋。

深圳是我国第一个经济特区,以其沧桑巨变展现了改革开放的磅礴伟力。如今,深圳前海蛇口自贸片区领衔再出发,去攀登自由贸易征途上又一个高峰。

广东自贸试验区深圳前海蛇口片区面积28.2平方千米,按照布局重点发展金融、现代物流、信息服务、科技服务等战略性新兴服务业,以建设成我国金融业对外开放试验示范窗口、世界服务贸易重要基地和国际性枢纽港。光这些新业态亮丽的名称也足见其灿烂的发展前景。

图2-5 广东自贸试验区深圳前海蛇口片区

在前海片区,管委会传播中心焦伟主任热情接待了我的采访,向我详细介绍了前海片区建设发展的情况。展示厅因装修暂停开放,但焦伟主任还是破例为我一人专门安排了参观。

图2-6 听取前海片区发展前景的介绍

讲解员打开展厅的灯光，幕墙上展示着习近平总书记视察前海时的大幅照片和讲话要点：前海是最浓缩最精华的核心引擎，要依托香港、服务内地、面向世界。要发扬特区人"敢为天下先"的精神，敢于做第一个"吃螃蟹"的人，落实"比特区还要特"的先行先试政策。要精耕细作，精雕细琢，一年一个样，一张白纸从零开始，画出最美最好的图画。

前海片区牢记总书记的嘱托，背负着"画出最美最好的图画"的重任，从零开始精心雕琢，一年一个样，扬起风帆筑梦特区 2.0 新时代。

我驻足在前海片区"中国梦的梦工场"大型演绎沙盘前，倾听讲解员的述说。讲解员告诉我，当年总书记视察时，也是在这里审视前海建设发展的情况。大屏幕不断滚动，展现出一幕幕深圳前海片区建设发展的辉煌前景。规划沙盘模型上的灯光不断跳跃变幻，标示出 28.2 平方千米的自贸热土上，正演绎着一场"效率就是生命"的竞赛。

管委会传播中心的吴向阳陪同我在前海片区参观巡游了一番。

前海片区服务中心大厅人声鼎沸，呈现一派如火如荼的景象。墙上"加大营商环境改革力度，打造最佳营商环境"的大幅标语格外醒目。好多人正在办理手续，工作人员忙碌得没有片刻的停息。

在前海片区 15 平方千米的前海新城建设工地上，到处都是热火朝天的景象。这里原来是一片滩涂地，现在已是成片在建的高楼大厦。腾讯、阿里、百度等楼宇，争奇斗艳，不断改写着前海的天际线。嘉里、新世界、周大福等香港企业在前海寻求更广阔的发展空间。目前，香港企业在前海已投资 15 宗地块，面积 34.08 公顷①，达到前海批租土地面积的 47.4%，香港企业对前海的投资增长率达到 206%。与当年深圳经济特区建设初期一样，前海的城市形态已发生了快速的变化。站在粤港澳大湾区建设新的历史起点上，前海将为香港扩大现代服务业的空间，深化与内地的紧密合作，推动香港经济结构优化发挥重要的作用。

2018 年 10 月 24 日，习近平总书记再次来到前海片区视察，察看前海的发展变化。总书记眺望四周深有感触地说道："实践证明，我们走改革开放这条路是一条正确道路，只要锲而不舍、一以贯之、再接再厉，

---

① 1 公顷 =10 000 平方米。

必然创造出新的更大奇迹。"

我随着总书记视察前海的电视镜头,看到了前海片区惊人的发展变化。我在前海采访时所见到的自贸新城建设工地,已脱去建筑施工包裹的脚手架和纱网,182 栋建筑主体结构封顶,其中 99 栋已建成交付使用,到处树影婆娑、绿草如茵、高楼林立,一派令人振奋的勃勃生机。

敢闯敢试是前海的魂,改革创新是前海的根,深港合作是前海的本。前海片区挂牌三年多来,2018 年新增注册企业 20 236 家,新增注册资本 5 730.1 亿元;累计注册企业达到 17.49 万家,开业运营 7.92 万家;世界 500 强新增设立企业 42 家,总量达到 356 家;新增港资企业 3 698 家,港企总数达到 10 800 家,注册资本突破 1 万亿元。

坚持大胆试、大胆闯、自主改,改革开放培育了深圳人特有的精神风貌。覆盖八大板块制度创新的"前海模式"逐步形成。建立自贸试验区以来,前海已累计推出 442 项制度创新成果,其中全国复制推广 43 项,全省复制推广 69 项,全市复制推广 79 项。海关总署广东分署评估显示,前海片区贸易便利化水平居全省自贸片区前列。

深圳创建经济特区的前后,作为一个"外来客",我见证了特区的神速发展。如今,我又目睹了前海片区的设立。3~5 年或若干年后,我还想再见证一下她发展的雄姿。在蛇口码头我与送行的深圳海关友人相约再见!

2018 年 6 月 21 日,我从拱北口岸驱车前往广东自贸试验区珠海横琴片区,驶入小横琴岛,从"中国(广东)自由贸易试验区珠海横琴新区片区"的路标下穿过,就进入了自贸片区的建设工地。一块块规划建设的工地上彩旗飘扬,打桩机、挖土机不时发出阵阵的轰鸣声;高塔建筑吊车来回地穿梭着,水泥泵车排着队浇灌着一座座明日之星的高楼大厦。这里如火如荼,蒸蒸日上,正演奏着一曲激昂的自由贸易新城的进行曲。

横琴片区自贸办主管宣传工作的宫胜男帮我安排好了一天的采访行程。"宫胜男",一个好男性化的姓名,直到握手那一刻,我见到的竟是位靓丽的女孩。

横琴片区的采访首先从参加两场别开生面的推介会开始。

粤澳合作中医药科技产业园，一座造型各异的现代化建筑群，占地面积50万平方米，一期工程7栋大楼已建成并投入使用，二期工程多栋建筑正在紧锣密鼓地施工中。据介绍，二期工程包括孵化器、加速器等区域，将为初创型、成长型等不同类型的企业提供发展空间，可容纳300家企业入驻。推介会就在工地会议室举行，管委会向与会的商家和媒体人员介绍：粤澳合作中医药科技产业园是粤澳合作落地的大型项目，承担着推动粤澳产业合作和促进澳门经济适度多元发展的重要使命。

图2-7　采访珠海横琴片区

中医药是中华民族文化的瑰宝，具有悠久的历史传统和独特理论及技术方法，凝聚着深邃的哲学智慧和中华民族几千年来的健康养生理念及实践经验，是我国医药卫生事业的重要组成部分。国家大力发展中医药事业，实行中西医并重的方针，充分发挥中医药在我国及世界医药卫生事业中的突出作用。2016年，国务院发布《中医药发展战略规划纲要（2016—2030年）》，把发展中医药上升为国家战略。中医药是人类共同的医学财富，世界需要中医，中医属于世界。截至2016年年底，我国与相关国家和国际组织签订了中医药合作协议86份，中医药已传播到世界上183个国家和地区。

在已竣工投产的中试生产公共服务平台大楼中，高标准的中医药产品生产车间内一尘不染。制丸机、胶囊填充机等全自动化生产设备俱全，瓶装、袋装等形态的生产线一应俱全。中试生产线严格按照中国及欧盟 GMP 认证标准建设管理，最大产能可达到片剂 3.75 亿片 / 年，胶囊剂 1.25 亿粒 / 年，颗粒剂 1 500 万袋 / 年。

已经投入使用的公共服务平台还有研发检测大楼、科研总部大楼等相关配套设施，能为入园企业提供产品研发、产品二次开发等项目。产业园人员介绍，企业带配方过来，就能在这儿实现生产。

粤澳合作中医药科技产业园还通过举办中医药国际合作论坛，构建葡语系国家的国际交流合作，进行中医药产品的国际注册和贸易，开展中医药文化国际教育与培训，打造中医药产业与文化"一带一路"的国际窗口，为中医中药产品走出国门增多新渠道。截至 2018 年 7 月底，产业园累计注册企业 88 家，涉及中医药、保健品、医疗器械、医疗服务领域。其中，澳门企业 24 家，占 27.27%。

第二场推介会在横琴励骏庞都广场举行。澳门励骏创建有限公司副主席陈美仪女士介绍说，2012 年励骏创建联同澳门 30 家中小企业"扎根"横琴，投资了 16 亿元合力打造了一座体量达 14.2 万平方米的纯商业项目——励骏庞都广场。希望营造一个融合葡式文化与生活方式的购物环境，有潮流集市、画廊展览、多国文创小品牌和世界各地的特色美食。人们到这里不再只是匆匆的过客，而愿意停下来慢慢地享受。

励骏庞都广场是澳门企业在横琴自贸片区最先投资建成的葡国文化建筑群，是一个具有葡式古典建筑风格的购物广场，毗邻横琴口岸及广珠城轨站，与澳门隔河相望。宫廷式的雕饰，古典的骑楼，充满了异域风情，流露出一种典雅和对称之美，受到与会同行与媒体的极大关注。我们穿梭在各楼宇间，欣赏着建筑群华丽的外表和富有葡国情调的雅致。

2017 年 6 月，中央电视台播出 5 期《特区中的特区》珠海横琴系列纪录片，第 3 期的画面就是励骏庞都广场，采访了陈美仪等澳门企业家在横琴创业的故事，讲述横琴岛从一片荒岛鱼塘逐步发展成创业投资热土的过程。

横琴与澳门隔海对望，最短距离不到 200 米，距香港 41 海里①。10 多年前，澳门一侧高楼林立、金碧辉煌，但横琴岛却还是守着蕉野绿

---

① 1 海里 ≈ 1.852 千米。

中国自由贸易之路

林、荒岛鱼塘，等待转变的时机。2009年国务院批准实施《横琴总体发展规划》，横琴一跃成为国家新区。2015年横琴片区的设立和粤港澳大湾区的建立，使横琴成为内地与澳门合作的"桥头堡"、粤港澳合作新模式的示范区。

澳门面积32.8平方千米，仅为横琴的1/3，是世界上人口密度最大的区域之一。坐拥独特地理位置的横琴片区，无疑是珠澳合作的最佳平台，是珠海留给澳门合作开发的处女地。横琴向全球投资者打开开放的大门，打造最开放的口岸、最宽松的体制、最优惠的政策、最宜居的环境。

2018年10月22日，习近平总书记再次来到横琴片区考察，走进粤澳合作中医药科技产业园的车间、实验室，结合视频、沙盘、中医药产品展示，详细了解横琴片区规划建设和产业园建设运营等情况。电视画面显示我前些时曾采访的当时正在建设中的产业园楼宇，已经竣工投入使用。总书记10年4次来到横琴，对横琴片区的每一步发展都关心备至。总书记指出：建设横琴新区的初心就是为澳门产业多元发展创造条件。横琴有粤澳合作的先天优势，要加强政策扶持，丰富合作内涵，拓展合作空间，发展新兴产业，促进澳门经济发展更具活力。

10多年来，横琴片区从无到有，快速发展。在横琴投资的世界500强企业已有97家，国内500强企业120家。为了使我对横琴片区有更感性的认识，司机载我周游了一番，我感受到横琴片区有一种喷薄而出的巨大力量。横琴正在描绘一幅令世人瞩目的美丽画卷。

"广东自贸试验区范围116.2平方千米，其中广州南沙新区片区占有60平方千米，包括南沙保税港区7.06平方千米，拥有得天独厚的区港联动先发优势，将重点发展航运物流、特色金融、国际商贸、高端制造等产业，建设现代产业新高地和具有世界先进水平的综合服务枢纽。南沙片区的定位是粤港澳全面合作示范区，未来作为粤港澳经济圈的核心口岸，倾力打造世界级大都会……"南沙片区管委会协调发展处邬国平处长在南沙片区规划沙盘前向我做介绍。

我站在沙盘前有种怦然心动的感觉。南沙片区位于珠江出海口，是通向南海的必由之路，是连接珠三角城市群的枢纽节点。2016年3月南沙片区已开通65条国际航线，2015年单个港口排位全球前列。沙盘模型上中央商务区高楼大厦林立，深水港区巨轮桥吊列阵，绿水清山河网遍布，跨海大桥直通香港。邬国平处长特意提示我，从南沙片区龙穴岛的港区到香港赤鱲角的跨海大桥直线距离只有90多千米。

南沙片区管委会协调发展处的陈嘉伟开车带我在南沙片区周游了一番。在南沙大桥上，陈嘉伟向我做起了介绍。我极目远眺，珠江两岸，已经崛起了一座座高层大楼，很多地块正等待着开发，规划沙盘上的灿烂前景还有待拼搏实现。这是一片大有希望的田野，这是一份南沙片区人的试卷，这是一张不久就要实现的宏伟蓝图。

图2-8　广东自贸试验区广州南沙片区

广东自贸试验区深圳前海、珠海横琴和广州南沙三个片区的采访给我留下了特别深刻的印象。自贸区人员的工作是那么的勤奋努力，再现了当年经济特区抓住机遇大干快上的精神，再现了广东改革开放先行区只争朝夕的风范。在这片自由贸易的热土上，我再次感受到了时间的重要，感受到了效率的分量。

2018年6月28日，我从广州乘坐高铁前往中国（福建）自由贸易试验区继续采访。

福建依山傍海，海岸曲折，岛屿众多，是历史上海上丝绸之路、郑和下西洋的起点，也是海上商贸集散地。福建与台湾一衣带水，血缘相亲，文缘相承，商缘相连，法缘相循。

国务院发布的《中国（福建）自由贸易试验区总体方案》中，重点是充分发挥对台优势，率先推进与台湾地区投资贸易自由化进程，把自贸试验区建设成为深化两岸经济合作的示范区和21世纪海上丝绸之路沿线国家和地区开放合作的新高地。

在福建自贸试验区管委会，福建省商务厅暨自贸办政策研究处张华东副处长向我介绍了福建自贸试验区建设发展的情况。我向张华东副处长提出了福建省是如何落实"把自贸试验区建设成为两岸经济合作示范区和海上丝绸之路开放合作新高地"的问题。

张华东副处长介绍说：首先从法律上予以保障。2016年4月1日，福建省第十二届人大常委会第二十二次会议通过了《中国（福建）自由贸易试验区条例》，与其他自贸试验区相比，注重发挥福建优势，突出"对台合作和海上丝绸之路核心区建设"两大特点。条例在第六章"闽台交流与合作"中明确：自贸试验区按照同等优先、适当放宽的原则，推进闽台合作机制创新，探索闽台产业合作新模式，支持台资企业加快发展；推动对台服务贸易自由，对台开放电信和运输服务等领域，取消或放宽对台湾地区企业和居民的准入限制；建立闽台通关合作机制，开展货物通关等方面合作；实施更加灵活便利的两岸居民入出境政策；简化台湾地区车辆进出境手续；建立两岸青年创业创新基地，为两岸青年创业创新提供支持。

2018年5月24日，国务院发布的《进一步深化中国（福建）自由贸易试验区改革开放方案的通知》指出：福建自贸试验区运行以来，建设取得阶段性成果，总体达到预期目标。要求发挥沿海近台优势，进一步探索文化、体育、教育等领域对台扩大开放，深化闽台在研发创新、市场开拓等方面合作，促进闽台产业的深度融合；探索推动厦金游艇自由行；借鉴台湾地区的规划及工程管理体制，探索实施"一区两标"等合作，携手台湾地区共同传承中华民族优秀传统文化，促进文化认同和民心相通。

福建自贸试验区项目落地、政策落实情况又如何呢？

福建自贸试验区管委会给了我六份福建省政府的文件，我仔细阅看是福建省人民政府六次推广福建自贸试验区可复制创新成果的通知，还附有"创新成果复制推广任务分工表"，列明了"主要做法或操作规程、推广时间、牵头责任单位"等项目。可见我国自贸试验区的创新成果已在福建自贸试验区全面复制推广。

福建以"钉钉子"的精神全力推进各项试验任务，实现了一批重点领域的创新突破，形成了具有福建特色、对台先行的制度创新体系。福建自贸试验区挂牌三年来，新增台资企业 2 005 家，合同台资 58 亿美元，已经在医疗、旅游等 50 多个领域率先实现了对台开放。两岸各领域持续推进交流合作，不断拉近同胞心灵距离，在共建两岸命运共同体的大环境下，福建自贸试验区还将发挥更大作用。

福建自贸试验区福州片区管委会对我的采访做了精心准备，向我提交了《中国（福建）自由贸易试验区福州片区建设情况汇报》的书面文本，报告了福建自贸试验区自 2015 年 4 月 21 日挂牌运行以来，着力创建两岸服务贸易示范区，对台交流合作不断深化的成果。开通大陆第二条对台邮件总包水路中转全球航线，推动开放对台旅游、医疗、文创、演艺等 17 个服务贸易领域；允许台湾导游、领队在福州片区执业，台资"驴妈妈"旅行社率先开展大陆居民赴台游组团业务；成立两岸先端材料研发合作中心，引进 15 名台湾科研人才；建设两岸先进制造业技术服

图 2-9　福建自贸试验区福州片区

务中心,为60类2 000多种产品提供5 200多条标准认证服务;全国首家台企联合保险代理公司落户区内;全国率先开展台企台胞在台湾地区信用记录查询业务,率先发行台胞信用卡;率先实施榕台技能工种"一考双证",挂牌成立在榕台湾居民任职资格评审办公室,开辟台湾地区人才职称评聘绿色通道;全国率先启用电子台胞证……

据介绍,对于福建自贸试验区以"小三通"方式进口的台湾水果,海关实行快速验放,"上午台湾采,下午福建卖",被商务部称为是当前最便利的台湾产品通关模式;3家台湾合资旅行社获准经营福建省居民赴台湾团队旅游业务;建设银行在福州设立了"海峡两岸跨境金融中心",为海峡两岸台资企业提供金融综合服务;福建自贸试验区平潭片区推进"一岛两标",大陆标准和台湾地区标准在平潭岛包容共存、互认互通,建设两岸共同家园。医疗等多个行业率先对台开放,两岸合作的平潭口腔医院爱维门诊部开业,全面融入"台湾元素",由3名台湾医师、1名台湾护士主管,已有12家台资医疗机构落户。支持台资养老服务机构、医院等享受与内资社会福利机构、公立医院同等政策待遇;加快建设两岸高端医疗、特色医疗集聚区,两岸国医馆开展传统中医治疗、中医食疗特色服务;引进台湾及国际优质的小而美医疗资源,开展中药材标准制定合作,打造海峡两岸中医药产学研基地。

两岸海运快件平台与自贸试验区海关监管系统和台湾关贸网对接,简化个人自用物品监管措施;在平潭片区设立了"两岸检验检疫数据交换中心",与台湾"关贸网"双向数据实时传输,达到两岸检验检疫信息互通;对诚信台资企业,海关实现涉台业务"先报、预核、后补";推进闽台货物贸易通关便利化,海关放行时间由5~7天缩短至1~2天。

在平潭片区金井湾园区,占地8.6万平方米的台湾创业园,入选了国台办公布的海峡两岸青年创业基地和示范点,入驻的项目涉及众创空间、生物科技、电子信息、装备制造、健康管理、电子商务、商贸服务、文化创意、旅游服务等,成为两岸青年创业者的"共同家园"。

为吸引和扶助台湾青年来创业,培训服务基地依托两岸金桥公司定向为台湾青年提供培训、技能鉴定等创业就业服务。在台湾设立网络考点,使台湾考生可直接在台考取大陆执业证书,也可在台创园接受培训、考证、技能鉴定。平潭还出台了《台湾创业园扶持措施实施细则》，在创业场所、资金、人才等方面给入园企业以有力的支持。

经国务院批准，平潭对台小额商品交易市场成为对台小额商品免税交易市场，经营粮油食品、土产畜产、纺织服装、工艺品、轻工业品、医药品等六大类免税台湾原产商品，进入平潭对台小额商品交易市场的人员可以免税携带 6 000 元人民币的台湾原产商品入境。

在福建自贸试验区厦门片区管委会办公室，叶欣向我介绍了厦门片区发展的情况。叶欣之前在厦门海关工作，刚调来自贸办不久。叶欣着重向我介绍了厦门片区重点建设两岸新兴产业和现代服务业合作示范区、东南国际航运中心、两岸区域性金融服务中心和两岸贸易中心的情况。

海关总署批复厦门海关开展来自台湾、东南亚等地集装箱货物的过境运输业务，厦门口岸将进一步发挥沿海近台和海上丝绸之路的核心区优势，加大厦门港国际集装箱中转的培育能力，提升厦门港竞争力，打造国际一流中转港，推进建设"一带一路"重要交通枢纽。充分发挥自贸试验区改革创新优势，打出"组合拳"，不断争取政策突破，相继实现海运货物"国际中转，散进集出"、实施全国首例邮轮物资"整进散出"。对标新加坡等先进港口，打造一流营商环境，率先免除集装箱查验服务费，降低货物港务费、港口设施保安费等口岸收费，发布厦门口岸进出口集装箱货物"全流程阳光服务"清单，持续推进降本增效，打造"大陆沿海收费最低港口"。将以集装箱货物过境运输业务为切入点，通过厦门片区的改革创新引领，着力推进文化出口基地、供应链创新试点、一站式航空维修基地、跨境电商综合试验区等创新业务的常态化、规模化运作，着力打造对外开放新高地。

厦门市出台了《关于进一步深化厦台经济社会文化交流合作的若干措施》，推出 60 条具体措施，为台湾同胞在厦门学习、创业、就业、生活提供与厦门居民同等待遇，促进台资企业在厦门更好更快地发展。台资企业和台湾同胞在厦门设立企业可以选择使用美元或人民币作为注册资本金，在厦门经营活动可以享有内资企业待遇；实现电子台胞证在厦门与大陆居民身份证同等使用；鼓励台湾同胞在厦门担任调解员、仲裁员、陪审员、执行监督员、检察联络员、法律顾问等；台湾同胞在厦门居住期间参照厦门居民标准，可以以个人身份参加职工基本养老保险或城乡居民养老保险；等等。

福建自贸试验区肩负着海峡两岸中华民族交融的重大历史使命，福州、平潭、厦门三个片区灿若繁星的惠台条例规定，饱含着大陆人民对台湾同胞的深情厚谊。两岸同胞同根同源、同文同宗，心相系、情相融，"兄弟齐心，其利断金"，两岸一家亲，共同打造两岸经贸合作最紧密的区域、两岸文化交流最活跃的平台、两岸直接往来最便捷的通道、两岸同胞融合最温馨的家园。

天津是环渤海地区的经济中心、北方国际航运核心区，早期在国人的心目中，天津的相声和狗不理包子占有很深的印象。改革开放前期，"一只机""一碗面"（摩托罗拉手机和康师傅快餐面）是天津留给国人新的印象。如今，天津以沿海开放城市、滨海新区、全国综合配套改革试验区、金融创新运营示范区等创新区域改写了天津在人们心目中的印象。从当年单一的产业基础，到目前航空航天、汽车及装备制造、电子信息、石油化工、生物医药、新能源新材料等优势产业并重，天津的产业结构在全国独具特色。

中国（天津）自由贸易试验区的战略定位为京津冀协同发展的高水平对外开放平台、面向世界的高水平自由贸易园区。天津自贸试验区于2015年4月21日正式运行，总体目标为经过三至五年的改革探索，将

图 2-10　天津自贸试验区

自贸试验区建成辐射带动效应明显的国际一流自由贸易园区，在京津冀协同发展和我国经济转型发展中发挥示范引领作用。

天津自贸试验区面积119.9平方千米，由天津港、天津机场和滨海新区三大片区组成，内含东疆保税港区和天津港保税区，原有的基础比较成熟。按区域布局划分，天津港片区重点发展航运物流、国际贸易、融资租赁等现代服务业；天津机场片区重点发展航空航天、装备制造、新一代信息技术高端制造业；滨海新区中心商务片区重点发展金融创新现代服务业。

我从北京乘坐城际高铁到天津火车站，再转乘地铁到塘沽，步出地铁站，招呼了一辆出租车前往位于滨海新区于家堡的天津自贸试验区管委会。出租车行驶在通衢大道上，海河对岸已建成一排排高楼，不少建筑还在建造中。这是一个新兴发展的区域。

天津自贸试验区管委会办公室副调研员孙洪磊向我介绍了天津自贸试验区建设发展的情况。

我对天津滨海新区的情况有所了解，前些年我在上海海关工作时，曾到东疆保税港区海关出差。滨海新区有独树全国的航空产业，领先全国的融资租赁，并且是全国汽车进口主要口岸。

孙洪磊介绍，天津是中国融资租赁业的聚集地，天津自贸试验区支持创新成果加快落地，政策配套与监管创新取得新突破，推动融资租赁资产交易功能平台的建设。天津自贸试验区创新国际船舶登记制度、国际航运税收政策、航运金融、租赁业务等4大类22项试点政策，重点发展航运物流、国际贸易、融资租赁等现代服务业。租赁业发展领跑全国，融资租赁的"东疆模式"享誉全国。天津自贸试验区是国内飞机、船舶、海工设备等租赁业务最大的聚集地，已经创新出进口保税租赁、大飞机租赁资产交易等30种租赁交易模式。经国家外汇管理局批准，天津港片区东疆保税港区成为全国首个享受租赁企业便利化政策的地区。进口租赁飞机跨关区监管在东疆启动，全国13个海关联动，打破租赁飞机交付的地域局限。截至2018年6月，已完成1 178架飞机、145艘国际船舶、13座海洋工程平台的租赁业务。医疗设备、汽车、新能源等租赁领域齐头并进。东疆保税港区的飞机、国际航运船舶和海工平台租赁

中国自由贸易之路

业务分别占到全国的 90%、80% 和 100%。注册租赁公司 2 164 家，累计注册资本金 2 840 亿元，累计租赁资产 9 000 亿元。

天津自贸试验区与国际租赁产业接轨，在法律、融资、监管和专业服务等方面深化配套制度改革，确立租赁业发展的新优势。

天津是全国最早的一批汽车整车进口口岸，汽车进口占有重要地位。在天津自贸试验区天津港的码头上，来自世界多地的进口汽车整齐地排列着。在东疆保税港区平行进口汽车展厅，各类豪车缤纷荟萃。天津自贸试验区创新汽车平行进口试点，取消了平行进口汽车保税仓储的时限，完善平行进口汽车审价机制，推动试点企业适用预审价、汇总征税等通关便利化措施；实现自贸试验区汽车平行进口服务和管理平台与海关数据信息系统联网，支持建设全国平行进口汽车大数据中心、客服中心和销售定价中心；支持开展平行进口汽车售后服务标准建设，定期举办平行进口汽车展会。天津自贸试验区在汽车平行进口试点基础上，还进一步探索先进技术装备、关键零部件及其他机电产品、一般消费品的平行进口。

天津自贸试验区在推动天津自身发展方面取得了成绩，在服务京津冀协同发展战略方面又有什么动作呢？

2016 年 8 月，注资 100 亿元的京津冀产业结构调整引导基金在天津自贸试验区设立，积极承接非首都功能疏解，新增来自京津冀的市场主体占比超过 50%。2017 年落户了联想创投集团总部、中海油海工装备制造基地等 113 个项目，协议投资金额 140 亿元，落地项目 109 个；重点园区建设加快推进，航空物流区航运服务中心建成投入使用；中信集团、中铁建集团、中国泛海等央企设立了一批租赁、航运、物流的功能型总部；京津冀通关一体化改革，北京、河北企业在天津口岸通关时间缩短至 3 天；搭建统一的京津冀网上办税服务平台，实现资质互认、征管互助、信息互通；天津自贸试验区的 20 多家金融机构与京冀金融机构开展跨区域支付结算、异地存储、信用担保，同城化服务也取得了实质进展。

2018 年 4 月 17 日，装载着 17 个集装箱、共计 34 辆平行进口汽车的"鸭绿江"轮，从天津港片区出发，运抵曹妃甸综合保税区码头，打通了天津港片区与曹妃甸综合保税区之间的海上自由贸易通道，两港间的货物自由流动，在津冀港口之间形成了"境内关外"的互联互通。天津将加大自贸试验区制度创新的力度，打造京津冀地区对外开放的平台。

天津自贸试验区自挂牌以来，"金改30条"全部落地，24项措施成效显著，11项措施在全国复制推广。其生产总值约占天津市地区生产总值的12%，实际利用外资额占1/4，外贸进出口额占1/3，为天津市经济高质量发展发挥了积极作用。天津自贸试验区将按照国务院提出的目标，到2020年率先建立同国际投资和贸易通行规则相衔接的制度体系，形成法治化、国际化、便利化的营商环境，努力构筑开放型经济新体制，增创国际竞争新优势，建设京津冀协同发展的示范区。

中国自由贸易之路

中国（辽宁、浙江、河南、湖北、重庆、四川、陕西）自由贸易试验区

2016年8月，党中央、国务院决定在辽宁、浙江、河南、湖北、重庆、四川、陕西设立7个自由贸易试验区。翘首引领之下，第三批新增的7地自贸试验区同时挂牌运作。我国自贸试验区面积从28.78平方千米扩展到1 300多平方千米，形成横贯东西南北、联动各大区域发展的新格局，彰显了东部率先、京津冀协同、东北兴起、中部崛起、长江经济带发展、"一带一路"建设等国家重大战略。

新增建立辽、浙、豫、鄂、渝、川、陕7地自贸试验区，是党中央、国务院在新形势下全面深化改革和扩大开放的战略举措。国务院在2017年3月发布的《中国（辽宁、浙江、河南、湖北、重庆、四川、陕西）自由贸易试验区总体方案》中指出：自贸试验区要当好改革开放排头兵、创新发展先行者，推动西部开发、东北振兴、中部崛起和长江经济带发展、"一带一路"建设等国家战略的贯彻实施。并要求国务院自贸试验区工作部际联席会议办公室、7省（市）人民政府、有关部门，要创新思路、寻找规律、解决问题、积累经验；要充分发挥积极性，因地制宜、突出特色，做好对比试验和互补试验；要及时总结评估试点任务实施效果，加强试点经验系统集成，持续形成可复制可推广的改革经验，充分发挥示范带动、服务全国的积极作用。

新增7地自贸试验区并不是简单地移植前期试验区的经验做法，而

是要突出各地特色，做好对比和互补改革创新，持续形成可复制可推广的改革经验，示范带动、服务全国。

辽宁省加快市场取向体制机制改革、推动结构调整，着力打造提升东北老工业基地发展整体竞争力和对外开放水平的新引擎；浙江省探索建设舟山自由贸易港区，推动大宗商品贸易自由化，提升大宗商品全球配置能力；河南省加快建设现代立体交通体系和现代物流体系，着力建设服务"一带一路"建设的现代综合交通枢纽；湖北省落实中部地区承接产业转移、建设战略性新兴产业和高技术产业基地，实施中部崛起和推进长江经济带建设；重庆市加大西部地区门户城市开放力度，带动西部大开发战略深入实施；四川省打造内陆开放型经济高地，实现内陆与沿海沿边沿江协同开放；陕西省打造内陆型改革开放新高地，探索内陆与"一带一路"沿线国家经济合作和人文交流新模式。继续紧扣制度创新，对接高标准国际经贸规则，在更广领域、更大范围形成各具特色、各有侧重的试点格局，推动全面深化改革扩大开放。

从一枝独秀，到四朵金花，再到1+3+7的"雁阵"，自贸试验区成为中国改革创新再出发的示范区。从GDP赛跑，到制度创新竞赛，全面深化改革扩大开放，提升经济发展水平。

中国拉开了自由贸易新一轮向全国纵深推进的大幕！

2018年10月，第三批自贸试验区挂牌已历时一年半了，自由贸易试验区改革创新的经验复制推广落地了吗？各地如何结合各自的特点对比互补改革创新？充实了什么新的试点内容来推动更高水平的对外开放？带着这些问题，我开始了第三批自贸试验区的采访体验。

在中国（河南）自由贸易试验区郑州片区综合服务中心门前广场的上空，一群大雁排成整齐的队伍，从我的头顶掠过，目标一致地向前飞翔。我想，这大雁好比是我国自贸试验区组成的雁阵，在蓝天抖擞着翅膀，自由地翱翔。

河南是中西部经济大省，古称中原，是中华民族与中华文明的发祥地，历史上曾有20多个朝代定都河南。老子、庄子、墨子、韩非子、商鞅……名人辈出，闻名遐迩。我曾是华东师范大学历史学专业的学生，对河南远古的历史情有惟牵。

河南自贸试验区郑州片区朱召龙副主任热情接待了我的采访，郑重地向我递交了《中国（河南）自由贸易试验区郑州片区建设情况的汇报》的书面文件，并向我做了详细的介绍。

朱召龙副主任介绍说："郑州片区以制度创新为核心，大力提升投资贸易便利化水平。多证合一、跨境电商、郑欧班列、多式联运、政务服务等制度创新走在全国、全省前列。"截至2018年7月底，郑州片区新增注册企业31 952家，占郑州全市同期新注册企业的1/4，注册资本3 546亿元。其中新设立外商投资企业178家，注册资本54亿美元；进出口总额304.7亿美元，税收477.5亿美元；郑州片区现有世界500强企业88家。

当介绍到"一批制度创新成果形成"时，我请朱召龙副主任具体介绍一下。

朱召龙副主任说道："深化'放管服'改革，按照'只进一扇门、最多跑一次'的要求，统筹进驻了345项市级事权，承接省级下放的455项经济社会管理权限。"通过实施辅导帮办、容缺受理、企业登记全程电子化、多证合一等创新举措，企业开办时间已压缩至5个工作日以内，制造业项目一天办结注册；建成运营"大数据+信用"综合监管平台，开展"双随机一公开"的检查；设立知识产权法庭，专利、商标、版权"三合一"知识产权服务大厅，国际商事仲裁服务机构进驻综合服务中心。经第三方评估，郑州片区已完成自贸试验区总体方案160项复制推广任务中的153项落地，形成了"一次办妥""多式联运一票式""原产地证书信用签证"等创新案例。其中，"原产地证书信用签证"获2017年全国十佳创新案例，3个案例在全国复制推广。

我看到商务部2017年自贸试验区发展运行情况的通报中写道：河南自贸试验区整体指标完成情况在第三批自贸试验区中位居上游。其中新设企业数、境外投资额、中方协议投资额、持牌金融机构数、固定资产投资额、税收收入等指标居第三批自贸试验区首位，受到了国务院自贸区部级联席会议办公室主任、商务部副部长王受文检查时的充分肯定。

这一项项的改革方案、一串串的数字背后，离不开郑州片区脚踏实地的艰辛努力，我深知其来之不易。

在朱召龙副主任的陪同下,我们在办事大厅参观了一番。各个办事柜台都在忙碌着,一些来办理手续的人员正围在"帮办区"咨询接受辅导,大厅的休息区不少来访者正在整理资料等候办理。可以看出郑州片区时下已进入蓬勃发展的新阶段。

在企业注册登记柜台,我向企业注册处负责人霍清华了解了自贸试验区复制推广和改革创新申办企业的具体情况。

图 2-11　河南自贸试验区郑州片区企业注册处霍清华介绍改革创新申办企业情况

霍清华之前在郑州工商局铁路分局负责企业注册,自贸试验区成立后,调来负责企业注册部门工作。她向我介绍了试行"信用通"管理服务,实现"企业投资经营零等待"的做法。郑州片区管委会结合片区实际,梳理了与市场主体经营活动密切相关的21个经营许可事项,推进"证照分离"改革方案。企业取得营业执照后,签订承诺书,即可开始营业的前期工作,同时办理行政许可。监管部门全方位指导服务,事中事后监管,按时间节点审查验收,最大限度地压缩企业因办理行政审批带来的时间和经济成本,实现企业"准入即准营"。

霍清华从柜台上随手递给我两份材料:《河南省"多证合一"改革整合证照事项目录》和《河南省"多证合一"改革政府部门共享信息表》。在《河南省"多证合一"改革整合证照事项目录》文本上列明了工商、税务、商务、海关等32个政府部门的名称、证照合一的项目和经营范围规范描述。《河南省"多证合一"改革政府部门共享信息表》上列明了新办中外企业29项分类填报的信息,具体有投资者基本信息、外商投资企业商务备案受理和各类企业的许可,以及外商投资企业备案申报材料目录和备案申报承诺书。

我认真翻阅了这两份材料上的详细内容,也就是说列入名录的32个政府部门审查的项目,已实行了"32证合一",只要一次填报信息表中的相关项目,就可以完成32项政府部门审查项目的集合申办。我随机问询了正在办理业务的企业人员,得到了肯定的答复。郑州片区复制推广自贸试验区改革创新的内容已经落地,并结合自身特点还有所改革创新。新办中外资企业"一门式办理"和"最多跑一次"已经体现在这两份表格上。

朱召龙副主任知悉我长期在海关从事自由贸易的监管工作,也到了全国多个自贸试验区采访,了解很多自贸试验区改革创新的情况。采访结束后,他邀请我一起再座谈一下,请我对郑州片区建设发展提些意见建议,还叫来了自贸办政策创新局负责人池泽枰。

朱召龙副主任之前长期在郑州市财政局工作,2013年参加郑州片区前期的研讨、申办和筹建,是郑州片区的创办人,对自贸试验区建设充满了激情。朱召龙副主任坦言中西部地区改革发展比东部地区迟了一大步,现在中西部一下子进入自贸试验区创新高地的行列,各地自贸试验区都在竞争发展,推着你向高处走,这是有压力的。朱召龙副主任的话语中充满着对自贸试验区建设发展的高度责任感。

完成在郑州的采访后,我乘坐高铁前往西安。在高铁上,我给陕西自贸办综合信息处负责人骆晓玮发了微信消息,告诉她明天上午抵达采访。她给我回发了一个"笑脸",还附上了采访的行程安排,真让我暖心。

陕西省商务委党组成员、自贸办副主任翟北秦放下其他的接待任务,赶来与我会面,向我介绍了中国(陕西)自由贸易试验区建设和发展的情况。

翟北秦副主任从古丝绸之路的起点城市古都长安说开了。长安自古便为帝王都,是中华文明和中华民族重要的发祥地,被联合国教科文组织确定为"世界历史名城"。中国对外贸易最早是从陆上丝绸之路开始,之后航海革命发展了海上运输。我国改革开放从东南沿海起步,随着国家战略的调整,向中西部并进发展。从内陆省份一下子跨入到改革开放的前沿,来探索建立"一带一路"核心区,打造沿线国家经贸交往的门户枢纽。翟北秦副主任表示,陕西自贸试验区的建立让他们感到压力、动力都很大。

看得出,中西部地区申办自贸试验区后,都铆足了一股劲。他们迎来了改革开放的新机遇,一心想推进"一带一路"发展的新战略,重开丝绸之路经贸的新高地。听完他们的介绍,我感到很振奋。

翟北秦副主任说,下周陕西自贸办将去西北五省区沟通联系,加强合作,推进陕西自贸试验区"一带一路"西进的发展。

中午休息时间,自贸办骆晓玮建议我去附近的永兴坊小吃街逛逛,旁边就是古城墙。

我顺着陕西自贸办门前的东新街向东步行约一千米,便来到了永兴坊陕西风味街,我没顾上吃饭,就先登上了古城墙,领略一下古城的风光。

西安古城墙是明朝洪武三年(1370),在隋、唐皇城的基础上建成的,是中国现存规模最大、保存最完整的古代城垣。古城墙用黑灰色砖块砌起,高 12 米,城墙顶部宽 12~14 米,周长 13.74 千米,呈封闭的长方形,如今看上去仍然宏大坚固。不少外国游人在城墙上散步,好多年轻人和孩童兴高采烈地骑着双人自行车不时穿梭而过。我行走在盛唐宽阔的城墙上,自豪与自信之情伴随着我。我想,中华民族的子孙行走在这充满豪气的古城墙上,冥冥之中会激起中华民族伟大复兴的责任感,我也产生了创作的激情。

第二天上午,在骆晓玮的陪同下,我们驱车百里来到陕西自贸试验区杨凌片区采访。

杨凌片区是全国自贸试验区中唯一的农业自贸片区,这引起了我极大的兴趣。

杨凌是中华农耕文明的发祥地。据《史记》记载,4 000 多年前,中国历史上最早的农官——后稷在此"教民稼穑,树艺五谷",开创了我国农耕文明的先河。新中国成立后，杨凌陆续建设了一批农林水科教单位，1997年设立了农业高新技术产业示范区。这里建有2所大学、5个研究院所、3所中专学校等农业科教单位，聚集了农林水等70个学科近5 000名科教人员，被誉为中国"农科城"。

2016年，杨凌农业高新技术产业示范区专利申请受理数1 450件，有效发明专利数611件。全年新建示范推广基地42个，培训农民51 908人次，农民技术职称认定1 899人，年示范推广总面积6 589.56万亩，推广总效益175.69亿元。杨凌片区以农业科技创新、示范推广为重点，通过全面扩大农业领域国际合作交流，打造"一带一路"现代农业国际合作中心。

在杨凌片区管委会马品的陪同下，我们来到"以色列水肥一体化节水农业技术示范基地"。这是职业农民罗新龙承包流转土地310亩开办的泉江家庭农庄。

看到我们的车开进院门，一位30多岁的年轻人从田间向我们奔来，边跑边搓着手上的泥土。

经马品介绍后，我与这位农庄主人，也是农庄的总经理罗新龙紧紧握手，寒暄了一番。

罗新龙自我介绍他曾在南海舰队服役8年，退伍后回到家乡，干点什么呢？他有一阵子犹豫。有的战友到政府部门任职，也有的进工厂工作。思索了好久，他下定决心回家干农活。

我也自我介绍曾是当兵的，两个当兵的两颗心一下子紧紧相连，两双手又紧紧地握在了一起。

他说："我就想咱当兵的人，有啥不一样，都是青春的年华，都是热血儿郎。退伍回家也要干出个样，给军人树个榜样。""咱当兵的人，有啥不一样，一样的风采在共和国的旗帜上飞扬。"这首军歌，深深地烙在了军人的生命里。

罗新龙打开了话匣子，又忽然想起打电话呼唤"韦总"赶紧过来。不一会"韦总"就开车赶到了。

"韦总"韦建章，原是延安大学的教授，前些年"下海"，2000年成立了杨凌雨露节水绿化工程有限公司。2017年9月，他与罗新龙一起合作干"农活",建起了"以色列水肥一体化节水农业技术示范基地"。他们一起去以色列考察学习,由以色列工程师根据西北地区地貌特点和气候特征,设计了现代化的农作物灌溉系统,在示范基地的农庄实践推广。

现在韦建章的公司负责引进以色列现代农业全套装备的技术和无线控制器等关键件,再研制配套国产的管道喷淋设备,推广、销售、施工。示范基地主要从事育苗,有樱桃等多种蔬果秧苗和各种树苗,进而展示设备优异的节水功能。在设备介绍书上,我看到外方合作公司有以色列 NAANDANJAIN(纳安丹·吉安)灌溉公司、以色列 MOTTECH(摩泰科)技术公司、以色列 BERMAD(伯尔梅特)控制阀门有限公司。现在这套以色列的现代农业技术装备已推广到陕西、甘肃、安徽等干旱和半干旱地区,就连西沙永兴岛也用上了这套设备。

我们跟随来到综合灌溉展示区,300亩的大田和数个双膜双拱的大棚,采用滴灌、微喷和智能水肥一体化系统进行演示。据介绍,灌溉用水量只有过去的1/3,按冬小麦每亩500立方米用水量测算,每年每亩地可降低生产成本350元。同时,还大幅度降低了劳动强度,减少了用工量、用肥量,减少了水体污染,提高了农产品的品质,增加了农民的收入。

在示范大田边,罗总招呼要展示一下喷淋灌溉了,让我们避让一下。只见他拿出手机,联网打开灌溉系统,点击手机界面上的"主阀",再点击"1号阀、2号阀、3号阀……",霎时间,竖立在大田中的喷淋头就喷出了水。随着手机的遥控,喷水量忽大忽小,时而旋转,时而停止。施肥也可以用手机遥控,施什么肥料,施多少量的肥料,会自动调配,按照农作物生长周期,通过管道适时施给适宜的液体水肥料。如果你外出,随身用手机遥控,同样可以管理农庄。

我曾去过以色列及周边缺水的国家旅游,看到在草地和大树边沙化的土地上排列着一排排细小的管道,从根部给植物滴灌。现在,近距离观察灌溉系统为植物"喂水喂饭"。啊!真是太棒了!

我想到,随着农业现代化的不断发展,原始农业刀耕火种的方式已经成为过去式,农民不用春分时节踩着冰碴赤脚下田播种插秧,也不用秋暑挥汗开镰收割储藏了,更不需要背朝烈日面向大田、肩挑背扛那样的繁重体力劳动了。在农村广阔天地里,知识青年是大有作为的。

　　临别时,我们相邀一起在示范农庄的门楼前合影留念。门楼上刻着一副对联。上联"品牌品质品味农业不忘初心",下联"生产生活生态田园留住乡愁",横批"故乡杨凌"。门楼旁边是一座塔楼,上面镌刻着"泉江农庄"四字和金光闪耀的党徽。告诉别人,告诫自己,我是一个共产党员,在建设新农村的征途上,不忘初心,砥砺奋进。寄托着中国新一代农民对祖国、对故乡、对人生新的认知。我们紧紧握手,留下这难忘的瞬间。

图 2-12　采访杨凌片区"以色列水肥一体化节水农业技术示范基地"

　　下午,我们来到杨凌职业农民创业创新园。走进创新园大教室,主人还没有介绍,我就被墙上挂着的一长排牌匾所吸引。我一边细看,一边将它们一一摄入镜头:西北农林科技大学科技推广示范基地、农民发展学院实训基地、全国妇联杨凌培训基地现场教学点、中国民主同盟杨凌示范区、国家(杨凌)旱区作物品种权交易中心、国家大宗蔬菜产业技术园艺工程示范基地、陕西省新型农民实训基地、陕西省农业广播电视学校杨凌农民田间学校、杨凌农业专业合作社田间课堂、杨凌现代农业发展促进中心、杨凌农业示范区职业农民创业孵化基地、杨凌职业农民创新园贵州籍职业农民小组……无须我介绍,相信读者从这些牌匾上镌刻的名称就足以了解杨凌片区职业农民创业创新园所走过的路程。

"这里是培育新型职业农民，推动农业创业创新的实训基地，新型职业农民的田间大课堂……"创业创新园的杨青滔滔不绝地向我介绍起了"杨凌农业专业合作社田间课堂"的创建发展过程。

2016年5个农民承包了518亩土地，组成5个农业合作社，借助杨凌地区农林教育资源的优势，创建了"陕西省农业广播电视学校杨凌农民田间学校"，配备了多媒体教室、学员公寓和餐厅，组建了以西北农林科技大学等高校师生为主的专家团队，开展多形式、多层次、多地域的职业农民培训，优化农业产业结构、引导农民脱贫致富。政府给予一些补贴，修建了水电设施。开办农业科技培训班，每班50人，够数就开班。已培训了7千多人，其中外国人有3百多名，主要是非洲国家的。也可以承包大棚种植培训，每亩1 500元，提供种子、秧苗，合作社派专业农民指导，接待全国各地来考察学习、实习的农民5万余人……国务院、全国人大、中央农办、农业部、科技部和各地的领导都来视察过。

看到杨凌片区农民田间学校这一块块闪光的牌匾，听着这一幕幕动人的介绍，真的让我十分感动。

随后，我们跟随指导老师来到"田间课堂"实地参观。这里以118座双膜双拱新式大棚和9座玻璃棚体，作为职业农民学习示范瓜果蔬菜新品种、新技术的培训基地。采取"校社对接、农企对接"，形成"联农户、抓生产、促销售、闯市场"的高效务实的发展模式。

图2-13　杨凌片区农业专业合作社田间课堂

中国自由贸易之路

我们走进"瓜果新品种展示"大棚,只见藤上挂着约1米长的四角型的丝瓜,还有圆形、扁圆形,大如盆、小如拳,绿色、黄色的各式南瓜。有块吊牌上写着"宏团贝贝南瓜,品种代号N182-109,育苗日期2018年6月20日,定植日期2018年7月19日"。琳琅满目的各式应季、跨季的瓜果蔬菜新品种争奇斗艳,正茁壮成长着。

在午间太阳光照下,大棚内感觉很湿热,覆盖双膜的大棚可以调节光照、热度、湿度,以利于农作物的生长。"田间课堂"指导老师告诉我:微型南瓜市场价10元一只,销路很好。这里培育的瓜蔬新品很受市场的欢迎,产品供不应求。

中国是一个拥有14亿人口的发展中大国,其中有7亿多为农业人口,是世界第一大产粮大国,以占世界8%的耕地养活占世界18%的人口。从2004年至今,每年的中央一号文件都关乎"三农"(农业、农村、农民)。农业是国民经济的命脉,"三农"在中国具有"重中之重"的地位。

杨凌农业自贸区的作用、意义不言而喻。

新中国成立后,由于帝国主义国家的封锁禁运,加上三年特大自然灾害,我们国家经历了长期吃不饱、穿不暖的日子,究其原因是农业没有搞好。改革开放后,工业经济建设上去了,但农业的短板还没有根本改变。现在的农村,"70后"不愿种地,"80后"不会种地,"90后"不再种地,田间地头很少见到青壮年农民的身影。

当前,我国发展仍处于重要战略机遇期,要适应新常态,提升农业和农村的转型升级和结构调整,从农业大国向农业强国迈进。设立杨凌农业自贸片区,开展职业农民培训,推动农业科学技术创新和新型农业技术的示范推广,将之上升到国家战略的高度,率先实践国家农业农村发展战略。

在合作社"田间课堂"的走道上悬挂着一条大红横幅,上面写着"做给农民看,教会农民干,帮着农民赚"的标语。我摄取了这一幕,留住在杨凌农业自贸区的情景。

据杨青的介绍说,有300多位外国人来这里学习培训,其中有一位美国人。我想,一个美国人不远万里来到中国种地,这是什么精神?我想会会这位美国人。

杨青领着我们走到不远处的果蔬大棚。在大棚的入口处,竖立着一块标牌,上面是一幅梦幻般的抽象画,树枝上结满了西红柿、胡萝卜、辣椒等果蔬,像圣诞树上的礼物一样降临人间。中文写着:曹洋石之。

可此时的曹洋石之正在西安办事,几番联系后,我与他相约在西安高新区会面。

曹洋石之是一位美国华裔,是个年方21的帅气小伙子。父母是西安人,早年去美国工作时生下了曹洋石之。于是,曹洋石之成为了美国人。2017年曹洋石之在美国完成学业后,回到故土。

曹洋石之告诉我:年幼时,他跟随父母旅居世界多地。在香港上小学过天桥时看到乞丐在乞讨,在非洲看到穷人缺衣少食,在中国一些地方看到环境污染和食品安全事件,在新西兰又看到原生态种植,给他留下了难以磨灭的印象。他说:"中国人口多,先发展粮食生产,保证有饭吃。现在经济发展了,要保障人们的身心健康,种植有机植物。"于是,他萌发了一个梦想,这个梦想像一颗种子茁壮地成长,然后就像标牌上一样,长出很多优质的果蔬,为人类造福。

带着这个梦想,他来到杨凌片区农业创业创新园,通过职业农民的

图 2-14　华裔青年曹洋石之在杨凌片区从事自然种植

培训，与两个同伴一起承包了两个果蔬种植大棚，设立了他人生的新目标——完全生态化种植有机果蔬。他说："在梦境中梦到圣诞树上结满了西红柿、胡萝卜、辣椒等礼物，他成了圣诞老人在给小朋友们派发新鲜果蔬礼物，他要找回父母小时候在田间吃果蔬的味道。"

一年两季种植，土地轮种得以休养生息。他精心培育了十余种果蔬的种子，完全运用原生态种植方法，他说要有一种从地里拔起的胡萝卜在衣服上擦几下就可以放到嘴里啃的感觉。

我与曹洋石之微信互动，他们团队种植的有机果蔬在网上销售，我经常能看到他发布的一些动态。他最近一条发在朋友圈里的动态写道："感谢大家的陪伴和支持，我们这一季成长了许多，也闯过了许多难关。希望我们来年可以做得更好！"

感谢陕西自贸办热情周到的安排，我的采访体验成果颇丰。下一站采访地是中国（四川）自由贸易试验区，我把采访时间通过微信发给了四川省自贸办综合信息处联系人。

四川是"天府之国"，大熊猫的故乡，历史悠久，文化灿烂，自然风光绚丽多彩。以前，我曾多次来到四川，尽情地欣赏过它的美丽风采，对省会成都的城市面貌自然也不会陌生。在老百姓的印象中，成都是一个休闲之都，人们津津乐道的是它的生活方式。我去了"宽窄巷子"转悠，一条宽一条窄，进去了出不来。过去美女、美食、麻将、茶馆，似乎是成都人生活的全部。这次相约来到四川自贸试验区成都天府新区片区管委会采访，从新城区的路上走来，我深深被它的现代化建设所吸引。

真是"士别三日，当刮目相看"。

成都天府新区片区管委会指导协调处罗双发副处长向我介绍了自贸试验区建设发展的情况。

"一年成聚，二年成邑，三年成都"。2 500年以来城名不变，3 000年以来城址未迁。从秦汉的五大会都，盛世大唐的"扬一益二"，到宋代世界最早纸币"交子"的出现，商贾齐聚。在管委会一楼展示大厅，我细细地观看着成都天府新区片区的介绍。

四川自贸试验区范围119.99平方千米,成都天府新区片区就占有90.32平方千米。自贸片区的设立使得天府新区的发展如虎添翼,标志着天府新区迈入"一带一路"建设新时代,重点建设现代高端产业集聚区、创新驱动发展引领区,打造西部门户城市开放高地。

2014年国务院批准设立四川天府新区,2018年海关总署批准设立保税物流中心(B型),最高人民法院同意设立四川自贸区人民法院。自贸区依托天府新区的建设,进一步对接国际经贸规则,在更广领域、更大范围形成各具特色、各有侧重的试点格局,打造内陆开放经济高地、现代高端产业集聚区和统筹城乡一体化发展的示范区。

图2-15 四川成都天府新区雄姿

俯瞰天府新区现代化新城,高楼林立、绿树成荫、道路开阔、地铁通行;远处塔吊林立、热火朝天,一片繁荣的景象。

为了扩大成都城市品牌的全球影响力,加速融入"一带一路",位于成都的自贸片区启动了"'新丝路·新成都'2018年欧洲·成都合作周"活动。在德国、斯洛伐克、匈牙利开展多个推介和交流对接活动,向世界介绍成都,增强成都与欧洲国家的多领域交流,吸引优秀国际机构及企业到自贸区投资发展。在香港举行"川港澳合作周·走进香港"经贸合作论坛,在经贸文化、创新科技等11个领域加强合作,并签出海，共拓商机，推动两地企业联合参与"一带一路"建设。

天府新区片区温江花木（农产品）进出口基地，投资2.6亿元，占地834亩，第一个宽敞的玻璃温室已经建成，还有4个温室也按下了建设"快进键"，2019年年底一期建成投入使用，2020年年底全部工程建成交付使用。成都海关已指定其为"四川省唯一进出口检验隔离区"。建成后，通过蓉欧快铁出口欧洲的花木将在园区进行隔离、消毒，还会引入拥有自主知识产权的花卉品种在园区生产，通过蓉欧快铁返销欧洲，实现自贸区花木（农产品）出口集散地的发展蓝图。

结束四川自贸试验区的采访，我赶到成都东站乘坐最近的一班13：35开行的G8059高铁前往重庆，1小时33分的车程就抵达了重庆。我与重庆自贸办统筹协调处时任副处长梁明虽素未谋面，但通过微信上多次的交流，俨然已成老朋友了。

梁明副处长热情迎接我的到来，自贸办傅嘉康副主任赶紧放下手头工作，与我聊了起来。原定第二天上午的采访，因我的提前到达开始了。

傅嘉康副主任是老外贸了，从重庆外经贸委到商务委，再到中国（重庆）自由贸易试验区设立后，又担任自贸办副主任，对重庆外经贸的发展了然于胸。重庆商务厅和自贸办是主管对外经贸的机关，办公大楼建在长江边的南滨路上，远离政府办公区域。这就引出了重庆开埠的

图2-16 重庆自贸试验区

往事。

1890年英国迫使清政府签订《新订烟台条约续增专条》，确定重庆为通商口岸，英商开办轮船航线，设立总领事馆，又建立了重庆海关，设立洋行等，当时南滨路一线成为了租界对外开放的集中地。

1997年设立重庆直辖市，当时重庆有40万下岗职工、103万移民、300万贫困人口，是面积最大、人口最多、经济最穷的直辖市。2008年重庆设立内陆第一个两路寸滩保税港区；2009年富士康、惠普与重庆签约设立4 000万台笔记本电脑外销基地和设立"国家统筹城乡综合配套改革试验区"；2010年设立西永综合保税区和两江新区；2011年实现生产总值万亿元；2015年"渝新欧"国际铁路与长江黄金水道连接率先重开丝绸之路，加之重庆自贸试验区的设立，重庆的开放建设达到了一个前所未有的新高度。直辖23年来，人们见证了重庆的快速变化发展，在中西部地区竖起了改革开放高地的一面旗帜。

第二天，在重庆自贸办人员的陪同下，我来到重庆自贸试验区行政中心大厅采访。走进大厅，迎面一长排柜台前或坐或站着好多前来办事的人员，大厅的墙上贴着"马上办、就近办、网上办、一次办"的标语，导办服务台前正围着一些人在咨询，工作人员忙不迭地帮助解答或指导办理，无不显示出这片"热土"充满了蓬勃生机。

在办事大厅参观中，凭着职业的敏感性，我一眼就瞥见端坐在柜台里身着黑色海关制服的女关员。于是，我径直走向了她。我递上名片，告诉她我在上海海关工作，并向她了解参与自贸试验区工作的情况。女关员告诉我，她是重庆海关下属两路寸滩海关的关员杨中敏，重庆自贸试验区海关业务由该关负责办理。重庆海关积极为自贸试验区服务，专门派出关员驻守自贸试验区为企业办理注册登记和提供通关咨询服务。从她佩戴的"二杠三星"肩章来看，她已是海关一级关务督办。按照海关关衔晋升的规则，她大学毕业在海关工作已有10个年头了，风华正茂。

中国海关实行关衔制度和准军事化管理，海关工作人员实行职务等级关衔。关衔是区分海关工作人员等级、表明海关工作人员身份的称号标志和国家给予海关工作人员的荣誉。海关关衔分为5等13级，关衔的等级标志由金色星花和横条杠及橄榄叶组成。这"星花"好比是星星，横杠和月牙形的"橄榄叶"又好比是月亮。一颗星星变成两颗、三颗,三颗星星慢慢升上来变成了一个月亮。斗转星移,岁月不居,记录着海关关员为国把关的历程。

晚间,我与重庆海关时任副关长、政治部主任柳波相约会面。柳波副关长从上海海关交流到重庆海关任职,我向他转达了重庆自贸试验区同志对重庆海关的赞美。重庆海关支持自贸试验区建设发展,派出关员进驻自贸试验区实行"一门式服务",我要为重庆海关点赞。

告别重庆,我乘坐高铁旋即来到中西部五省(市)自贸区采访的最后一站——武汉。

中国(湖北)自由贸易试验区武汉片区管委会自贸改革创新局邓华副局长向我介绍了武汉片区建设发展的情况。

"湖北自贸试验区的战略定位是扩大开放、加快推进中部崛起和长江经济带的发展,成为中部有序承接产业转移的示范区、战略性新兴产业和高技术产业的集聚区、全面改革开放试验田和内陆对外开放的新高地。湖北不靠边、不沿海,对外开放一直是短板。我们要进一步强化湖北自贸试验区发展的产业特色,以更大力度有针对性地开展差异化探索。"邓华副局长如是说道。

自贸试验区是湖北改革开放、高质量发展的前沿阵地和排头兵,必

图 2-17　湖北自贸试验区武汉片区

须扛起全省深化改革、扩大开放的大旗，承担更大责任，有更大作为。按照"能放尽放、有力有序"的原则，湖北省政府向自贸试验区三大片区下放了第一批61项省级经济社会管理权限，基本实现"办事不出自贸区"，最大限度赋予自贸区更大的改革自主权。

邓华副局长说："一边学、一边干！"作为第三批自贸试验区，要学习借鉴其他自贸试验区的先进成熟经验，在复制推广中消化吸收再创新。除了复制已有的改革创新经验，更要结合实际探索改革新路。目前，武汉片区已成为中国光通信领域最大的技术研发和生产基地，正打造超万亿产值的世界级产业集群。在生物医药领域，湖北自贸试验区新发传染病药物及疫苗研发生产规模全国第一，涌现了一批重大成果，建成了中部地区最大的新药研发中心和国内最大的基因测序健康医学产业中心。

邓华副局长还介绍了武汉片区打造国际人才自由港的做法。武汉片区开设了外国人服务"单一窗口"，把原来分属公安、商务、外国专家等5个部门办理的外国人证件业务"五窗合一"，各部门派驻人员联合办理，从网下办理过渡到网上办理，从集合办理过渡到集成办理，外籍人员办理证件业务由跑5次变为跑1次。

同时，还推出了10项出入境便利政策措施，为外籍人员申请永久居留提供便利。经湖北省人才工作领导小组和自贸区办公室推荐的外籍高层次人才，可直接申请永久居留；具有博士研究生以上学历的外籍华人，可直接申请永久居留，放宽了外籍高层次人才认定条件，降低了外籍人员申请永久居留门槛，优化了外籍华人申请长期居留及多次往返签证政策，突破了外籍留学生创新创业政策的限制，扩大了外籍技术人才及高级管理人才申请口岸签证的范围，缩短了办理签证、居留许可时限，尤其是开放产学研复合型外籍人才兼职渠道。这将对武汉片区聚集高层次人才和发展经济发挥重要作用，为打造国际人才自由港奠定基础。

在武汉片区人员的陪同下，我前往了武汉片区办事大厅和片区内的光电制造、国际贸易等公司采访。

武汉片区"光谷"是中国光通信、激光产业的发源地，而光通信、激光等已经发展成为最具竞争力的产业。产业集群中有很多科技型的中小企业，如何解决融资难、融资贵的问题？武汉片区联合保险公司和银行推出"专利权质押贷款+保障保险+财政风险补偿"的融资模式，盘活了企业的"专利资产"，有效缓解科技型中小企业发展过程中的资金紧缺问题。武汉博昇光电公司是一家高新技术企业，每年投入800万经费用于研发，每年都能获得2个发明专利。但由于租赁办公房没有固定资产，过去很难得到贷款。通过专利权质押贷款模式，一纸专利变成了"真金白银"，解决了贷款难的问题，加上政府贴息补助政策，大大降低了融资成本。

中国（浙江）自由贸易试验区设立在非省会城市舟山，是我国唯一由陆域和海洋锚地组成的自贸试验区。浙江自贸试验区是全国特有的国际大宗商品贸易自由化先导区和具有国际影响力的资源配置基地，拥有舟山港综合保税区的区位优势、岸线资源和产业发展的基础，重点开展以油品为核心的大宗商品中转、加工贸易、保税燃料油供应、装备制造、航空制造、国际海事服务、国际贸易和保税加工等业务。

舟山是中国最大的天然渔港，是世界三大渔港之一。上海人节假日喜欢三五结伴驱车去舟山吃海鲜，看日出伴日落，迎满天朝霞，赏似锦

图 2-18　浙江自贸试验区

晚霞。舟山绿华山国际锚地距洋山深水港直线距离35海里，停靠着数量众多的国际航行船舶，上海海关外轮监管人员经常要去国际锚地登轮检查。2005年筹建洋山保税港区时，我经常要与属地的舟山嵊泗县政府领

导交往，由此与他们结下了深厚友情。

浙江自贸试验区与国内其他自贸试验区的区域发展路径不同，按照中央确定的战略定位，抓住世界重要大宗能源石油制品全产业链保税发展的目标，实现油品全球配置能力的提升。

从上海驱车前往，经过杭州湾跨海大桥和舟山岛链之间连接的桥梁，可全程行车抵达舟山岛，沿途可以看到岛屿边缘星星点点地分布着好多大型的储油罐。据浙江自贸试验区介绍，自挂牌以来，自贸试验区充分发挥区位和资源优势，围绕以油品为核心的大宗商品投资贸易便利化，积极探索实践推进改革创新，取得了明显成效。

浙江自贸试验区123项试点经验和"最佳实践案例"已复制推广119项，探索形成投资便利化、贸易自由化等制度创新成果40项，其中全国首创20项；创新保税油品混兑制度，每吨保税油成本降低5美元；首创保税燃料油跨关区直供模式，节省供油企业二次中转成本；设立自贸试验区海事法庭和海事仲裁办事处，管辖商事、海事纠纷，提供多元化、便捷化的解决途径；实行"一窗受理、集成服务"，提前实现投资项目在线审批监管的应用平台、网上申报、系统打通、网上审批4个100%的运用。

加快国内外油品贸易企业集聚，注册资本110亿元的浙江省石油股份有限公司落户自贸区；突破保税油跨关区、跨港区直供，创新一船多供、先供后报监管模式；成功引进中石化船用油全球总部、中长燃华东总部、中油泰富总部，保税油结算量480万吨，占全国保税油供应量的45%；顺利推进油品储运，已完成黄泽山项目一期151万方储罐主体工程建设，二期104万方项目正加快推进，750万方地下洞库项目和北部650亩围垦工程顺利启动，进一步做好油品全产业链发展的特色品牌。

以国际航行船舶保税燃料油加注为突破，全国首创"一船多供""一库多供""跨关区跨港区直供"等通关便利化举措。国际油品储运基地已经具备2 270万方油品储运能力，成为全国最大的油品储运基地之一，2020年将形成4 000万方油品储存能力。

看到这些数据，你也许直观上会感到震撼；如果是驾车一族，我想更会肃然起敬。因为燃料油是国家建设的血脉，也是现代生活的保障。

燃料油的储存、供给，是国家的命脉。浙江自贸试验区抓住世界重要大宗能源石油制品全产业链发展的目标，实现油品全球配置能力的提升，其重要性显而易见。

2018年10月18日，舟山成功举办了第二届世界油商大会，签约25个项目，总金额1 656亿元。其中，外资项目14个，占56%，世界500强和重大油企项目11个。还与沙特阿美石油公司签订合作备忘录，围绕油品全产业链开展全面合作。

同年12月2日，舟山"瑞运18"供油船在沈家门渔港码头为"桃远605"轮和"桃远607"远洋渔船各供应210吨船用燃料油，完成了首单远洋渔船保税船用燃料油加注。据海关统计，浙江自贸试验区舟山口岸船用燃料油供应量达328.14万吨，同比增长108.76%；2018年度舟山大宗油品中转基地油品吞吐量达3 750万吨，再创历史新高。船用燃料油加注量呈现高基数增长，首次跻身全球船用燃供加注区域第一梯队，进一步拓宽了自贸区船用燃料油供应市场，提升船舶综合服务一体化优势，拓宽船用燃料油市场的发展空间。

2018年舟山市外贸进出口额1 135.55亿元，同比增长44.91%，依托自贸试验区的优势，扩大油品等大宗商品进出口，大宗商品占进口比重的78%，油品出口占比从20%上升到40%。浙江自贸试验区锐意进取，对接国际标准，推动油品全产业链投资便利化和贸易自由化，实现油品全球配置的能力的显著提升，探索建设国际海事服务基地、提升国际航运服务功能、建设国际油品储运基地等目标已初步达成。

辽宁是我国重要的老工业基地，新中国工业崛起的摇篮。记得小学上地理课时，鞍山本溪钢铁厂、抚顺阜新露天煤矿发电厂……辽宁有好多国家重工业基地，如雷贯耳。辽宁被誉为"共和国长子"，为国家现代化建设做出了历史性的重大贡献。

结束了浙江的采访后，我乘坐12：45开行的G1245高铁前往沈阳，进行中国（辽宁）自由贸易试验区的采访。

辽宁国企数量多，产业结构偏资源型、传统型、重化工型，供给侧结构性改革特别是去产能任务艰巨。改革开放以来，由于老工业基地体制性、结构性等深层次的矛盾没有得到根本解决,辽宁的 GDP 和工业增加值有所下降,延缓了经济发展的速度。据辽宁省 2016 年国民经济和社会发展统计公报,全年地区生产总值 22 037.88 亿元,比 2015 年下降 2.5%,辽宁成为 2016 年全国唯一负增长的省份。改革开放初期,辽宁 GDP 是广东的 2 倍,而现在广东 GDP 已是辽宁的 3 倍多。

2009 年 9 月 11 日,国务院提出振兴东北老工业基地发展的意见;2017 年 3 月,习近平总书记来到全国人大会议辽宁代表团,与代表们围绕推进辽宁振兴发展展开深入讨论;2018 年 9 月 28 日,习近平总书记考察东北三省,并主持召开深入推进东北振兴座谈会,强调要坚持新发展理念,解放思想、锐意进取、瞄准方向、保持定力、深化改革、破解矛盾,要扬长避短、发挥优势,以新气象新担当新作为推进东北振兴。

曾经引以为豪的国之重镇负重前行,全面实现振兴目标任重道远。2017 年 4 月,辽宁自贸试验区正式揭牌。国务院要求辽宁自贸试验区的发展目标,是经过三至五年改革探索,形成与国际投资贸易通行规则相衔接的制度创新体系,营造法治化、国际化、便利化的营商环境,巩固提升对人才、资本等要素的吸引力,努力建成高端产业集聚、投资贸易便利、金融服务完善、监管高效便捷、法治环境规范的高水平、高标准的自由贸易园区,引领东北地区转变经济发展方式、提高经济发展质量和水平。

辽宁自贸试验区范围 119.89 平方千米,涵盖大连、沈阳和营口三个片区。大连片区重点发展港航物流、航运服务等产业,推动东北亚国际

图 2-19　辽宁自贸试验区沈阳片区

中国自由贸易之路

航运中心、国际物流中心建设；沈阳片区重点发展装备制造、汽车及零部件、航空装备等先进制造业，提高国家新型工业化示范城市、东北地区科技创新中心发展水平；营口片区重点发展商贸物流、跨境电商等战略性新兴产业，建设区域性国际物流中心和高端装备制造、高新技术产业基地，构建国际海铁联运大通道的重要枢纽。

在辽宁省商务厅办公楼内的自贸区办公室，自贸办的郭猛接待了我的采访，向我介绍了辽宁自贸试验区建设发展的情况，并给了我一些介绍辽宁自贸试验区工作情况的材料。

辽宁自贸试验区自挂牌以来，全面深化"放管服"改革，以推进"一网一门一次"改革为抓手，加快实现审批服务"马上办、网上办、就近办、一次办"；"证照分离""多证合一"改革在全省推开，376项证照实现即办即取；工业产品生产许可证种类压减三分之一，一般性经营企业开办时间压缩到3.5个工作日以内；建设覆盖全省的"互联网+政务服务"体系，开通8890政务便民服务平台，省级行政审批和公共服务事项网上可办率达到90%，100个高频事项实现"最多跑一次"；大连片区的"保税混矿监管创新"案例入选了自贸试验区第四批改革试点经验向全国推广。

郭猛还介绍了自贸试验区下一步的工作打算，将以自贸试验区为重要载体和平台，大胆试、大胆闯、自主改，努力创造辽字经验，以更加开放的姿态推动更深层次的改革，以更深层次的改革推动老工业基地更高水平的振兴。

过去坊间传言"投资不过山海关"。投资真的会驻足关门而不入吗？辽宁自贸试验区是如何改善营商环境的？这成为我采访的一个话题。

万里长城东临渤海"天下第一关"山海关，威名远扬。关外，就是东北。

辽宁省自贸办专职副主任王恩滨说道："虽然'投资不过山海关'有一些炒作的成分，但客观上辽宁营商环境和先进省份比是有短板、有差距的。辽宁就是要在解决问题中前进，就是要扎扎实实从解决每一件营商环境的事情入手，让全社会都看到辽宁的努力和营商环境的逐步改善。过去，在地方发展中存在承诺不兑现、政策不落实、欠款不结清的问题。于是，欠款变成了'旧账'，时过境迁，'旧账'拖成了'呆账'。"

自贸办王恩滨副主任的这番话语是凝重的。

地方政府失去公信力，投资者就会失去信心，地方持续发展就会留下隐患。自贸试验区要强化招商引资，推动老工业基地更高水平的振兴发展，自然绕不过这道坎。

整治政务失信，辽宁标本兼治动真格了。

辽宁省委、省政府主要领导反复强调，无论"新账""旧账"都是欠下的"民生账""发展账"，各级领导干部要理旧账、清旧账、遏新账，绝不允许旧账高高挂起、置之不理。2016年年底，辽宁省颁布了《优化营商环境条例》，以地方立法的形式推进营商环境改善，为投资者保驾护航；2017年，又出台了《加强政务诚信建设的实施方案》，提出政府签的合同不得因换届毁约，畅通政府采购毁约违约等失信行为的举报渠道。为了确保落到实处，辽宁还将原中小企业服务局改建为省政府直属机构的"省营商环境建设监督局"，倾力打造维护营商环境的专门机构，依法维护营商环境，为企业合法经营撑腰，给经济社会发展除障。

2018年12月8日，辽宁省再次出台了《关于加快民营经济发展的若干意见》，明确提出"加快诚信政府建设，弘扬契约精神，坚决杜绝'新官不理旧事'，对政府拖欠工程款、未及时供地、优惠政策不兑现等问题进行专项整治，将政府失信行为纳入政府诚信评价体系"。坚决向政务失信行为宣战，通过理旧账、清旧账、遏新账，持续清理偿还政府工程款，规范招商引资政府履约。

2019年1月16日，在辽宁省人大会二次会议上，时任辽宁省省长唐一军做政府工作报告：2018年辽宁全省地区生产总值2.53万亿元，比上年增长5.6%左右；地方财政总收入4 525亿元，增长7.8%；进出口总额7 545.9亿元，增长11.8%；自贸试验区新增注册企业1.32万家、注册资本2 203亿元，45项改革创新经验在全省复制推广；招商引资签约重大项目259个，资金总额8 588亿元。辽宁经济筑底企稳、稳中有进、进中向好，已经走出了最困难时期，开始步入平稳健康的发展轨道。

滚石上山，逆水行舟。从负增长到正增长，从虚增长到实增长，辽宁日积跬步，蓄势向好。

中国（海南）自由贸易试验区

中国（海南）自由贸易试验区的设立令全国瞩目。2018年4月13日，习近平总书记在庆祝海南建省办经济特区30周年大会上，宣布支持海南全岛建设自由贸易试验区，并逐步探索、稳步推进中国特色自由贸易港建设。海南经济特区在三十而立之年，再担改革开放新使命，成为全国最大的自由贸易试验区，第一个探索自由贸易港的地区。

设立海南自贸试验区和探索推进自由贸易港建设，是习近平总书记亲自谋划、亲自部署、亲自推动的重大国家战略，是党中央、国务院着眼于国际国内发展大局，科学谋划做出的重大决策，彰显了我国扩大对外开放、积极推动经济全球化的决心。

图 2-20　海南自贸试验区第四批建设项目集中开工和签字仪式

2018年4月14日，中共中央、国务院发布《关于支持海南全面深化改革开放的指导意见》，在海南岛全岛实施自由贸易试验区，推动海南成为新时代全面深化改革开放的新标杆，形成更高层次改革开放的新格局，探索实现更高质量、更有效率、更加公平、更可持续发展的新海南。

这是海南发展面临的新的重大历史机遇，是党中央对海南改革开放发展寄予厚望，赋予海南经济特区改革开放新的重大责任和使命，也为海南全面深化改革注入了强大动力。

海南三十而立，蓄势再发。

海南因改革开放而生，也因改革开放而兴。1988年海南设立经济特区，奋勇拼搏，把贫穷落后的边陲海岛发展成为改革开放的重要窗口，实现了翻天覆地的变化。在我国深入推进改革开放，全面发展自由贸易的新征途上，设立海南自由贸易试验区和自由贸易港，必将对构建我国改革开放新格局产生重大而深远的影响。

中央提出海南自贸试验区的发展目标，到2020年，与全国同步实现全面建成小康社会的目标，贫困人口脱贫，贫困县全部摘帽，自贸试验区建设取得重要进展；到2025年，经济增长质量和效益显著提高，自由贸易港制度初步建立，营商环境国内一流；到2035年，现代化建设走在全国前列，人民生活更为宽裕；到21世纪中叶，建成繁荣文明的美好新海南。

2018年9月24日，国务院发布《中国（海南）自由贸易试验区总体方案》，提出战略定位要发挥海南岛全岛试点的整体优势，紧紧围绕建设全面深化改革开放试验区、国家生态文明试验区、国际旅游消费中心和国家重大战略服务保障区，实行更加积极主动的开放战略，加快构建开放型经济新体制，推动形成全面开放新格局，把海南打造成为我国面向太平洋和印度洋的重要对外开放门户。发展目标是2020年自贸试验区建设取得重要进展，努力建成高标准高质量的自贸试验区，为逐步探索、稳步推进海南自由贸易港建设，分步骤、分阶段建立自由贸易港政策体系打好坚实基础。

我国前期设立的11个自由贸易试验区，大部分在各地区的主要中心城市，都有较好的经济发展基础，而海南还处于次发展地区，2018年地区生产总值4 832.05亿元，进出口贸易额848.96亿元，新设外商投资企业167家，实际利用外资7.33亿美元，在全国31个省（市、自治区）中属于最低一档发展的梯队。要从脱贫摘帽，到现代化建设走在全国前列，成为展示中国风范、中国气派、中国形象的亮丽名片，那是多么不易。

此时有二则新闻颇为吸引眼球：

一则是2018年7月，为适应自由贸易试验区（港）的建设，海南省委常委、常务副省长毛超峰和海南省副省长沈丹阳（原商务部新闻发言人、政策研究室主任）出任自贸办"双主任"，原天津市委党校常务副校长孙大海出任省委副秘书长、自贸办常务副主任，原上海市浦东新区副区长、上海自贸区管委会副主任陈希出任海南省商务厅党组书记、厅长，兼自贸办副主任。两名主任，一名常务副主任，外加三名副主任，阵容不可谓不强大。

另一则是海南省委书记、省长等主要领导分别带队，组成11个考察团深入前期已设立的11个自由贸易试验区探求"真经"，找准破题的路径和举措。考察引思变，学习鼓干劲，借风扬帆，显示出海南抢抓发展机遇，勇担历史重任，时不我待的紧迫感和狠抓落实的责任感。

一张白纸好画最新最美的图画。在中国共产党的领导下，创造了多少人间奇迹，中国改革开放40多年的光辉历程已经告诉了我们。

海南陆地面积3.54万平方千米，海洋面积200万平方千米，是我国陆地面积最小、海洋面积最大的热带海洋岛屿省，海域广阔，物产丰富，生态环境优越，旅游资源丰富。2010年国务院提出推进海南国际旅游岛建设，在2020年将海南初步建成世界一流海岛休闲度假旅游胜地。现在，海南的发展目标，由单一的"海岛休闲度假旅游胜地"调整到世界经济全球化发展的"自由贸易试验区和自由贸易港"上来，形成全面开放的新格局，在我国新一轮改革开放中承担更加重要的战略角色。这是对"国际旅游岛"目标的升华，是海南建设发展的历史性飞跃。

支持海南全面深化改革开放，有利于探索可复制可推广的经验，拓展改革广度和深度，完善和发展中国特色社会主义制度；有利于我国主动参与和推动经济全球化进程，发展更高层次的开放型经济，加快推动形成全面开放新格局;有利于推动海南加快实现社会主义现代化,打造成为新时代中国特色社会主义新亮点,彰显中国特色社会主义制度优越性,增强中华民族的凝聚力和向心力。

海南全面深化改革开放是国家的重大战略,必须举全国之力、聚四方之才。

中央和国家各部委与海南省建立"中央统筹、部门支持、省抓落实"的工作机制,形成齐抓共管的合力。中央成立推进海南全面深化改革开放领导小组,中央政治局常委、国务院副总理韩正担任组长,24个中央和国家部委的相关负责人为领导小组成员;中央18个部委已制定或与海南省签订了支持海南全面深化改革开放的实施意见,全力推进海南全面深化改革开放各项工作,大力支持海南自贸试验区建设。

长风破浪会有时,直挂云帆济沧海。

海南不待扬鞭自奋蹄,全省上下高标准高质量建设自由贸易试验区。截至2018年年底,短短8个月时间就推动了一批重点工作,实现了良好开局。

上海自贸试验区开创的自由贸易金融账户率先在海南复制推广上线运行;对标世界银行标准,制定了优化营商环境行动纲要,提出40条创新举措,结合"多规合一"改革试点,着力打造法治化、国际化、便利化的营商环境;引进Hello Kitty(凯蒂猫)等多个世界著名品牌游乐园项目、举办海南岛国际电影节、推进全球动植物种质资源引进中转基地建设、推进国家科研育种基地建设;启动规划中央商务区建设发展总部经济,与16家央企签署了战略合作协议,中国旅游集团、大唐集团国际贸易总部等20家总部企业落户海南;推进深海科技城(大学城)建设、启动设立海南热带雨林国家公园等重大项目。2018年年底,海南自贸试验区建设项目第一批100个项目已在海口集中开工,总投资236亿元。后续还将开工、签约一批重大项目,规模质量都将进一步提升。

进一步提升旅游国际化水平,实施59国人员入境旅游免签政策,离岛旅客免税购物限额从1.6万元增加到3万元,包括岛内居民旅客实行相同免税购物政策,并扩大免税商品范围,在海口市内和博鳌新设离岛免税店,进一步释放消费潜力,促进海南国际旅游消费中心建设。

同时，海南还启动了"百万人才进海南"行动计划，出台了人才落户政策、高层次人才配偶就业安置实施办法，组建人才发展局，成立省级人才服务"一站式"平台，"聚四方之才"。

海南自贸试验区，以旅游业、现代服务业、高新技术产业为主导高起点发展，打造开放层次更高、营商环境更优、辐射作用更强的开放新高地，任重而道远。

自由贸易试验区是目前我国自由贸易最高形态的发展区域，自由贸易港是当今世界最高水平的开放形式。建设自由贸易试验区、发展自由贸易港是新时代我国全面深化改革、扩大对外开放重要战略举措，在我国改革开放进程中具有里程碑的意义。

从上海自贸试验区的创立到海南自贸试验区的建成，5年来，我国自贸试验区从浦东走向了全国，从沿海扩展到了内陆。各地自由贸易试验区认真贯彻党中央、国务院的决策部署，在新的起点上大胆试、大胆闯、自主改，在更广领域、更大范围形成了各具特色、各有侧重的试点格局，形成了更多可复制、可推广全国的制度创新成果，彰显了改革开放试验田的标杆示范和带动引领作用，把自贸试验区建设成为新时代改革开放的新高地。

2018年11月5日，习近平总书记在首届中国国际进口博览会开幕式上宣布，将增设中国上海自由贸易试验区新片区，抓紧研究提出海南分步骤、分阶段建设自由贸易港的政策和制度体系，加快探索建设中国特色自由贸易港进程。

2019年4月26日，习近平总书记在第二届"一带一路"国际合作高峰论坛开幕式主旨演讲中又再次宣布："我们将新布局一批自由贸易试验区，加快探索建设自由贸易港。"

这是中国扩大对外开放的重大举措。可以预见，新增设的自由贸易试验区和探索建设中的自由贸易港，将突破现有自由贸易试验区的格局，对标世界最优化的自由贸易功能区域，更加突出国际竞争力的提升，加快构建我国开放型经济的新高地，并突出体现中国世界第一贸易大国的地位和责任，贡献中国发展的智慧，引领经济全球化的发展。

大鹏一日同风起，扶摇直上九万里。中国自由贸易之路越走越宽广。

第三篇　中国自由贸易之桥

2018年12月18日，习近平总书记在庆祝中国改革开放40周年大会上深刻地指出："改革开放40年的实践启示我们：开放带来进步，封闭必然落后。中国的发展离不开世界，世界的繁荣也需要中国。"改革开放40多年来，中国快速发展的一条成功经验就是坚持扩大开放，统筹国内国际两个大局，形成全方位、多层次、宽领域的全面开放新格局。努力发展自由贸易，从经济全球化中来，到经济全球化中去，为我国创造良好的发展环境、开拓广阔的发展空间。

自由贸易架起了连接世界的桥梁，实现共同发展，共同建设人类命运共同体，开创人类更加美好的未来。

架起投资贸易便利化的桥梁

贸易是物品自由买卖和平等交换的行为，国际贸易则是国家间商品和劳务交换的活动，体现了人与人、国与国之间经济相互依存的关系。《联合国宪章》提出了自由贸易的原则，旨在促进国际贸易自由化，充分利用世界资源，扩大商品的生产与流通。

2014年11月27日，世界贸易组织发布了《贸易便利化协定》议定书，指导各成员简化协调国际贸易制度和手续，通过削减关税等贸易壁垒，消除国际贸易中的差别待遇，对世界经济产生了深远的影响。根据国际机构测算，《贸易便利化协定》的有效实施，将降低发达国家10%的贸易成本，降低发展中国家13%~15.5%的贸易成本，还可使发展中国家每年增长贸易出口9.9%（约5 690亿美元），发达国家增长4.5%（约4 750亿美元），增加2 100万个就业岗位。

中国是世界贸易组织成员。2015年9月4日，中国政府承诺履行贸易便利化的义务。这是中国加入世界贸易组织后首个参与并达成的多边货物贸易协定。《贸易便利化协定》的实施，将改善主要出口成员贸易便利化的环境，减少产品进出口障碍，并营造便捷的通关环境，对推动我国外贸健康发展具有积极意义。

我仔细研读了《贸易便利化协定》的条款，这是一部国际贸易的专业协定书。我试用通俗的语言解读其中一些条款的含义：要求每一成员以非歧视和易获取的方式迅速公布进出口规定和程序，并通过互联网更新信息；要求将货物放行与关税的最终确定相分离，在货物抵达时不能做出决定的，可以保证金提供担保；以一致的方式测算和公布货物平均放行时间；降低单证和数据要求、降低实际检查和审查比例、加快放行时间；对快运货物可申请抵达前提交放行所需的信息；对易腐货物可要求最短时间内放行，或在海关和其他主管机关工作时间之外予以放行，如放行受到严重延迟，应提供延迟原因的信函；边境管制和货物进出口的主管机构应相互合作，协调跨境程序，便利跨境贸易；使用国际标准作为进出口手续和程序的依据；建立单一窗口；世界贸易组织特设贸易便利化委员会，并建议每一成员建立国家贸易便利化委员会。

这是一部对国家边境管理机关和进出境管理人员都很有指导性的国际条约，应引以为指导。我特别注意到协定的文字表述："以一致的方式测算和公布货物平均放行时间；降低单证和数据要求、降低实际检查和审查比例、加快放行时间；如放行受到严重延迟，应提供延迟原因的信函……"目前我国口岸管理机关的工作理念与这还是有差距的。

改革开放以来，我国通过设立经济特区、保税区、出口加工区等海关特殊监管区域，对进出口贸易实行集中规范的管理，已大幅提升了贸易便利化的程度，但以《贸易便利化协定》规范的标准，从国际贸易专业的角度来看，我们的差距是显而易见的。我国口岸对进出口货物平均放行时间、对单证和数据的要求、实际检查和审查比例还有一定的差距；如果出现货物放行延迟，管理机关也不可能做出书面函件的检讨。

《贸易便利化协定》的生效和实施，对各成员方进出口贸易的管理提出了科学规范的要求，各成员边境管理机关应明确自己的职责，采取相应的措施。根据我国的承诺，除单一窗口、确定和公布平均放行时间、出境加工货物免税复进口、海关合作等少量措施可在一定过渡期后实施，其余规定均需在《贸易便利化协定》生效时即实施。随着我国改革开放的进一步深入，《贸易便利化协定》的很多规则已率先在自由贸易试验区内得到贯彻，进而复制推广至全国，与国际通行规则接轨。即使我国政府提出有一定过渡期的"单一窗口、确定和公布平均放行时间、出境加工货物免税复进口"等项内容也都已经开始实施。

早在 2003 年 10 月，党的十六届三中全会通过的《中共中央关于完善社会主义市场经济体制若干问题的决定》中,就提出了增强政府服务职能,深化行政审批制度改革,政府职能从"全能型"转向"服务型"和"努力建设服务型政府"。然而喊了多少年的"服务型政府"口号,却无法实实在在的落地。政府部门管得越多,权力越大,名目繁多的审批制度容易滋生腐败和抑制经济的行为。

2016年5月9日,李克强总理在全国推进"放管服"改革电视电话会议上尖锐地指出:本届政府成立之初,国务院部门各类审批达1 700多项,投资创业和群众办事门槛多,审批过程手续繁、收费高、周期长、效率低,这不仅严重抑制市场活力、制约经济社会发展,还容易导致权力寻租、滋生腐败,企业和群众对此反映强烈。总理还提及,在地方调研时,反映比较集中的问题就是各种有形无形的障碍还很多,玻璃门、弹簧门、旋转门随处可见,有的是无门可进。总理语重心长地指出:"放管服"改革实质是政府自我革命,要削手中的权、去部门的利、割自己的肉。计利当计天下利,要相忍为国、让利于民,用政府减权限权和监管改革,换来市场活力和社会创造力释放。以舍小利成大义、以牺牲"小我"成就"大我"。烦苛管制必然导致停滞与贫困,简约治理则带来繁荣与富裕。于情于理,言近旨远。

为持续推进简政放权、优化服务,不断提高政府效能,国务院专门成立了"国务院推进政府职能转变和'放管服'改革协调小组"。中共中央政治局常委、国务院副总理韩正担任组长,两位国务委员担任副组长兼协调小组办公室主任,成员中还有3名国务院副秘书长和28个部委办的领导。协调小组下设行政审批、优化营商环境、激励创业创新、深化商事制度改革、改善社会服务5个专题组和综合、法治、督查、专家4个保障组。主要职责是加快推进政府职能深刻转变,指导督促各地区各部门落实改革措施。足见此事体大,非同小可。

2017年和2018年,李克强总理又多次在全国转变政府职能等会议上强调指出:既要进一步做好简政放权的"减法",又要善于做加强监管的"加法"和优化服务的"乘法"。要实行全国统一的市场准入负面清单制度,不断缩减清单事项,推动"非禁即入"普遍落实。在新一轮政府机构改革中,要突出深刻转变政府职能,提升政府效能,建设服务型政府,全面展现新一届政府的新形象。

国务院在《中国(上海)自由贸易试验区总体方案》中提出:"加快政府职能转变、积极探索管理模式创新、促进贸易和投资便利化","建设具有国际水准的投资贸易便利、监管高效便捷、法制环境规范的自由贸易试验区"。并要求使之成为推进改革开放的"试验田",形成可复制、可推广的经验,发挥示范带动、服务全国的积极作用,促进各地区共同发展。同时对全国各自贸试验区的发展目标同样都提出了营造国际化、市场化、法治化营商环境,建成符合国际高标准的自由贸易园区的要求。

在身临全国各地自贸试验区的采访体验中,给我留下特别深刻印象的是一场政府管理理念、管理方式的革命正在全面展开。自贸试验区成为政府转变职能的"试验田",推进"放管服",使"服务型政府"落地。

在河南自贸试验区郑州片区,与朱召龙副主任座谈时谈到,自贸试验区的核心任务是改革创新,对政府来说是一次新的长征;自贸试验区是播种机、宣传队。过去政府机关"门难进、脸难看、话难听、事难办",总是以国家利益为借口,设置种种关卡。筹建自贸试验区时与相关主管部门商议复制推广改革创新的举措,也并不是一帆风顺的。但凡在政府部门办不了的事,到自贸试验区都可以办成了。这就要以自贸试验区的改革创新来撬动政府部门一起前行。这好比是鲶鱼效应。

朱召龙副主任的一番话语很有自省之心。自贸试验区建立后,门还难进、脸还难看、话还难听、事还难办吗?这是我到各地自贸试验区采访体验的一个侧重点。

政务服务大厅是检验自贸试验区改革创新和体验政府机关转变职能的"窗口"。我巡走在各地自贸试验区办事中心,充满生机的布局和温馨服务的氛围如春风拂面,温暖舒心,一改过去政府机关以管理者自居的执法理念和办事方式。

我在政府机关工作40年,过去政府机关满眼的"依法行政、严格执法"标语已悄然换装了。"打造最佳营商环境""让数据多跑腿,让群众少跑路""最多跑一次""马上就办,马上就好"的标语时时映入眼帘;过去政府机关类似银行全面隔离的办事柜台降下了高度,变成了敞开式的面对面交流;"帮办服务区"人员热情接待咨询,帮助办理相关事务,还专设了一排桌椅,摆放着三五台笔记本电脑供来访者上网检索,还可以免费打印文件、复印材料,这已成了各地自贸试验区办事中心的标配。过去在政府机关的周围,布满了打印社、复印店。现在,自贸试验区办事中心已悄然变成了服务中心。

图3-1 各地自贸试验区政事服务厅免费提供笔记本电脑打印文件、复印材料,演变为服务中心

在重庆自贸试验区两江片区办事中心,我看到墙上张贴着五名月度服务明星的照片姓名和工作格言,其中有一位金牌服务明星。听两江片区管委会陪同人员介绍,在每个办事柜台上都有一台电子服务评价器,每办一件事,就由办事的群众按下按钮对服务人员的工作进行评价。管委会根据群众的评价每月评选一次服务明星。我临时提议,让陪同人员带我去金牌服务明星的柜台采访。

图3-2 两江片区张贴服务明星照片姓名和工作格言

金牌服务明星胡华的柜台前正围着几位办事的人员,我示意不要打扰她的工作,在一旁静静地观看着。只见她一面热情解答问题,一面熟练地操作电脑,不一会就办

理好了。

我问胡华在自贸试验区工作有什么体会？获得"金牌服务明星"称号感受如何？

图 3-3　采访两江片区金牌服务明星胡华

胡华告诉我，她已是两个孩子的妈妈了，过去在机关工作，总以为国家机关是管别人的，高人一等，说话办事不自然地会流露出居高自傲的姿态，不经意间也会带有训斥的口吻。现在两个孩子说妈妈变得好温柔，这是她到自贸试验区工作后的最大感受。自贸试验区是转变政府职能的试验田，也是转变政府工作人员思想的先行区。要热情为企业群众服务，首先要转变自己的服务理念。政府机关工作人员是为人民服务的，对来办事的人们要笑脸相迎、和蔼可亲、热情服务。这和蔼可亲的笑脸可是要从心底练出来的。"过去在家孩子吵闹我也会发脾气，现在孩子、群众都说我好，真的很高兴。"金牌服务员要求很高，全月服务群众的评价都要为优。在自贸试验区办事不能简单地说"不"，要想方设法帮助群众排忧解难。

一名自贸试验区一线的工作人员，面带笑容，话语亲切，一口一个服务，把自己完完全全放在为人民服务的位置，这不正体现我们党的"初心"、不正是人民群众期盼的愿景吗！在这里"门难进、脸难看、话难听、事难办"的困境已不复存在。

胡华的这一番话语让我这个"老机关"很受感动,也让我想起了往事。2007年我调任上海浦东海关工作,在创建文明单位活动中,我们把每年的五月定为"微笑服务月",倡导全员微笑服务,在社会上引起了良好的反响,一些政府机关慕名前来取经。那一年,浦东海关被评选为"全国文明单位"。

但当时也有人不太理解地问我:"我们是执法机关,执法要威严,微笑还怎么严格执法?"这让我感到很诧异。我们党的宗旨历来是为人民服务,政府工作人员是人民的勤务员啊!习总书记多次强调政府机关要全心全意为人民服务,可长期以来,政府机关一些工作人员还存在着严重的工作理念偏差,把对国家负责与对人民负责对立起来,直接损害了人民群众的利益,也损害了国家的根本利益,损害了党与人民群众的亲密联系。岁月似水流年,荡涤陈腐旧念。新时代、新征程,新理念、新作风。要彻底改变政府机关的衙门作风,营商环境没有最好,只有更好。

2017年11月,上海自贸试验区浦东新区行政服务中心首设"找茬"专窗,格外引人注目。我在办事大厅上下观察了一周,见到每个办事柜台前都放着两块告示牌,上面写着"窗口无否决权""请您来找茬·流程顺不顺、效率高不高、服务好不好、手续繁不繁"。这是在告诫每位办事人员只能说"Yes"不说"No",这是在提示每位办事群众您有权评判政府人员的办事质量。电子显示屏上显示一年中累计收到1 161条意见。这些无不正潜移默化地改变着政府在百姓心中"门难进、脸难看、话难听、事难办"的形象,体现提升政务效能的"自贸区态度",让服务于民真正落到实处。

2018年,上海自贸试验区又推进了"一网通办""四个集中"。所有部门审批处室向企业服务中心集中,所有涉企审批事项向"单窗通办"集中,所有投资建设审批事项向"单一窗口"集中,全区推广建设项目集中验收。"一网通办"已实现涉企事项全覆盖,其中"不见面审批"达到53%,"只跑一次"达到47%,实际办理时间比法定时限压缩了85%。我在各地自贸试验区采访时,看到已普遍实行了"一门一窗一次"和"网上申办"的改革,实实在在地方便了群众办事,大幅提高了申办效率。

"证和照"是企业进入市场的两把"钥匙",可过去办企业申请工商营业执照和行业主管部门许可证要跑好多的"庙",拜好多的"菩萨"。"证和照"成为悬在企业头上的两把刀,在好多地方办企业还要请客送礼。上海自贸试验区设立后,开始了证照制度改革创新的破冰之旅,为大众创业、万众创新清障开道。

多少年来办企业"先证后照"的审批制度顷刻倒下了。改革前,办公司要先到行业主管部门审批资金、员工招募、合同签订等众多项目,注册资金一次汇入银行账户,一应俱全方可办理营业执照。行业主管部门握有市场准入"生杀大权",缺一不可。企业往往难以一时具备各类经营许可设定的条件,而工商部门则要求必先具备全部许可方能颁发营业执照,往往陷入互为条件的死结。

申办企业本是利国利民之事,却还要如此烦琐费神!

2013年上海自贸试验区建立后,浦东新区率先合并了工商、质监、食药监三个局,建立了市场监管局。首先从体制机制上强行打开"多证合一"的通道,不断突破原有审批制度,探索创新投资贸易便利化的举措,形成多项改革新政,复制推广到全国自贸试验区。全国各地自贸试验区结合各自特点和优势整合证照,全面实施"多证合一"改革,从"十证合一"到"五十六证合一",累计整合了100多项涉企证照。

改革如同一场攻坚战,要有箭头部队强行打开前进的通道,突破旧制度的堡垒,才能踏上新时代的征程。

改革的力量是多么巨大啊!"五十六证"意味着之前申办企业涉及56项政府部门的审批,至少要跑56次。现在56项政府部门所把持的权力都被"没收"了,申办企业只要跑一次。改革取得明显成效,有效提升了行政服务效能,为优化营商环境打响了第一炮。

2017年5月5日,国务院办公厅发出《关于加快推进"多证合一"改革的指导意见》,要求全国各地区、各部门高度重视,积极作为,采取切实有力的措施,确保"多证合一"改革在2017年10月1日前落到实处、取得实效。

2018年3月1日,原国家工商总局等十三个部委联合发出《关于推

中国自由贸易之路

进全国统一"多证合一"改革的意见》(以下简称《改革意见》),针对各地整合证照数量差异大、推进程度不均衡、数据共享不充分、营业执照跨区域跨部门应用存在障碍等问题,决定同年6月起,在全国全面推进"多证合一"改革,实行"二十四证合一"。要求各地区统一整合证照,打通共享通道,规范信息采集方式,实现"一次采集无重复",推进"多证合一"营业执照"跨界"应用,进一步扩展改革成效。

我仔细推算了一下时间,这份《改革意见》与国务院文件中的"确保'多证合一'改革在2017年10月1日前落到实处、取得实效"的要求相比,迟到了整整5个月,实施时间延迟了8个月,"多证合一"的项目与上海自贸试验区相比减少了32项。这其中的艰难、这其中的差距,是显而易见的。

就在《改革意见》出台后十余日的3月13日,十三届全国人大决定撤销工商、质监和食药品监管总局,组建国家市场监管总局,将多部委市场监管的权职组成统一的市场监管,着力解决多头重复执法,从政府体制上根本实现"只进一扇门""多证合一""最多跑一次"。

2018年10月12日,我在陕西自贸试验区杨凌片区综合服务大厅采访时,看见大厅中摆放着"电子营业执照"的广告宣传牌。我第一次见到可以在网上申办"电子营业执照",甚是惊奇。于是,我仔细地观看了"电子营业执照"申办程序,并用手机拍了下来。上面写着"三步骤轻松领执照"。点击"工商登记注册电子化系统"—上传身份认证—录制视频·验证成功—起个名—核准—填报信息—审核完成—打印电子营业执照。上面还印着一份真实的电子营业执照,经营者董谨,类型个体工商户……此时,正有一位申办人在操办"电子营业执照"系统,我向他询问如何办理,他告诉我已在家中电脑输入申办成功了,因家中没有打印机,就到这里来打印营业执照。我疑惑地询问陪同的杨凌片区管委会马品,就这样简单地在电脑上操作就真的可以领取营业执照吗?得到的答复是"真的"。

"电子营业执照"在各行各业真的都能管用吗?见我仍然满腹疑虑,马品详细地告诉我:"'电子营业执照'申办成功后,系统会自动发给政府相关部门备案,与以前申办的纸质营业执照同等效用,申办人来

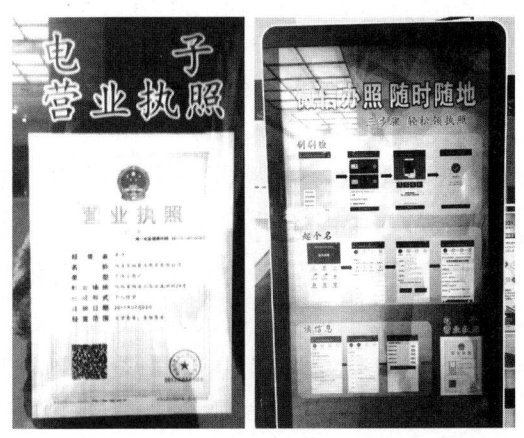

图 3-4　网上申办"电子营业执照"

这里打印纸质营业执照是为了挂在店堂里展示的。"

过去"过五关斩六将""求爷爷告奶奶"方可申办的营业执照,现在竟可以不求人,自己上网动动手就可以办成了。这真好似天方夜谭啊!于是,我把所见所闻发上了微博和微信朋友圈,供各地自贸试验区管委会的朋友们参考。之后,我在重庆、湖北自贸试验区办事中心也看到了类似申办电子营业执照的告示牌。现在大众创业真的是越来越便捷了。

2017 年 6 月,湖北自贸试验区宜昌片区国税局对纳税人因初创期经验不足、政策规定滞后、理解偏差、办理涉税事项出现失误,导致税收漏报的非主观故意行为,实行"容错机制"。推行 3 个月办理了 13 笔容缺容错事项,避免企业直接税收风险 550 余万元,减少税收损失 220 余万元。2019 年 3 月,上海市司法局、市场监督管理局、应急管理局联合发布《市场轻微违法违规经营行为免罚清单》,对涉及工商、质监、食品安全、消防等多个行政执法领域的 34 项轻微违法违规经营并及时纠正、没有造成危害后果的行为免于处罚。从宜昌片区国税局"容错机制"到上海市跨领域的"免罚清单",我感到政府管理部门的行政执法变得温馨了,这是在为企业营造更优越的营商环境,为企业提供更加宽容的制度环境。

湖北自贸试验区襄阳片区对工业投资项目在取得土地使用权和环评报告后,就可以进行设计施工,尝试"先建后验"的改革创新触动了我。

2006年年初，我刚筹建完洋山保税港区和洋山海关，又受命负责筹建已历时十年尚无着落的"上海海关科教中心"办公楼。我从未搞过建筑工程，完全门外汉，一头雾水，不知道有多难、不知道要跑多少政府和行业主管部门、不知道要盖多少章……一路走下来，对建筑工程证照审批的烦琐磨人、辛酸苦辣深有体会。

建筑工程的审批按照常规流程，要先到各管理部门办理设计、施工、安全等很多很多的审批手续，还有没完没了的验收，要盖百多个审查部门的印章。这岂不是"猴年马月也开不成渠，灌不成水"？湖北自贸试验区襄阳片区为了让各项审批验收快起来，与施工同步进行，整合发改、住建、规划、国土、消防等十多个部门设立投资项目促进专区，企业只需一次将申请资料交给窗口，后台流转各部门，流水线式办完整个审批。湖北华越汽车零部件有限公司二期厂房的开工得以提前近一年时间就是得益于这项政策。现在，襄阳片区的工业项目审批时限缩短了7成以上。

2018年5月2日，李克强总理主持召开国务院常务会议，决定将试点地区工程建设项目审批时间压减一半以上，由目前平均200多个工作日压减至120个工作日。2019年在全国范围开展工程建设项目审批制度改革，上半年将审批时间压减至120个工作日，试点地区审批事项和时间进一步减少。2020年将基本建成全国统一的工程建设项目审批和管理体系。

自贸试验区是制度改革创新的"窗口"。自贸试验区思考的是怎么改革使企业更方便，优化审批为让项目更快落地，不再是过去式的"管卡压"了。上海自贸试验区建立后，积极探索投资贸易便利化，实施的一系列改革新政已在各地自贸试验区和全国复制推广。各地自贸试验区奋起直追，发挥各自特点和优势，探索管理模式创新、破解改革难题、探索新途径、积累新经验、发挥示范带动、服务全国的积极作用。原来各地GDP的竞赛，现在已转变为促进投资和贸易便利化、你追我赶打造良好营商环境的"雁阵"改革竞赛。

此时，我深深领悟到李克强总理在上海创建自贸试验区前期调研时，为什么要一连三问上海市的领导，设立自贸试验区"你们是要政策,还是要改革"?这其中的意义早已超越了设立自贸试验区的本身。

为贯彻落实李克强总理关于政务服务要接受各类问题投诉、加强监督的重要指示,2018 年 9 月 20 日起,国务院办公厅开通了"国家政务服务投诉与建议"小程序,广泛接收社会各界对政务服务的问题线索和意见建议。网民可以使用手机进入中国政府网、国务院客户端,或微信、支付宝等平台登录小程序,就办事不便利、"一网通办"落实不到位、涉企政策措施不落实等问题进行投诉,并就提升各级政府政务服务水平、优化营商环境等提出建议。国务院办公厅将对收集到的问题线索和意见建议进行专门研究,并督促有关地方和部门查清问题、查明原因、整改解决。

图 3-5 国务院开通网上"服务投诉与建议"

我曾收到中国移动发来的短信,告知我如何办理。顺着指引的路径登录了"国家政务服务投诉与建议"网页,察看了其中的内容。我想,国务院都开通网上"服务投诉与建议"了,我们的各级政府部门还有什么不能作为的呢?

近几年来,为了深化改革,营造良好的投资贸易环境,国务院多次召开会议，接连下发文件，成立领导小组，开通网上投诉建议，深化"放管服"改革，加快转变政府职能，不断提高行政效能。前所未有，力度空前，成效显著。

深化"放管服"改革，不仅是为政策法规变革鸣锣开道，更是直接指向不合规的收费，直接为企业降低进出口成本。这是优化口岸贸易便利化的题中之意，更是企业期盼的甘霖。

2018年9月26日，国务院常务会议决定清理不合规收费，10月底前由各地向社会公布当地口岸收费目录清单，清单之外不得收费。推动降低合规费用，年内集装箱进出口环节合规成本要比去年降低100美元以上，沿海大港要有更大幅度下调，有关部门要联合督促监管。

这是继2017年11月，国家发改委对港口进行反垄断调查，多家港口码头主动降费后的又一次重度出击。

在第一轮反垄断调查中，上海港、天津港、宁波舟山港、青岛港应声降费，其中仅装卸作业费调降，每年就可降低进出口物流成本35亿元。随后，大连港、广州港、深圳港等沿海大港接受反垄断调查，降费9亿元。集装箱运输量在每年1 000万标准箱以上的沿海港口，均已调降进出口集装箱装卸作业费。同在进出口物流链上的18家船公司，也主动提出降低集装箱码头装卸作业费，每年可减轻进出口企业成本负担约46亿元。

2018年，国家市场监督管理总局还对深圳四家拖轮公司和两家理货公司实施垄断协议的行为做出行政处罚决定。天津市发改委也实名曝光了堆场垄断的6家企业，并予以罚款。

为积极响应国家降低物流成本的号召，积极营造良好的营商环境，天津港、厦门港、青岛港、大连港等相继公布"一站式"阳光收费清单，进一步明晰进出口环节各项收费项目、收费标准、收费范围和服务内容，并下调了港口外贸作业包干费。

2019年2月11日，春节假期后的第一个工作日，上海召开了全市干部大会，中共中央政治局委员、上海市委书记李强在讲话中指出："对上海这样的城市来说，要赢得城市发展的主动，不可能简单依靠优惠政策的比拼，更不可能靠低要素成本来竞争，唯有优化营商环境才是最持久、最强劲的制胜之道。"新春伊始，上海就拿出"企业问题清单""政府服务清单"。精准施策，打造更好更优的营商环境，已成为这座城市的共识。

2019年2月12日，上海市委全面依法治市委员会发布了《关于建立上海市优化营商环境法治保障共同体的意见》和《上海市优化营商环境法治保障共同体实施细则》，要求建立上海市优化营商环境法治保障共同体，以坚实的法治保障助推营商环境优化，对标国际最高标准、最好水平、最佳实践，促进全社会自觉参与营商环境优化行动，破解企业和群众反映集中的办事难点、痛点、堵点，提升企业和群众的获得感、满意度，争取全市各领域营商环境便利、全面进入国际先进行列。

我从上海市商务委孔福安副主任发给我的信息中获知，2018年上海新集聚品牌首店835家，国际零售商集聚度升至全球第二位。2018年10月31日，世界银行发布的《2019年营商环境报告》显示中国是营商环境改善排名前十的经济体之一，2018年中国营商环境在全球的排名从78位升至46位，一下子上升了32位。上海作为样本城市，权重达55%，为中国营商环境的改善做出了重要的贡献。

面对五年多来自贸试验区建设取得的显著成绩，上海并未自视甚高，而是三省自身、自我揭短、查摆问题。自贸试验区制度创新出台的改革举措集中于单一窗口、负面清单，其他领域仍需拓展深化，改革创新仍有较大空间；单个领域改革进展明显，但事中事后监管、自由贸易账户等制度创新缺乏整体协调性；外商投资专项规定与负面清单不一致，出现"大门开了，小门没开"问题，负面清单限制仍然偏多；国际先进经济体的货物分类监管已覆盖贸易全价值链，但上海仅在物流和仓储实施，尚未延伸，存在明显差距。凡此种种，要求对标国际最高标准，形成更有全局意义、更具突破性的创新举措。

在浙江自贸试验区采访中，我注意到国家统计局浙江调查总队于2018年7月11日发布的浙江自贸试验区发展情况调研报告，在肯定成绩的同时，用较大篇幅提出了遇到的问题和困难，提出了改进的建议。揭短板，摆问题，谈措施，这在高唱赞歌的当下是难能可贵的。

调研报告提出浙江自贸试验区在商事制度、保税油加注、口岸监管等领域,多个国家主管部门"把关"不统一、改革不同步;主管部门隐性准入门槛过高、审批环节多、存在行业保护壁垒;浙江自贸试验区范围由商务、国土、建设部和国家海洋局四部委联合审核验收,符合规划要求,但在建的国际石化基地、国际油品储运基地等重大项目,仍要按照常规审批程序逐条、逐项、逐部门提出申请。调研报告还提出了加快发展的建议,争取自贸试验区更大改革自主权、引进人才、留住人才、扩大制度创新的成效。

在辽宁投资贸易便利化建设和新一轮的发展中,辽宁省政府并没有绕过"投资不过山海关"的坎,而是针砭时弊,下大力、动真格优化营商环境,成为社会关注的焦点。

我注意到时任辽宁省省长唐一军 2019 年 1 月 16 日向省人大会议所作的政府工作报告:2018 年辽宁省已清理偿还政府欠款 194 亿元,并公开曝光破坏营商环境问题,处理问责当事人员。寥寥数语道出了过去辽宁政府欠款之巨,也更看出了辽宁清偿政府债的决心。现在,辽宁招商引资实行项目代办措施,省市领导上阵当项目管家。2018 年全省累计包服项目 3 347 个,全面实行"32 证合一",推广"双随机、一公开"综合执法,全程透明,杜绝"谁想查就查,想查谁就查谁"的执法随意性。

俗话说:旧账不还,十年穷。死账不完,三代空。政府的公信力决定社会和民众对政府的信任,是区域经济发展的奠基石。新账、旧账、老账、死账,致使政府失信、投资发展受阻。一个地区要取得长远的发展,必须要有法制化、国际化的营商环境。为辽宁重塑营商环境、重拾民众信心、重树政府形象、重振经济发展点赞!

我想,政府债这类事情绝非辽宁仅有,全国各省和地区应引以为戒。

2019 年 3 月 5 日,李克强总理在十三届全国人大二次会议上作政府工作报告,在 2019 年工作任务中提出:要着力优化营商环境,深化"放管服"改革,以简审批优服务便利投资兴业,进一步缩减市场准入负面清单,审批事项应减尽减,让企业多用时间跑市场、少费功夫跑审批;实行"证照分离",推行网上审批和服务,加快实现一网通办、异地可办和"一窗受理、限时办结"、"最多跑一次";建立政务服务"好差评"制度,推进"双随机、一公开"跨部门联合监管,坚决治理多头检查、重复检查,决不允许搞选择性执法、任性执法,决不允许刁难企业和群众。政府部门做好服务是本分,服务不好是失职。

政府落地有声,强化营商环境的优化。同时,也给出具体明确的检验标准,使人民更好地监督推进营商环境的改善。

2019年3月15日,十三届全国人大二次会议通过了《中华人民共和国外商投资法》,促进外商投资,保护外商投资的合法权益,规范外商投资管理,推动营造法治化、国际化、便利化的营商环境,以法治保障我国更高水平的对外开放。

图 3-6　重庆自贸试验区两江片区告示标牌"马上办、网上办、就近办、一次办"

该法案在起草审议过程中,广泛听取了外国投资商的意见,并在网上公布草案征求社会公众意见,通过的法律条文让人耳目一新。"国家实行高水平投资自由化便利化政策""国家对外商投资实行准入前国民待遇加负面清单管理制度""外商投资企业依法平等适用国家支持企业发展的各项政策""国家保护外国投资者和外商投资企业的知识产权""行政机关及其工作人员不得利用行政手段强制转让技术"……法律有助于改善中国投资环境,促使外商进行投资,彰显了中国进一步扩大对外开放的决心和积极努力。

法律体现国家意志，法治优化投资环境。

从 1979 年我国实行对外开放起始，就诞生了第一部中外合资经营企业法，一路护航外商投资前行 40 年，并见证了我国利用外资规模的不断扩大。截至 2018 年年底，我国累计设立外商投资企业 96 万家，累计实际使用外资 2.1 万亿美元。联合国贸易和发展组织发布的《全球投资趋势监测报告》显示，2018 年中国吸收外资 1 420 亿美元，增长 3%，是全球第二大外资流入国和外资流入最多的发展中经济体。在世界跨国投资复苏缓慢、国际贸易关系复杂多变的背景下，中国利用外资再创历史新高，继续成为世界跨国投资的热土。

写到这里，我想起了在对上海市商务委外资处刘朝晖处长进行采访时，我们交流的一番话语。我问道："上海一些外资企业称你们是娘家，是怎么回事？"刘朝晖处长告诉我："外国投资者不远万里来到中国，一时三刻对中国的法律规定也不熟悉，好比我们来到一个新地方路也不知道怎么走一样。外资处是政府主管外商投资的部门，有责任帮助外商解决投资中遇到的疑难杂症。外商碰到问题首先会想到来找我们，我们也乐于承担。约定成俗，外资处就成了外商的娘家，我也就成为外商的娘家人了。"

好温馨的话语。我想，与刘朝晖处长交往过的外商有很多，他们碰到了什么问题，又是如何解决的呢？

2017 年 12 月，全球最大的星巴克烘焙工坊在上海南京西路开业后，顾客纷至沓来，还常常排起长队。但光顾这里的人们并不知道，这个集烘焙加工、餐饮为一体的咖啡体验吧，经历了多少"从 0 到 1"的突破。烘焙工坊这种集工业商业于一体的新业态，相当于在闹市区商业用地上建工厂，从选址、用地、成套设备进口到消防、锅炉安置，每一步都是难题。星巴克企业管理（中国）有限公司副总裁竺蕾说："从选址到开业经历了三年时间，在开业前的一年零八个月里，光许可证就不知办了多少个。"有些事刘处长是可以"睁一眼闭一眼"的，但在可为和可不为之间，她总是选择主动向前一步。

日本优科豪马橡胶有限公司的梦英女士是企业外派到上海的高管，女儿要上小学时才发现由于没有上海市居住证不能入学。她抱着试试看的想法将这一问题告诉了刘朝晖处长,没想到刘朝晖处长立刻把这个难题接了过去,第一时间与市教委联系,并出具了商请函说明情况。经过4个月的反复协商,终于在开学前解决了孩子的入学问题。这看起来是私事,但刘朝晖处长说,只要是企业提出的问题,我们都该视作自己的职责范围。

难能可贵的是"在可为和可不为之间,她总是选择主动向前一步","只要是企业提出的问题,我们都该视作自己的职责范围",这映照着改革开放新征程上,国家机关全心全意为人民服务的精神,化作了促进投资贸易便利化的力量。

在实现投资贸易便利化的征途上,要迈过好多道的坎,反腐倡廉尤为重要,这可是投资贸易便利化的总抓手啊!广东自贸试验区深圳前海片区在发展中就曾经历了反腐这道坎。

2013年,前海开发建设进入加速阶段,企业进入前海的手续多、成本高。由于审批繁杂、信息不透明,影响了效率与公平,也为权力寻租提供了空间。在前海外围的东滨路上出现了"中介一条街",代办注册登记审批,一单收费就要30万。深圳市企业注册局前海"e站通"窗口负责人曹某,就利用这一点收受中介好处费为企业加速办理登记、变更、注销等业务,受贿达百万元。这种在政府办事外围权力寻租的"中介一条街"的状况,在全国各地可以说是比比皆是。越是审批难度大的地方或部门,对应的中介权力寻租状况就越突出,相应的政府部门廉政风险也就越凸显,这已是坊间秘而不宣的传闻。

"贸"是钱物之"易",权力可以让"贸"变得不"易",贸易便成了最易发生权钱交易腐败的领域。

2015年,前海廉政监督局在查处廉政案件的同时,发现企业排队进驻前海,业务量激增,而商事登记制度不完善、审批中的自由裁量权为贪腐提供了空间。于是,推进行政许可改革,将147项审批事项全部纳入前海"e站通"政务服务中心受理。前台收件,审批人员全部移至后台,与企业"物理隔离",审批透明,防止权力寻租。压缩审批时限,内资注册即来即办,立等可取。外资注册从20个工作日压缩到3个工作日,还率先制定了《防止利益冲突规定》,对前海片区管理局全体公职

图 3-7 深圳前海片区探索反腐新路径

人员在营利活动、兼职取酬等 11 个方面的行为列出"负面清单"。深圳市监察委还设立了监察专员办公室,实现对公职人员的监察全覆盖,构建"亲""清"新型政商关系,为营造廉洁、公平、高效的营商环境打下坚实基础,为探索自贸试验区反腐的新路径积累经验。

2019 年 1 月 11 日,十九届中央纪委三次全会指出:党的十九大以来,反腐败斗争取得压倒性胜利,为实现党和国家事业新发展提供了坚强保障。但面临的反腐败斗争形势依然严峻复杂,全面从严治党依然任重道远。任何时候都不能低估腐败的存在和影响,反腐败斗争不能有丝毫的松懈。自贸试验区不仅是投资贸易便利化的"试验田",同样也是廉政建设的"试验田"。

在各地自贸试验区的采访中,通过与办事中心工作人员的交谈和倾听企业民众的意见,我明显感受到政府的办事态度已发生了可喜的变化。自贸试验区勤政、廉政蔚然成风,投资贸易办事方便多了,老百姓也舒心多了。

凡是过往,皆为序章。从保税区、自贸试验区,再到未来的自由贸易港,中国以更高水平的开放、更深层次的改革,拥抱更加美好的未来。中国自由贸易便利化正在路上。

架起海关通关便利化的桥梁

海关是主权国家进出境监督管理机关，行使进出境监督管理职权。世界海关组织是专门研究海关事务的国际政府间组织，其使命是加强各成员海关的工作效益和提高海关工作效率，促进执法合作。

世界海关组织1973年通过的《京都公约》和《关于简化和协调海关制度的国际公约修正案议定书》附约，是简化和协调各国海关手续的国际文件，为各国海关制度的简化和统一制定规范。简化海关通关手续，实行通关便利措施，促进贸易自由化发展，便利世界贸易的往来。

中国海关是国家进出关境监督管理机关，维护国家的主权和利益，促进对外经济贸易和科技文化交往，保障社会主义现代化建设。中国海关历史渊源流长，迄今已有三千余年，历经古代内陆关向沿海海关演变的漫长历史，近代被西方列强侵占，新中国成立后重建了中国海关。中国海关与国家和民族的命运紧密相连，历经沧桑，伴随改革开放，兴关强国。

世界贸易组织《贸易便利化协定》的生效，是国际贸易和世界海关领域的重要里程碑，对世界贸易产生了积极的影响。世界海关组织全力落实《贸易便利化协定》，简化货物的运输和清关程序，完善海关领域专业条款，促进贸易便利化，推动世界贸易和经济全球化的发展。

中国海关紧密围绕国家改革开放战略，全面推进海关改革创新。新中国建立后，1951年颁布了《中华人民共和国暂行海关法》，1987年第六届全国人大会议通过了《中华人民共和国海关法》，为适应改革开放和经济发展的需要，对"国家在对外开放的口岸设立海关"的法条上，增加了在"海关监管业务集中的地点设立海关"的法规。迅即，在外向型经济蓬勃发展的东南沿海省份的内陆地级市和经济开发区，普遍设立了标志对外开放的海关机构，方便企业就地办理进出口货物通关，极大地促进了外商投资和外向型经济突飞猛进的发展，实现了改革开放后中国外向型经济第一波加工贸易粗放型的大发展。我国进出口贸易从开放之初 1979 年的 454 亿元发展到 1990 年的 5 560 亿元，增长了 11.25 倍。

从 1990 年开始，经国务院批准，我国先后设立了保税区、出口加工区、保税物流园区、保税港区、综合保税区和跨境合作区等各类海关特殊监管区域 140 多个，实行保税加工、物流、仓储等特殊政策，海关驻区实施"境内关外"封闭式监管，最大限度地简化手续，实施通关便利化，推进加工贸易转型升级集聚发展，成为新一轮改革开放的重要标志和区域经济发展的重要形式，为承接国际产业转移、促进对外贸易持续、快速、健康的发展发挥了重要作用。中国外向型经济实现第二波集约化的大发展，进出口贸易从 1990 年的 5 560 亿元发展到 2005 年的 116 921 亿元，增长了 20 倍。

2005 年党的十六届五中全会提出经济结构调整和经济增长方式转变，我国经济实力、综合国力和国际地位显著提高。随着我国工业化的发展，高新技术产业迅速增长，我国对外贸易由量向质转变，高新技术、高附加值机电产品占据主导地位，中国外向型经济实现第三波量质齐升的大发展，进出口贸易从 2005 年的 116 921 亿元发展到 2018 年的 305 100 亿元，增长 1.61 倍，中国已成为世界第一货物贸易大国。

在国家改革开放不断深入推进的进程中，中国海关为了服务改革开放和进出口贸易的快速发展，不断变革监管方式，运用计算机高科技装备和"互联网+"技术，全力推进海关通关便利化的实施。

我于 1975 年参加海关工作，那时海关工作与各行各业一样，都是人工操作。海关征税用算盘算，手工开税单。林林总总、复杂多变的许可证管理目录和临时性的监管指令，都是靠人脑记。那时，为了提高工作效率，海关开展业务练兵活动，如同现在的知识竞赛。抢答题是征税税率、许可证目录,计算题是用算盘算或者心算征收税款。

改革开放后,我国对外贸易和科技文化交流大幅增长,为保障对外开放的顺利开展,中国海关开始应用计算机和先进检查设备管理海关事务。

1986年3月,上海海关率先尝试运用微型计算机在吴淞集装箱港口海关开发应用计算机报关自动化系统,实行申报、审单、征税"一条龙"报关自动化试点,开启了中国海关应用计算机管理海关事务的先河。这是中国海关通关作业改革的伟大突破。从此,中国海关通关作业开始由手工操作向计算机管理迈进!

1988年3月,海关总署立项开发代号为H883的计算机统一版本,在全国海关推广运用,实现了货运监管、征税、统计三大海关业务一体化管理模式,应税货物通关时间由一天以上缩短到10~20分钟,空前地提高了海关通关效率,H883也由此荣获了国家科技进步一等奖,为中国海关现代化建设肇基创业。中国海关成为全国最早运用计算机技术管理国家事务的机关,受到了国家及世界海关组织的好评。

1992年,海关总署在全国海关广泛使用H883海关报关自动化系统的基础上,开发电子数据交换技术在海关业务中的应用,与外贸、运输、银行等部门联网,从而实现海关与相关单位之间用EDI[①]方式快速传输处理通关单证资料,自动完成整个通关过程的计算机管理,填补了我国自行开发EDI应用领域的空白。

1994年,海关总署开始建立和实施海关H2000通关管理系统,涵盖报关单证录入、电脑审单、征税、查验、放行、单证打印等海关通关全过程和物流管理、风险监控、企业管理等海关管理全过程。从此,中国海关通关作业管理由原始的手工作业走上了计算机现代化管理的征途。

1998年4月1日,上海、天津、青岛、深圳四大进出口高地的海关作为第一批试点同时启动通关作业改革,中国海关以通关作业改革为突破口,拉开了通关便利化的大幕。同年10月,又扩大到北京、南京、杭州、大连、福州、广州6个海关,在我国东南沿海外向型经济快速发

---

① Electronic Data Interchange,电子数据交换。

展地区的海关全面推进通关作业改革,极大地提高了海关监管的整体效能,中国进入了全国各地进出口贸易信息化、网络化管理的"电子海关"新时代。

从1999年开始,为了遏制日益猖獗、严重骗取出口退税的违法活动,中国海关进入了计算机跨部门综合应用阶段。以外汇报关单联网核查系统投入使用为标志,开始了以"电子底账+联网核查"为主要内容的中国"电子口岸"建设。

"电子口岸"是国家统一的进出口管理信息化平台,是海关、国检、国税、外管、商务等执法管理部门将各自控制的进出口业务数据,变换为信息流、资金流、货物流的电子底账数据集中存放的口岸公共数据中心。"电子口岸"提供海关报关、加工贸易、外汇核销、出口退税等功能,为行政管理机关提供跨部门、跨行业的行政执法数据联网核查,并为企业提供与行政管理部门及中介服务机构联网办理各种进出口业务的服务,密切国家管理机关的合作,提升管理效能,便利企业办理通关手续。海关通关便利化从"一家"走向了"大家",方便了"万家"。信息化推进了通关便利化的大发展,开创了贸易便利化的美好前景。

2001年1月,海关总署在外向型经济快速发展的广东珠江流域7个直属海关和长江沿线省区14个直属海关开展"两水两路"("两水"指珠江、长江水域;"两路"指广东陆路、沪宁陆路)跨关区快速通关,采取提前报关,"一次申报、一次查验、一次放行"的方式,大幅度简化海关转关运输监管手续,有效缩短了"两水两路"区域转关运输货物的时间。当时南京至上海的陆路转关运输货物通关时间,由3~5天缩短为24小时。运用全国海关报关自动化系统,大合作、大通关,致力提高通关效率,这是中国海关史无前例的多关区跨界通关合作。

当年,我在海关总署新闻办工作,作为《中国海关》杂志的特约撰稿人,自重庆沿江而下,历时一个多月,深度采访了长江沿线6省2市的政府和重庆民生轮船、长安汽车、宜昌三峡建设、中国长江航运、第二汽车、南昌飞机制造、景德镇陶瓷、铜陵有色金属、江苏外运、上海港务等20多家通过长江运输进出口货物的大型企业。了解当地政府和企业体验"长江流域快速通关"的真实感受。2001年第6期《中国海关》

杂志刊登了我采写的大型通讯报道《黄金水道》，这篇报道记录了当时"两水两路"跨关区快速通关的情形。

2001年7月，海关总署、外经贸部下达了《支持高新技术产业发展》的通知，对在中国境内从事高新技术生产，产品列入《中国高新技术产品出口目录》，年出口额1亿美元以上的国有、民营和外商投资大型高新技术生产企业采用便捷通关程序，企业可享有提前报关、联网报关、快速转关、上门验放、加急通关、担保放行等优惠。

2001年8月，海关总署要求各级海关，积极提供通关便利，加速货物验放。在业务繁忙的通关现场实行24小时值班或预约报关，保证货物通关畅通无阻；方便集装箱"门到门"运输和特殊商品的装运，海关可派员上门监管；对鲜活、易腐特殊出口货物特事特办，快速通关；严格通关作业时限，无须查验和征税的出口货物1个工作日内放行，完成查验征税后的货物半个工作日内放行；对与海关联网的大型进出口企业实行便捷通关模式，通过"电子口岸"实现远程报关、提前报关、预归类、预审价、上门查验；在全国推广"两水两路"跨关区快速通关模式，提高转关货物通关速度；加强与外贸、外汇管理、税务部门的密切协作，推动"电子口岸执法系统"建设。

2001年10月，国务院办公厅下发《关于进一步提高口岸工作效率的通知》，明确由海关总署牵头建立口岸联络协调机制，运用信息化高科技技术手段，对通关所需的单证流、货物流、资金流和信息流进行整合，促使进出口货物通关快速畅通，实现管理部门有效监管和高效服务的结合。

2002年3月1日，海关总署在上海、青岛海关的监管区域实行无纸通关新模式，依托电子口岸，在利用信息化技术和联网监管的基础上，由海关对进出口货物报关单证按照国际报文格式进行自动处理。企业通过网络可以24小时全天候发送报关数据，随时办理货物进出口通关手续。海关可以在"不见人、不见货"的情况下，使企业完成全部通关手续。上海海关与200多家大型出口企业签订了《EDI无纸报关协议书》，推进无纸化报关。

在上海、青岛海关无纸报关模式试点成功后，海关总署迅即将试点扩大到所有沿海地区。无纸化报关模式的开启，对于后续改革创新海关监管模式,简化通关手续,推进通关便利化起到了十分重要的作用。

2002年5月22日,国务院在上海召开"提高口岸工作效率现场会",推行"政府牵头协调、统一信息平台、手续前推后移、加快实货验放"的大通关制度。2003年12月,中央经济工作会议提出"完善口岸管理体制,提高通关效率"的要求,国务院将此列入2004年的工作要点。

2004年3月22日,海关总署下发通知,要求全国海关确保提前报关、加急通关、担保验放、快速通关、上门验放、加工贸易联网监管等便捷措施的落实。在广东,以广州白云机场海关为枢纽的"多点报关、机场验放"模式,在泛珠三角9省(区)域全面推广;宁波等地海关推出了"多点报关、口岸验放"的模式。企业可以在家门口所在地的海关就近办理报关手续,货物发运到口岸直接验放。中西部地区的企业再也不用到遥远的东南沿海进出口地海关办理报关、查验、转关等通关手续了,再也不用在进出口地派驻人员、设立办事处办理通关手续了。

2005年11月21日,海关总署启动长三角区域通关改革,明确上海海关作为长江沿线通关改革的牵头单位,实行"属地申报、口岸验放"的通关模式。长三角地区是我国经济发展最具活力的地区,外向型经济发展持续强劲,长三角地区25座城市的GDP占到全国的21%。随着长三角地区市场全球化、竞争全球化,跨国公司进驻与发展,第三方物流快速兴起,社会各界对提高通关效率的呼声日益高涨。因此,实施长三角通关一体化,整合创新海关管理机制和通关作业模式,最大限度地简化通关流程,是海关顺应现代物流发展,降低物流成本,提高通关效率的有效途径。

长三角地区通关一体化试点成功后,改革迅速向长江流域其他各省区扩展。上海海关与重庆、成都海关共同制定了《长江流域区域通关改革操作细则》,通关一体化覆盖上海、江苏、浙江、安徽、江西、湖南、湖北、四川、重庆9省(市)。

2006年8月8日,海关总署发布公告,自2006年9月1日起,全国海关实施跨关区"属地申报、口岸验放"通关模式。凡是符合海关规定条件的企业进出口货物,可自主选择向属地任一海关申报,在货物实际进出境的口岸海关办理货物验放手续,实现了全国海关"一次申报、一次查验、一次放行",降低了物流成本,提高了通关效率。

2007年5月10日,"泛珠三角商贸通关便利化论坛"暨"区域海关关长联席例会"在香港举办,论坛上签署了《泛珠三角区域海关联合宣言》,就泛珠三角省区17个海关与香港、澳门海关互认查验结果、互认信誉良好企业通关计划、统一单证等8个项目达成合作共识,促成内地与港澳不同关税区海关的紧密合作,共同推进内地与港澳地区无障碍通关。

2015年3月18日,国务院总理李克强主持召开国务院常务会议,要求改进口岸工作政策措施,促进扩大开放和外贸稳定发展,要求创新大通关协作机制,改进通关服务,加快跨区域、跨部门大通关建设,推进全国一体化通关。

京津冀、长三角、珠三角、长江经济带,区域一体化通关不断扩大延伸,覆盖了我国主要进出口贸易集聚地。根据海关总署的部署,中国海关将在全国实现通关一体化。

2017年5月26日,在国务院政策吹风会上,海关总署副署长邹志武介绍:企业可在全国任一海关办理全部通关手续,95%以上的审价归类作业后移到货物放行后处置;17个省(市)建成国际贸易"单一窗口",年底实现全国所有口岸全覆盖,企业可通过"单一窗口"一次提交满足所有部门申报需求的数据;推进大通关协作机制,深化协作共管,推进统一执法和联合执法,强化风险防控,确保通得快、管得住;海关总署联合相关部委实施联合激励和联合惩戒,不断完善通关诚信体系,营造良好的进出口贸易营商环境,让企业感受到"全国海关是一关"。

天津物产集团2018年缴纳关税高达15亿元,货物进口与销售有一定的时间差,按规定需先交纳保证金才能办理货物进口。如何降低企业占压资金?天津海关创新海关税款担保模式,经海关总署批准,使用企业自身财务公司的"保函"报关。2018年8月,集团进口25万吨的铁矿,关税1 600万元,凭公司"保函"就办完了全部报关手续,有利于企业扩大经营,轻装上阵。

通关时间缩短了,监管空间扩展了,贸易成本降低了,企业在全国任何地区都可通关的时代已经到来。

2018年3月13日,国务院实行机构改革,将出入境检验检疫管理职责和队伍划入海关总署。4月20日，全国306个对外开放口岸通关实现"一口对外、一次办理"。8月1日，原海关报关单、检验检疫报检单合并为一张新报关单，实施进出口货物整合申报，从体制上根本解决了口岸相近职能机构重复监管的问题。这也是多年来通关便利化改革持续推进的结晶。

全国政协委员、上海海关关长高融昆在全国政协会议接受媒体采访时介绍，改革后，报关单、报检单合二为一，229个申报项目合并精简至105个，通关流程和环节大幅精简优化。实现货物查验、运输工具、行李物品等8个领域"查检合一"，申报单证、作业系统、风险研判、指令下达、现场执法"五统一"，海关监管、检验检疫两大口岸通关作业环节融为一体，通关时间和成本显著降低，企业和群众满意度大幅提升，得到地方政府的充分肯定和进出口企业的广泛好评。

在上海外滩闻名遐迩的地标性建筑上海海关大楼，巍峨显贵。新中国成立前，它曾经是中国海关总税务司的所在地。我1975年跨进海关大楼工作时，看见门前挂有很长的一排铭牌，有商检局、动植物检疫局、卫生检疫局和港务、航道、内河航运、领航、外轮代理等。这些机构曾经是海关的组成部门，新中国成立后各自单立了门户。那时外轮入境停靠国际锚地等候检查，海关、商检、动植检、卫检、领航和边防6顶"大盖帽"要同时登轮检查。如今，为推进通关便利化，出入境检验检疫职能和队伍又回归了海关。

中国海关坚持"政治建关、改革强关、依法把关、科技兴关、从严治关"，以通关便利化为己任，推出了一系列顺大势、应民心的措施，推动形成全国通关一体化格局，着力打造以大数据为核心的新一代海关信息系统，建设"互联网+海关"一体化平台，口岸和海关服务事项"应上尽上，全程在线"。

2019年3月5日，海关总署署长倪岳峰在人大"部长通道"上介绍：2018年政府工作报告对整体通关时间要求压缩三分之一。2019年总理在政府工作报告中向大家亮出了成绩单，海关实际货物通关时间已压缩超过一半，圆满完成了党中央国务院交给的任务。

2019年5月29日，海关总署、国家外汇管理局联合发布第93号公告,为优化营商环境,决定自2019年6月1日起,全面取消报关单收、付汇证明联和办理加工贸易核销的海关核销联。

2019年6月24日,海关总署又决定取消现有116项证明材料中的92项,取消证明事项的近八成。这是为进一步优化公共服务和营商环境削减制度性交易成本。据海关总署介绍,对于没有法律法规设定依据的、非海关监管所必需的、可以通过联网核查或告知承诺等方式替代的,以及海关可以自主验核或自行获取的,海关一律不再要求企业和群众交验有关证明材料。

在此,特别想要强调的是:海关总署还表示,对于目前保留的24项证明材料,发证部门有统一数据库的,海关总署将主动与其进行沟通对接,力争通过联网核查方式或者"点对点"行政协助方式替代当事人现场交验,以进一步简化作业手续。并且,为巩固证明事项清理成效,构建"减证便民"长效机制,海关总署将适时公布取消的证明事项清单。同时将上述清理原则作为今后新设证明事项的评价标尺,凡属于上述情形的,在制定规章和规范性文件中一律不得要求企业和群众现场交验,防止证明事项边减边增、明减暗增。

这让我想起在网上广为流传的"证明我爸是我爸"的奇闻,不断有市民遭遇只有开具亲子鉴定证明或公证书才能入学、才能提取银行存款、才能领取住房公积金等荒唐问题。尽管中央明确表态必须简化办事流程,提高服务效率,不得刁难人民群众,但"奇葩证明"还是屡见不鲜,以至于成为难以治理的"顽疾"。要求证明的机构张张嘴,提供证明的人却要跑断腿。

"奇葩证明"说到底还是权力的傲慢性在作祟。一些机构部门手上有权,能影响到老百姓的切身利益,却没有把为老百姓服务放在心上,只想着自己的方便,滥用权力。如今,海关总署带了好头,取消了现有八成的证明材料,并且向全社会明示,对还保留的部分证明材料,将主动沟通对接有关部门,通过行政协助方式替代交验,构建"减证便民"长效机制,防止今后边减边增、明减暗增。

这是多么难能可贵的精神,从根本上铲除扰民的土壤,优化公共服务和营商环境,削减制度性交易成本。当下信息化时代,但凡政府部门想要证明的事,其实好多都是可以自己解决的,大可不必劳烦百姓。那么我要发问,全国大大小小的政府部门和办事机构,你们手中还握有多少可以取消的证明材料?你们准备什么时候取消?

在海关通关便利化的进程中,科学技术装备在海关监督管理中至关重要,为通关便利化打开了智慧的大门。

进入 20 世纪 90 年代,全国海关面临口岸进出境货物急速增长和货运渠道走私突出的风险。为了加快口岸通关效率,1996 年清华大学承担并成功研发国家科技攻关项目"大型集装箱检查系统",该系统获得国家知识产权局和世界知识产权组织的中国专利金奖。

1998 年 6 月 11 日,国务院召开了"海关应用集装箱检查系统专门会议",强调加强海关对集装箱货运监管力度的重要性和紧迫性。1999 年 12 月,全国海关开始应用"同方威视"大型集装箱检查设备,代号 H986。检查一辆 40 英尺[①]集装箱从人工检查 4 小时缩短到 2 分钟,并且能够发现暗藏于特制集装箱箱体和货物中的违禁物品,实现了海关对集装箱货物非侵入式、非干扰式的检查,极大地提高了海关监管效能,通关便利化得以实施。

"同方威视"集装箱检查系统以其高科技性能和良好的适用性,对于海关实施严密监管,加快验放速度,起到了不可替代的作用,成为通关便利化的有效手段,"大通关"的加速器。全国沿海沿边 47 个口岸海关装备了大型集装箱检查设备。

2002 年上海外高桥港区海关装备 H986 后,成功查获了案值 8 000 万元的走私非洲象牙 3 334.6 千克特大案件;广东黄埔海关通过 H986 查获了全国首起特大冰毒走私案件,在海关总署部署下,与香港海关、台湾警方紧密合作,实施严密控制下交付,一举缉获台湾走私毒品案犯。我国海关每年都通过 H986 查获多起重大走私案件,H986 已成为进出境口岸不可或缺的例行装备,为国家筑起了一道高科技的反走私屏障。

2018 年 8 月 15 日,我应邀出席了在上海新国际博览中心举行的"国际智慧通关研讨暨博览会"。海关总署和相关部委,以及世界海关

---

① 1 英尺 ≈ 0.304 8 米。

组织、相关国家的专家学者，针对当前全球恐怖主义、网络安全、重大传染疾病等非传统安全威胁的蔓延，指出海关在防范和打击固体废物走私、保护生态文明、防控生物和食品安全等方面肩负着越来越多的责任。近年来，中国跨境贸易"井喷"式发展，急需海关"放得更多、放得更快"。同时，也面临贸易碎片化、商业瞒骗、逃税、假冒伪劣，甚至贩毒、走私禁限物品的严峻挑战。迎接和应对变化，既是中国海关，也是世界海关共同面临的挑战。

我跟随海关总署总工程师吴幼毅及与会嘉宾在展览大厅一起观摩了展出的中国与世界先进国家的海关边境检查技术装备。在"同方威视"展厅，一系列高科技检查设备列阵等候嘉宾的检阅。

"同方威视"上海中心主任洪恩其向我介绍："同方威视"检查系统是当今世界边境检查中运用最广泛、效果最优越的高科技检查设备。1999年以来，中国海关已装备了258套H986设备，全球150多个国家或地区装备了1 500余套大型设备，还有23 000多台CT、小型X光机、人体机等小型设备。"同方威视"2012—2016年连续5年全球市场份额第一。这着实让我吃惊。如今，当我们出行在世界众多国家的港口、机场或边境口岸时，都能见到"同方威视"的身影，它担负着驻在国的通关便利、缉私、反恐职能。随着"同方威视"智能图像识别技术的全面运用，隐藏在集装箱、行李、人体中的神秘物品再也无处藏身，这进一步实现了海关边境检查技术的突破，为通关便利化创造更加有利的条件。

中国海关科技兴关，从最初的单台计算机应用于海关工作的单个环节，到计算机应用纵贯通关作业的全部过程；从全国海关虚拟专网的建成到多部委联网的实现；从第一台国产集装箱检查系统投入使用到电子地磅、电子车牌、电子门锁、电子卡口的广泛应用，海关科技向我们展示着通关便利化的辉煌和荣耀。

海关因国而立，因贸而兴。在闭关锁国的年代，人们很少与海关交往，不少人也不了解海关。改革开放打开了国门，对外经济贸易和科技文化交往蓬勃发展，出国留学旅游方兴未艾，跨境电商发展突飞猛进，海关走进了寻常百姓家。2018年中国内地公民出入境高达3.4亿人次，全国跨境电商零售进出口商品总额达到1 347亿元。2018年"双十一"

这一天，海关清关的跨境电商商品超过 2 700 万票，最高峰时一秒钟放行 1 000 单。人们在日渐频繁的进出境活动中已深切地感受到海关与生活的关联。

我于 1975 年参加海关工作，经历了改革开放前后海关工作两个完全不同的时段，也体会到人民群众对海关工作不同的感受。

1980 年后的几年，我经常去深圳、珠海出差查私办案。那时的深圳罗湖、珠海拱北口岸是国家进出境的主要通道，全国 95% 以上的人员进出境都通过罗湖、拱北口岸。那时，每年春节前后，港澳居民都带着大包大箱返乡省亲，但携带行李物品入境有限量，要细查细验，超量还要征税，通关时间很长，罗湖、拱北口岸广场上排满了等待进出境的人员。海关关员在连续十多天的春节高峰期间，每天早上 6 时开关，要忙到深更半夜最后一名旅客离开。有不少单身的关员累到都不想再走回宿舍睡觉，就和衣躺在检查大厅的桌椅上休息。

有两年的春节，我在深圳罗湖海关出差，深圳附近县市的群众都开着大卡车，挂着横幅彩旗，敲锣打鼓，载着鱼肉食品来到海关慰问。那种情形好比是慰问子弟兵似的，令人动容。在珠海情侣路"渔女"雕塑通往拱北海关的路上，当时周围还很荒凉，没有公交车，我们穿着海关制服在行走，经常会有热情的开车人停下来，要捎上我们一程。当时特区海关为特区的建设发展做出了特殊的贡献，特区的人们对海关心存着一份特殊的情感。

20 世纪 90 年代浦东刚开发，历来循规蹈矩的上海人在开发开放大潮前有些茫然。按照浦东开发初期的国家政策，浦东内外资企业可以购买免税进口组装的桑塔纳小轿车，但很多企业还是按部就班去购买市场价同样的轿车；有的进口加工贸易和技术改造项目设备可以免税，但很多企业还是墨守成规地到海关来办理征税手续。这是企业对浦东开发政策的迷惘，也是海关的政策宣传不到位。于是，浦东海关筹备组在体育馆拉起大横幅、开了高音喇叭，印宣传小册子，宣传浦东开发开放的优惠政策，并组成海关宣传队，直接参与浦东的招商引资，为外商答疑解惑。筹备组打破常规，没有正式开关，就借用浦东上海船厂的职工宿舍，先期开办减免税审批。那时在浦东一说起海关，人们都会竖起大拇指表示赞扬。

2001年1月,我在"长江流域快速通关"采访中,深切感受到企业对海关实施长江流域"快速通关"便利化的称赞。"快速通关"把海关与企业紧密地联系在一起,在企业的心中树起了一座丰碑。这次,我行走在各地自贸试验区采访,再一次感受到人们对海关创新自贸试验区监管制度,构筑通关便利化的赞誉。

如今,人们对海关不再陌生。无论是在旅客进出境忙碌的国际机场,抑或集卡川流不息的港区车站,还是自贸试验区的通道上,人们总会关注到身着庄严黑色制服的海关关员身影。那大檐帽上金钥匙与商神杖交叉组成的海关关徽闪闪发光。金钥匙代表国家大门的钥匙,商神杖上两蛇相缠表示国际贸易流通。中国海关关徽寓意依法监管进出境活动,维护国家主权和人民利益,促进对外贸易和科技文化交往,保障社会主义现代化建设。人们对海关关员便捷的通关服务总会投以赞许的目光,或是报以微笑颔首。

海关通关便利化事关企业,情系百姓,一枝一叶总关情。

中国自由贸易之路

架起"一带一路"融贯世界的桥梁

2013年的金秋9月,习近平主席出访哈萨克斯坦,在纳扎尔巴耶夫大学提出创新合作共同建设"丝绸之路经济带"。同年10月,习近平主席出访东盟,在印度尼西亚又提出共同建设"21世纪海上丝绸之路"。自此,共建"一带一路"倡议逐步走向世界的舞台。

丝绸之路是我国古代横贯亚欧的通道,驼铃声声漫漫长路,从汉唐古都长安,经中亚通往南亚、西亚和欧洲、北非;海上丝绸之路始于汉代,唐宋日趋发达,郑和七下西洋时达到高峰。设市舶司,开放海禁,帆影绰绰千里迢迢,行至亚非39国。中国的丝绸、瓷器、茶叶与各域的香药、象犀、珊瑚易货贸易,带动了中国与沿线各国的友好往来和东西方文化的交流,创造了古丝绸之路地区的繁荣发展。文播丝路,列国并迎。千百年来,"和平合作、开放包容、互学互鉴、互利共赢"的丝绸之路精神薪火相传,不断推进人类的文明进步,发展成为沿线国家人民友好交往的纽带。

2015年3月,中国发布了《推动共建丝绸之路经济带和21世纪海上丝绸之路的愿景与行动》宣言,提出了共建"一带一路"的原则、框架思路、合作重点、合作机制和共创美好未来的各项翔实内容。中国与沿线国家一道,稳步推进示范项目建设,争取早日开花结果。

"一带一路"是互尊互信之路、合作共赢之路、文明互鉴之路。中国政府全方位推进务实合作,打造政治互信、经济融合、文化包容的利益共同体、命运共同体和责任共同体。让古丝绸之路焕发新的生机活力，以新的形式使亚欧非各国联系更加紧密，互利合作迈向新的历史高度。

国务院发布的自贸试验区战略定位上，提出中西部地区的自贸试验区要加强与"一带一路"沿线国家的交流合作，拓展新空间、搭建新平台，建设成为服务"一带一路"的现代综合交通枢纽和经济合作、人文交流的重要支点；广东、福建自贸试验区建设成为与海上丝绸之路沿线国家和地区开放合作的新高地、重要枢纽和核心区。我在中西部几个自贸试验区的采访中，体验了"中欧班列"的蓬勃开行和加强与"一带一路"沿线国家交流合作的情形。

长期以来，中西部地区由于没有对外开放口岸，对外贸经活动受到了一定的制约。"一带一路"建设的推进，打通了陆路西行出口通道，对于中西部地区的对外开放适逢其时。

2018年年底，河南自贸试验区郑州片区朱召龙副主任欣喜地给我发来了一组微信信息：河南省一次性获批24个海关机构，实现了全省18个省辖市和海关特殊监管区域、进出境口岸的海关业务"全覆盖"，海关机构的数量一下子走到了全国的前列。平顶山、开封、驻马店、济源新设了海关机构，有些地区海关办事处升格为海关。

海关是国家设立在边境对外通商口岸的监督管理机关，也是一个地区对外开放的标志。我1975年入职海关时，我国仅是在沿海、沿边进出境的口岸通道设有海关，唯一的内陆海关设立在了北京市。虽然北京不靠海，但首都机场常有民航客机直接来往世界多地，因此设立了不带"海"的"北京关"。

改革开放后，随着外向型经济的快速发展，国家在东南沿海和加工贸易集中的地区普遍设立了海关机构，便于企业就近办理进出口货物的海关手续。

近年来，河南积极融入"一带一路"建设，打造开放通道，综合保税区、跨境电商、中欧班列、自贸试验区成为推进外贸发展的重要平台。2018年，河南省有实际进出口业绩的企业7 587家，其中354家企业进出口值超过亿元。但河南多个省辖市没有海关机构，进出口企业要到外地去办理进出口贸易手续,这制约了开放型经济的发展。随着中西部地区共建"一带一路"的快速发展,近期中西部一些地区增设了很多的海关机构,这是开放发展的重大机遇,将为开放型经济发展提供重要支撑和保障。

改革开放 40 多年来,我国中西部地区错过了第一波开放的大潮,错失了发展的机遇。如今"一带一路"建设,打造丝绸之路西行开放通道,再也不能错失良机了。在采访中我明显地感受到中西部地区对"一带一路"建设的强烈动能。

河南位居中原,是中国自由贸易由东向西推进发展的连接地带。省会郑州,是国家中心城市、全国路网中心,是沟通南北、连贯东西的交通要冲,具有重要的战略地位。作为推进共建"一带一路"倡议的重要抓手,河南自贸试验区郑州片区开行的"郑欧班列"在全国颇有影响。郑州自贸办特地安排我到开行"郑欧班列"的国际陆港开发建设有限公司采访。

在"郑欧班列"展示大厅,陆港公司规划发展部焦国庆主任指着"郑欧班列实时运行线路图"向我介绍"郑欧班列"开行的情况。随着跳闪的灯光显示,由郑州开行的班列正经内蒙古二连浩特和新疆阿拉山口一路西行穿越欧亚大陆,已到达德国汉堡。

陆港公司办公室的李瑞带着我在"郑欧班列进口商品展销中心"参观。大厅里放置着琳琅满目的沿线国家进口商品,红酒、啤酒、奶制品

图 3-8 "郑欧班列进口商品展销中心"琳琅满目的进口商品

等质优价廉，满 79 元包邮，还送代金券。

陆港公司总经理助理郑国强开车带着我在"郑州铁路口岸中心站"巡游。在一排排印着"郑州陆港 ZIL"字样的集装箱中穿行，龙门桥吊正在向"郑欧班列"上吊装集装箱。"郑欧班列"的开行打开了郑州内陆封闭的围墙，内陆封地变成了进出境口岸，一下子拉近了郑州和世界的距离。作为"郑欧班列"开行公司的领导，郑国强心中充满了自豪。

郑国强告诉我，郑州过去进口欧洲的汽车从天津口岸进口，从欧洲经海上绕了一大圈，到天津港后再由陆路运到郑州。2013 年郑州开行"郑欧班列"，通过"一带一路"沿线国家铁路直接进口，运行时间和商务成本都节省了许多。

中欧班列开始运行时，主要是运输中国的出口产品，为了解决回程班列空载的难题，陆港公司设立了进出口贸易公司和"郑欧班列进口商品展销中心"，进口沿线国家的商品，也直接拉动了沿线国家的共同发展，深受沿线国家的欢迎。这样的方法在中西部地区的自贸试验区已普遍开展，我在几个自贸试验区采访时都体验了这番场景。

中欧班列是按照固定车次、线路、班期和全程运行时刻开行，往来于中国与欧洲以及"一带一路"沿线各国的集装箱国际铁路联运班列，经由我国西部阿拉山口或霍尔果斯、中部二连浩特、东部满洲里或绥芬河口岸出境。近年来，中欧班列开行数量不断扩大，有力促进了与"一带一路"沿线国家的经贸往来，已成为"一带一路"建设的标志性成果，被喻为"一带一路钢铁驼队"。

自 2011 年 3 月 19 日首列中欧班列由重庆开往德国杜伊斯堡以来，中欧班列开行数量已从 2011 年的 17 列大幅增加到 2018 年的 6 300 列，其中返程 2 690 列。目前，中欧班列已在国内 56 个城市开行，到达欧洲 15 个国家的 49 个城市。据海关总署统计，截至 2018 年年底，海关监管中欧班列已达 10 752 列。

中欧班列运输货物的品类也日益丰富。去程从单一的 IT 产品扩大到衣服鞋帽、汽车汽配、家具、化工品、小商品、机械设备等品类，返程已形成以汽配、机械设备、日用品、食品、木材为主的固定货品。

中欧班列起始时，由中西部地区各省（市）自主开发运行，都有自己的名号，集装箱上也都印有各自的符号，如重庆—渝新欧班列、河南—郑欧班列、四川—蓉欧快线、陕西—长安号、湖北—长江号、湖南—湘欧班列等。从2016年6月开始，铁路总公司统一了班列的名称为"中欧班列"，班列集装箱穿上了统一的"制服"，印有"中欧班列"字样深蓝色的集装箱格外醒目，成为"一带一路"经贸发展的代言与象征。

2018年12月20日，重庆海关通过"中哈关铁通数据交换平台"，将海关监管所需的17项数据通过安全智能锁同步上传，与沿线海关数据共享，由哈萨克斯坦海关对安全智能锁进行解锁操作，认可中国海关的查验结果及放行信息，实现中哈海关监管互认、执法互助、信息互通，为中欧班列的快速运行提供了重要支持。

中欧班列的开行，为我国广阔内陆地区再造了直接对外开放的口岸通道，内陆地区从开放的末端一下子走到了前沿。目前，中欧班列铁路运输已连接欧盟、俄罗斯及部分中东欧、中亚、中东、东南亚国家，成为"一带一路"国家战略的先行者和沿线各国共建"一带一路"的范例，对于提升沿线各国基础设施互联互通和经贸合作水平，适应日益增长的亚欧大陆国际货物运输需求，将丝绸之路从原来的"商贸路"变成产业和人口集聚的"经济带"具有重要意义。随着国际铁路合作机制的创建，运输保障体系和物流服务体系的建立，以及沿线国家海关关际合作的全面建立和通关便利化水平的提升，中欧班列还将不断扩大，"一带一路"经济带的物流通道潜能将进一步释放。

在河南郑州陆港公司采访时，我向郑国强了解中欧班列起始筹建的情况，他向我简要做了一些介绍，并推荐我到重庆寻找中欧班列的"开山始祖"。

于是，我给重庆自贸办统筹指导处的梁明处长发了一条补充采访提纲，请他帮忙联系安排重庆中欧班列的采访。

在重庆时，我如约来到渝新欧（重庆）供应链管理有限公司采访。刘希副总经理热情地接待了我，当她知道我还想了解中欧班列起始的情况后，立即联系了公司的监事长周树林。

在周监事长的办公室，他向我介绍了中欧班列筹备的详细情况。封存的记忆被打开，像流水一泻千里。

图 3-9 "渝新欧国际铁路大通道起点"沙盘模型

"这件事要从 2008 年说起。当时黄奇帆是重庆常务副市长,提出重庆 IT 产业要从 50 亿(元)做大到 5 000 亿(元)。40% 出口,欧洲占 20%,IT 产品要求效率高,重庆不具备向欧洲运输的条件。当时我是信息产业局监管处处长,黄市长提出不是要管,是要做大,要求研究开辟第三条亚欧大陆桥。于是,成立了商务组,我做组长,负责招商。后来做物流,我们又跑了铁道、民航、海关总署等中央部委。之后,市政府专门成立了'物流办',我做专职副主任,在黄市长等领导的带领下,专职做这件事……"

"为什么重庆的中欧班列取名为'渝新欧'呢?"我出于好奇问道。

"'渝新欧'名称是黄市长与铁道部胡亚东副部长起的,意思是从重庆始发,经新疆出境,抵达欧洲。"

虽然时过境迁,但当时的情景仍然历历在目,以至于每一时刻、每一节点,都还是那么的清晰。

组建"渝新欧"公司要协调好沿线国家政府和铁路的关系,海关总署、铁道部等部委都很重视。2000 年五国(中国、俄罗斯、哈萨克斯坦、白俄罗斯、波兰)六方(加上重庆)在重庆开会商议,成立了公司董事会和监事会。确定由重庆交运出资41%，铁道部集装箱总公司出资10%，俄罗斯、哈萨克斯坦、德国各出资16.3%。

要打通开往欧洲的铁路运输，那将会涉及多个国家的多个部门。依靠一个地方的作为，这是多么难的事啊！我不由得发出感叹。

2000年开始测试重庆班列，发货到新疆阿拉山口，运用恒温车厢运输，因为俄罗斯远东地区的冬季可达到零下40多度。2011年3月19日，第一列中欧班列全列装载的是惠普笔记本电脑，开往德国杜伊斯堡。运行16天，比长江水运连接海运到欧洲缩短了30天，比重庆铁路到深圳转海运到欧洲省时20天，运行成本是空运的1/5，是IT等高附加值产品常态化运输的首选。

2011年年末在哈萨克斯坦开会进行阶段性总结，41个集装箱为一列，当时已走了17列，会议确定了沿线的代理。这些年来，重庆中欧班列飞速发展，国内货源地从西南扩大到华东、华南，还辐射到东南亚、韩国。截至2018年年底，中欧班列国内开行城市已达56个，已经联通亚欧大陆16个国家的108个城市，运送货物110万标准箱，中国开出的班列重箱率达94%，抵达中国的班列重箱率达71%。

我告诉周监事长这次在中西部地区采访，看到各地的中欧班列发展很快，已经在全国各地开花结果，成为"一带一路"国家战略的开路先锋。周监事长闻言脸上露出欣慰的笑容。在与我握手道别时，他说道："黄市长现在回上海了，很想念，有机会请替我向他问好。"我点头应允了。我想就在此书中转达对黄奇帆市长的问候，向开辟中欧班列国家西行战略通道的开拓者们致以崇高的敬意！共建"一带一路"倡议的历史会记上这浓墨重彩的一笔。

在陕西自贸试验区采访时，我来到了西安爱菊粮油集团公司采访。这是一家创建于1934年的国家级农业产业化重点龙头企业，刘冬荫副总经理领着我们在工厂仓库参观了好大一圈。他还应我的要求专门介绍了走出国门、在哈萨克斯坦打造中亚海外粮仓的情况。

2015年9月，刘冬荫与董事长贾合义去哈萨克斯坦参加展览会，之后在哈国考察了一圈，买了一些菜籽油食品，回来化验后发现品质很好。他们考察时也了解到当地小麦、面粉的品质很好，想大量进口，但哈国的产量少，供应不了。于是，就萌发了走出去到哈国建立粮油加工厂的想法。

爱菊粮油集团的设想正赶上了好时候，习近平主席在哈萨克斯坦提出合作共建"丝绸之路经济带"的倡议，为企业走出去投资建厂开创了良好的前景。

哈萨克斯坦是上海合作组织成员国，是我们的全面战略合作伙伴，是"一带一路"的桥头堡，国土面积世界第九位，与我国新疆接壤，地广人稀，可耕地面积超过 2 000 万公顷，经济以农牧业和石油、天然气、采矿、煤炭为主，主要农作物有小麦、玉米、大麦、燕麦、黑麦。哈萨克斯坦正是投资发展农业的好地方，如今又遇上了好时机。

爱菊粮油集团去哈国开始谈承包土地时，虽然当地实行"种植计划"不能承包土地，但正好哈国对接"一带一路"推出了"订单农业"计划，于是中哈两国一拍即合。2016 年 5 月 31 日，爱菊粮油集团在哈萨克斯坦北哈州投资了 1.14 亿元建设"爱菊农产品物流加工园"，招聘 100 名哈方工人。同年 12 月 6 日投产运行，以哈方新型"订单农业合作社"为基地，种植面积 150 万亩，年产加工油脂 30 万吨，仓容 5 万吨，拥有 4 条铁路专用线，是当地最大的农产品加工项目，被列入了"中哈产能与投资 51 个合作项目清单"。加工园分三期分步实施：一期油脂加工和粮库，二期牛羊肉、蛋奶制品贸易运输，三期农业产业集群平台。

哈萨克斯坦时任总统纳扎尔巴耶夫亲自参加了投产仪式，还专程来到厂区视察，对爱菊粮油集团到哈投资表示欢迎，对项目进展表示满意。纳扎尔巴耶夫总统还表示，该项目的落地是哈萨克斯坦"光明之路"计划与中国"一带一路"倡议的结晶，也是哈中两国友谊的见证。他希望通过该项目的稳步推进，带动哈国农业技术水平，增加就业岗位和农民收入。他还表示欢迎更多的中国企业到哈国投资，以新技术促进哈萨克斯坦的产业发展。

"中国企业的一个农产品投资项目得到了哈国总统的亲自视察和褒奖，因为这是哈萨克斯坦'光明之路'计划与中国'一带一路'倡议的结晶，是架接起中国与'一带一路'沿线国家的友谊桥梁。"刘冬荫副总经理的话语中充满了自豪。

同时，爱菊粮油集团还在新疆阿拉山口综合保税区建设了年加工 10 万吨面粉的工厂，在西安建成了日加工小麦 1 000 吨、大米 400 吨、油脂 3 000 吨、豆芽 200 吨、豆制品 200 吨、主食品 200 吨的加工厂。其成为了西北地区最大的综合性粮油企业，形成了以哈萨克斯坦农产品加工园为海外粮仓，以新疆阿拉山口综合保税区为加工转运中心，以西安市场为销售依托的全产业链，打造全国农产品集散中心。

在爱菊粮油集团的展示室，刘冬荫副总经理指着一块"习总书记自己出钱为梁家河乡亲采办年货暖了万众心"的展板，向我介绍道："这是 2018 年春节前，爱菊粮油集团接到省委办公厅的通知，置办 100 份有面粉、挂面、菜籽油的年货。后来，看到报纸刊登了这则新闻，才知道习总书记买了我们的优质粮油食品送给了乡亲们。这让我们很激动，又很感动。但报纸电视刊播时，没有说是我们的'爱菊'牌。"看到刘冬荫副总经理"耿耿于怀"的样子，我就接口说了："那就在我写的报告里，帮你做个广告吧。"引起大家好多笑声。

前两日，刘冬荫副总经理通过微信给我发来消息和照片：哈萨克斯坦北哈州州长一行参加北京第二届"一带一路"峰会后，专程来到爱菊粮油集团看望。热情的"爱菊"主人还陪同宾客参观了西安"兵马俑"和中欧班列车站等景观，以让他们感受西安古都厚重的历史底蕴和日新月异的城市发展。

2017 年 5 月，中国政府在北京主持举办"一带一路"国际合作高峰论坛，29 个国家的元首、政府首脑及联合国秘书长、红十字国际委员会主席等重要国际组织负责人，140 多个国家、80 多个国际组织的 1 600 多名代表共赴盛会，4 000 余名记者注册报道论坛。习近平主席在开幕式上向全世界表明："一带一路"倡议顺应时代潮流，适应发展规律，符合各国人民利益，具有广阔前景，共建"一带一路"倡议已经进入从理念到行动、从规划到实施的新阶段。

联合国秘书长古特雷斯指出：共建"一带一路"倡议与联合国新千年计划宏观目标相同，都是向世界提供公共产品。共建"一带一路"不仅促进贸易往来和人员交流，而且增进各国之间的了解，减少文化障碍，最终将实现和平、和谐与繁荣。

桃李不言，下自成蹊。

在习近平主席的推动下，共建"一带一路"倡议及其核心理念已写入联合国、二十国集团、亚太经合组织以及其他区域国际组织的文件中。2016年11月，第71届联合国大会通过决议，把以共商、共建、共享为原则，以和平合作、开放包容、互学互鉴、互利共赢的丝绸之路精神为指引，以打造命运共同体和利益共同体为合作目标的"一带一路"倡议写入联合国大会的决议，193个会员国协商一致通过，欢迎共建"一带一路"合作倡议，呼吁国际社会为"一带一路"建设提供安全保障环境。2017年3月，联合国安理会一致通过第2344号决议，呼吁国际社会通过"一带一路"建设加强区域经济合作。联合国社会发展委员会第五十五届会议也协商一致通过决议，写入"构建人类命运共同体"的发展理念。

签署共建"一带一路"政府合作文件的国家和国际组织也逐年增加。截至2019年3月底，中国政府已与125个国家和29个国际组织签署173份合作文件。共建"一带一路"的国家已由亚欧延伸至非洲、拉美、南太等区域。共商、共建、共享原则逐步被众多国家所认可。全球100多个国家和国际组织积极支持和参与"一带一路"建设，中国已同40多个国家和国际组织签署了合作协议，同30多个国家开展了机制化产能合作，正在与27个国家进行12个自贸协定谈判或升级谈判，与欧亚经济联盟签署经贸合作协定，中国与区域全面经济伙伴关系的建设取得了积极进展。

按照国务院《关于加快实施自由贸易区战略的若干意见》的部署，我国将进一步优化自由贸易区建设布局，力争与所有毗邻国家和地区建立自由贸易区，争取同大部分新兴经济体、发展中大国和主要区域经济集团、部分发达国家建立自由贸易区，构建金砖国家大市场、新兴经济体大市场和发展中国家大市场，将"一带一路"打造成畅通之路、商贸之路、开放之路。

耀眼的中国自由贸易发展蓝图，连接起世界自由贸易共同发展的宏大远景，中国已成为推动人类命运共同体不断前行的伟力。

自2013年中国提出共建"一带一路"倡议以来，以政策沟通、设施联通、贸易畅通、资金融通和民心相通为目标扎实推进，取得了明显成效，一批具有"一带一路"标志的早期收获成果已经显现。

2019年1月24日，商务部发布了"一带一路"倡议5周年我国与沿线国家经贸合作的情况。2013—2018年，中国与沿线国家货物贸易进出口总额超过6万亿美元。其中，2018年进出口额1.3万亿美元，同比增长16.3%，占我国外贸总值的27.4%；中国企业对沿线国家非金融类直接投资156.4亿美元，同比增长8.9%，占同期总额的13%；在沿线国家对外承包工程完成893.3亿美元，同比增长4.4%，占同期总额的52%；在沿线国家建设经贸合作区933家，累计投资209.6亿美元，上缴东道国税费22.8亿美元，创造当地就业岗位14.7万个；对外承包交通运输、建筑和电力工程带动东道国经济社会发展，有效改善了东道国的基础设施，为当地创造就业岗位84.2万个，惠及东道国民生；重大项目带动效应凸显，马尔代夫中马友谊大桥通车、肯尼亚"世纪工程"蒙内铁路开通运营、巴基斯坦瓜达尔港开业运行、斯里兰卡汉班托塔港二期工程主体完工、中老中泰铁路有序推进。我国与"一带一路"沿线国家贸易投资自由化便利化水平不断提升，贸易与投资的规模持续扩大。

新华社报道："在孟加拉国首都达卡附近的一家工厂，每天5 000多名当地员工生产出12万顶帽子销往世界各地，当地村庄贫困帽子也摘掉了。"这是中国飞达帽业有限公司投资的世界上最大的帽子工厂，2013年初建时是成片荒草地，只有一家小卖部，现在已发展为商业街。再投资1亿元，工人将扩至1万人。原来的小村庄已经发展成为相对富裕的"超级村庄"。创始人颜宝玲说，2013年坐着牛车进村，如今每月近百个集装箱的帽子销往世界各地。"一带一路"倡议或许是抽象的，但给当地人民生活带来的变化却是实实在在的，"一带一路"倡议推动沿线发展中国家脱贫致富，赢得了沿线国家人民的真心拥护。

这则报道展现了富起来的中国用自己发展的真谛，不是简单的授人以"鱼"，而是授人以"渔"，携手"一带一路"发展中国家一起脱贫致富，充满了仁爱之心。

孔子言："泛爱众，而亲仁。"（《论语·学而》）天下一家，爱众民，广施爱心，而立志人生目标。"仁者爱人"乃匡时济世之良方，有着让人为之诚服的崇高。古往今来，中国人民初心不忘，行仁至义，美美与共，天下大同。

2019年2月22日，中国与沙特阿拉伯举行投资合作论坛开展产业对接，签署了35份合作协议，总金额300亿美元，涉及石油化工、制造业、新能源、通信等各行业。广州泛亚聚酯石化在沙特吉赞工业区投资32亿美元的一期项目正式投产，将实现48亿美元的年产值，在当地创造2 500个直接就业机会和3 000个间接就业机会。共建"一带一路"倡议与沙特出台的"2030愿景"不谋而合，与沙特的转型计划完全对接。双方深化共建合作，为两国各领域的务实合作奠定了扎实基础。2018年中沙贸易总额突破600亿美元，中国连续8年成为沙特最大的贸易伙伴。

2019年3月1日，中国与智利正式实施自贸协定升级，双方进一步对54种产品实施零关税，总体零关税产品达到98%。中智自贸协定自2006年实施至今，我国已成为智利第一大贸易伙伴、出口目的国和进口来源国。升级后的中智自贸协定成为迄今我国货物开放水平最高的自贸协定，有利于智利的产品进入中国市场。智利盛产的葡萄美酒、水果等商品在中国市场上已琳琅满目。

在上海海关学院绿茵校园里，我们在培训学习时，经常见到不同肤色的学员在学习，那是中国海关举办的"一带一路"沿线国家海关培训班，为沿线国家海关提供能力建设。中国海关还向埃塞俄比亚等沿线国家海关派遣业务专家，探索建立对外援助合作的新模式。中国海关积极推动"一带一路"沿线国家（地区）海关的合作，以"监管互认、执法互助、信息互换"为目标，开展沿线海关的"大协作"。2014年以来，中国海关已先后与俄罗斯、欧盟、蒙古、哈萨克斯坦、新加坡、老挝等的海关签署了82份合作文件，适用于51个国家和地区，共同协调简化海关手续，降低口岸重复查验，提高沿线国家（地区）的贸易便利化水平。

随着世界贸易自由化和国际海关合作的不断推进，必将进一步推动跨国通关互联互通，实现贸易和通关更大的便捷。期盼世界各国各地通关"如同一关"时代的到来，构筑起更加美好的自由贸易新时代。

感今怀昔，百感交集。

回想40多年前中国贫穷落后时的情形，回想40多年中我国改革开放艰苦卓绝的进程，亿万人民在中国共产党的带领下，历尽艰辛探索经济发展的途径，发愤图强建设繁荣富强的社会主义现代化国家。这其中的艰难困苦，让每一个经历过的中国人都不会忘记。

在中国自由贸易进程中，加入世界贸易组织的一段经历让我难以忘怀。

自1986年7月11日，中国政府向关贸总协定组织正式提交恢复缔约国地位的申请开始，经历了长达15年的漫长谈判。2001年12月11日，我国正式成为世贸组织成员，并于翌年1月1日起开始履行关税减让义务。

按照规则，以2000年为减让初始年，逐年对所有税目进口商品实施关税减让。其中98%税目的最终减让期限为2005年，2%税目的减让实施期限为2006—2010年。也就是说，加入世贸组织后，我国对所有外国进口商品的关税都必须降到规则之内。或者说，加入世贸组织后，以往可以通过关税调节保护我国民族工业的护身符将失去。没有了关税保护的屏障，外国商品将长驱直入，对我国民族工业和刚起步的新兴工业造成极大的冲击。

除关税减让之外，还要开放农产品市场、开放零售业和电信产业、开放旅游服务业、开放外资银行在中国经营人民币业务、开放保险市场等，还要限制我国对美国出口纺织品等。加入世界贸易组织前期带来的阵痛和严峻的挑战，虽已时过境迁，但仍历历在目。

在那个特殊时段，我作为中国海关的一名工作人员，心情是无比担忧的。多少海关关员通宵达旦地盘算着7 000多个税目的进口商品怎么降税，如何逐年降税，怎么减少对国内传统工业的冲击，如何保护国内刚刚起步的汽车等新兴工业……中国海关恪尽职守，忧国忧民。

进口汽车取消了严格的配额许可证管理，关税由80%~100%降至25%，中国城市的道路上出现了大量各式进口品牌汽车；电脑、数码相机等进口零关税的电子商品充斥国内市场；从5万元一部的美国摩托罗拉手提"大哥大"电话，到各式手机迅速占领了中国的移动通信市场；大批外资企业进入中国，很多的洋快餐、国外的流行音乐、体育赛事、电影等西方文化也随之一起"涌入"。同时，不少国有企业倒闭了，好多工人下岗了，人们一时感到茫然无措。

在中国开放发展的进程中，克勤克俭的中国人民每天加班加点地拼命工作，获取的是最低的劳务报酬，外商投资公司得到了利润最大化。2001年我在上海中小外资企业集中的闵行区莘庄海关任职，我们经常要到加工贸易企业去帮助解决进出口中的问题，我们经常看到工人长时间在狭窄的生产车间、刺鼻的粉尘、震耳的噪声中劳作。我们无不深深被中国工人吃苦耐劳的精神所感动。同样，很多外国投资者也都深深被折服。中国工人是全世界最好的劳工，劳务成本已成为外商投资重要的选择。

把最好的商品用于出口，把挑拣下来有点瑕疵的"处理商品"在国内销售。那个年代有一种商品叫"出口转内销"，竟成了国内优质商品的代名词。千百年来中国人民秉持"侍人要丰，自奉要约"的理念，对外来投资文化交流者奉于礼遇，敬以友善，时时处处外宾优先成了礼仪规则。

中国是一个拥有14亿人口的大国，中国的崛起不可能寄托于别人的恩赐，想发展就得靠自己苦干实干。为尽快度过加入世贸组织初期的阵痛期，我国加快国内产业结构的调整和优化，按照"国际惯例"行事，逐步适应世界贸易规则，融入经济全球化浪潮。同时，加入世贸组织所获得的多边最惠国待遇，改善了我国的国际贸易环境，有利于引进外资，扩大出口，为我国对外经济贸易的发展提供了良好的机遇。

中华民族素来以吃苦耐劳闻名于世，中国发展的伟大成就是中国人民几十年含辛茹苦、披荆斩棘、流血流汗拼命干出来的，是中国人民背负着民族的希望艰难前行得来的。在我们艰辛发展的征途中，没有施舍，更没有掉下的馅饼。

说到中国人民吃苦耐劳的精神，我就想到在福建泉州的采访。

泉州素有"东方第一大港"之称，是我国最早的通商口岸之一，是联合国教科文组织认定的海上丝绸之路的起点。北宋元祐二年（1087），朝廷在泉州设立了我国最早具有现代海关功能的市舶司，掌管货物贸易、征税事务。这是中国海关最早的雏形，是中国海关人朝圣的先驱地。

泉州海关顾红梅关长热情地陪同我在泉州采访。前些年我们同在上海洋山海关领导班子共事，2018年年初她调任泉州海关，担任关长。

"三分天注定，七分靠打拼，爱拼才会赢。"这是风靡歌坛的闽南语歌曲《爱拼才会赢》的歌词。在改革开放浪潮中，泉州人民勇立潮头，敢打敢拼，声名远震。泉州下辖的晋江、石狮、惠安等市县，经过改革开放40多年，已从过去的"人稠山谷瘠"之地，跃入了中国百强城市；从过去被人戏称为"走私集散地""星期鞋""假药产地"涅槃重生，发展成为闻名全国的品牌之都、中国最具投资潜力的城市。在我采访的镜头里，一张张精彩照片定格记录着惠安女抬巨石筑海堤、赶海捕捞、织补渔网，展现了她们吃苦耐劳、勤奋致富的美丽形象。

图 3-10 惠安女抬巨石筑海堤，展现了吃苦耐劳、勤奋致富的美丽形象

如今，从苦难中走出来的中国人民深知实现国家繁荣富强的艰辛，虽然我们还有不少贫困地区需要扶贫脱贫，但我们也深知"一带一路"沿线贫困国家人民的无助之痛。我们不悭吝，欢迎各国人民搭乘中国发展的"快车""便车"，帮助还处于贫穷落后中的沿线国家修路筑桥，建经贸合作区发展经济，增加就业，惠及民生，把自己成功发展的经验带给发展中的国家和人民，为构建人类命运共同体，为世界和平与发展贡献中国智慧、中国方案、中国力量。

闻道有先后，术业有专攻。随着高新技术中间品贸易的大幅增多，复杂的全球价值链和中间品贸易跨越多国边界，一些国家的某些企业已成为全球价值链中的一个加工点，使用进口中间产品和服务已变得愈发重要。经济全球化把世界多个国家的专业加工企业按产业链连接起来，依靠自由贸易推动产业链的有机组合和连接，全球经济的相互依存度大幅提升，有效增加了各国的就业，扩大进出口贸易，造福世界各国人民。

如今世界已进入高度发展、高速发展的经济全球化新阶段，已形成你中有我、我中有你、相互合作的人类命运共同体。自由贸易已成为各国共同发展的维系纽带和追求目标。自由贸易促进国家间的创新发展，公平交易增进国际社会的安全稳定，这已成为世界各国和国际组织的共识和发展潮流。

但遗憾的是，近年来受美国贸易保护主义的影响，全球贸易摩擦不断升级。美国政府和一些政要，不惜扯下自由贸易卫士的遮羞布，违反世贸规则，动辄挥舞加征关税的大棒，肆无忌惮对中国和其他一些国家出口美国的产品加征关税，甚至公然对中国企业痛下杀手，国际舆论为之哗然。

自由要有度量衡，贸易要有契约束。长期以来世界贸易组织日趋完整的规则体系和全球持续下降的关税屏障，使世界经济得以相互促进发展。国际贸易如同奥林匹克运动，其精神是相互了解、友谊、团结和公平竞争，追求的是体育竞技运动的"更快、更高、更强"的发展。世界贸易更应秉持友谊、团结、公平竞争的精神，共建更加美好的人类命运共同体。

奥运赛场上，世界各国选手为促进人类文明进步而一竞高下。橄榄球、篮球、田径为美国称雄，乒乓球、羽毛球则是中国的强项，足球历来被欧洲和南美洲国家夺冠。正因为地球村的不同国度、不同肤色、不同语言的人民相互学习交流，才推进了世界竞技运动的不断提高发展，世界也因此变得更加美丽多彩。

在奥运赛场上，美国运动员明白自己不可能同时兼任裁判员，自己为自己吹哨，独霸所有金牌。但在国际贸易赛场上，美国政客竟容不得中国"华为"——一个民营企业参赛超越，在赛道上设置了层层障碍，赛跑比赛变成了不公正的"跨栏"障碍赛。勇敢的中国选手"华为"就是在不平等的竞赛中，仍然棋高一着地站上了金牌领奖台，笑傲世界。全球科学技术和贸易的发展，如同世界竞技运动一样，不会因为个别人的阻拦甚至退赛而停止不前，仍然会向着"更快、更高、更强"的大目标继续前进。

国际贸易是自由公正、造福人类的美丽行为，靠单边保护、贸易霸凌、制裁施压，靠打贸易战来维持霸权，必将撞头磕脑，无地自容。经济全球化已是世界不可阻挡的历史潮流，顺者昌，逆者亡。

德不孤，必有邻。中国永远不称霸、永远不搞扩张。中国经济的稳定增长，已成为全球经济增长的主要推动力，在世界经济稳步复苏的进程中，持续发挥着压舱石和助推器的作用。中国正日益走近世界舞台中央，成为国际社会公认的全球发展的贡献者、世界和平的建设者、国际秩序的维护者。"一带一路"正以开放包容的宽广胸怀，承载着构建人类命运共同体的伟大梦想，拥抱未来。

架起"一国两制"中华民族伟大复兴的桥梁

"中国人民和中华民族在历史进程中积累的强大能量已经充分爆发出来了,为实现中华民族伟大复兴提供了势不可挡的磅礴力量。"习近平总书记铿锵的话语,是激荡起全国人民奋发前行的时代最强音。

我是从历史系毕业的学生,上下五千年,唐宋元明清,常常在脑际翻滚着历史词句。数盘古开天源远流长,念自李唐来盛世平安,然世事沧桑历尽悲凉,故民族复兴责任在肩。

时至2019年,中国的历史已翻过了贫穷落后的一页。自由贸易外向型经济推动中国经济建设全面快速发展,取得了令世界瞩目的巨大成就。中国已成为世界第二大经济体、第一大工业国、第一大货物贸易国、第一大外汇储备国,对全球经济的增长贡献率超过30%。今天,我们已更有力量实现"一国两制",推进港澳台联动发展;今天,我们也更有希望实现中华民族伟大复兴的历史壮举。

国务院在广东、福建自贸试验区总体方案的战略定位、发展目标和主要任务措施中,要求广东省依托港澳、服务内地、面向世界,将自贸试验区建设成为粤港澳深度合作示范区、21世纪海上丝绸之路重要枢纽和全国新一轮改革开放先行地,实现粤港澳深度合作,形成国际经济合作竞争新优势。要求福建省充分发挥对台优势,立足深化两岸经济合作,率先推进与台湾地区投资贸易自由化进程,创新两岸合作机制,推动货物、服务、资金、人员等各类要素自由流动,增强闽台经济关联度,把自贸试验区建设成为深化两岸经济合作的示范区。

广东、福建自贸试验区通过发挥毗邻港澳台的地域优势,深化经济合作,全面贯彻"一国两制",带动港澳台联动发展。

随着港珠澳大桥建成通车,热议已久的粤港澳大湾区建设被提上了党中央的重要议事日程。2019年2月18日,中共中央、国务院发布了《粤港澳大湾区发展规划纲要》,这是推动"一国两制"宏伟事业发展的新实践,要求充分发挥粤港澳的综合优势,进一步深化内地与港澳的紧密合作,提升粤港澳大湾区在国家经济发展和对外开放中的支撑引领作用;支持香港、澳门融入国家发展的大局,增进香港、澳门同胞的福祉,保持香港、澳门的长期繁荣稳定,让港澳同胞同祖国人民共享祖国繁荣富强的伟大荣光、共担民族复兴的崇高历史责任。

图3-11 深圳前海片区设立深港青年梦工场,热情欢迎香港青年创新创业

规划提纲挈领,近期发展目标至2022年,远期展望至2035年,为香港、澳门回归祖国后,深化粤港澳合作,建设国际一流湾区和世界级城市群,描绘了一幅气壮山河的发展蓝图。

粤港澳大湾区包括广东省广州、深圳、珠海、佛山、惠州、东莞、中山、江门、肇庆9市和香港、澳门特别行政区,是我国开放程度最高、经济活力最强的区域之一,在国家发展大局和"一带一路"建设中具有重要的地位。2018年粤港澳大湾区"9+2"的经济总量为10.87万亿元人民币，折合 1.62 万亿美元，发展势头远超纽约、旧金山和东京三大湾区。据专家预测，到 2022 年，粤港澳大湾区经济总量将达到 2.056 万亿美元，全面超越世界三大湾区。

以广东最具发展活力的经济区域，联合香港国际金融、航运、贸易中心、全球最自由的经济体和澳门世界旅游休闲中心及葡语国家商贸合作服务平台，弥补香港、澳门地域局限、资源有限的短板，发挥粤港澳"一国两制三关税区"多元化格局独特的制度优势，统筹南沙、前海、横琴三大自由贸易区，打造粤港澳自由贸易港，从优势互补向优势整合、从各展所长到协同齐进、从各有精彩到繁荣共造。粤港澳大湾区正以前所未有的开放伟力，向实现中华民族伟大复兴的中国梦，高歌猛进！

深圳经济特区的建设与发展已经实现了小平同志"再造一个香港"的期盼。随着粤港澳大湾区建设蓝图的铺展，到 2035 年，我们完全有理由相信，中国有能力做到全面建成国际一流湾区。

我在广州南沙、深圳前海和珠海横琴片区的采访体验中，深切地感受到广东自贸试验区正依托港澳，形成深度合作。

2017 年 8 月 31 日，香港特别行政区行政长官林郑月娥访问深圳前海，深圳市委书记王伟中陪同其出席前海深港现代服务业合作区活动时介绍，按照前海发展的定位，前海目前已经有七千多家港资企业，前海三分之一的土地是供给香港的企业来发展，现在发展的态势非常好，实现了一年一个样的变化。香港青年学子从香港的大学毕业后，可以到深圳来创新创业。借助深圳科技产业、先进制造和产业配套的优势，前海深港青年梦工场也为香港和内地的青年提供了实现梦想的创业平台。

前海香港商会为帮助港企北上拓展珠三角和内地市场，解决了注册、税务、法律和劳务等问题，并为支持内地企业通过香港拓展"一带一路"机遇，发起成立了"内港通"。通过举办政府招商推介会、实地投资考察等，为港企和内地政府提供项目对接平台；通过宣传内地的各项政策、产业扶持等情况，为港企提供政策咨询平台；通过专业信息数据服务，帮助港企了解宏观经济走势和政策动向，为港企把握投资机会和规避风险提供信息服务平台。

我在深圳前海深港青年梦工场采访时，那里的一枝一叶给我留下了美好的印象。

2014年12月开园的前海深港青年梦工场，设有创业学院、人才驿站、创业者服务大厅以及YOU+公寓。完善的公共文化服务，优美的生态环境，令人羡慕的"深圳速度"以及包容性，使之成为港澳青年实现梦想的摇篮。

前海深港青年梦工场事业部部长刘涛介绍，实现创业梦想，要为创业团队匹配好导师，对接产业链，打通上下游环节，解决融资难问题。截至2018年，梦工场累计孵化创业团队304家，其中港澳团队158家，56%的创业团队获得融资，累计融资超过15亿元。其中，微埃智能科技有限公司成立三个月便获得首轮融资，并在梦工场的帮助对接下，与富士通等国际知名企业建立了良好的合作关系。

梦工场还为创业者提供舒适的工作生活环境。港澳创业青年异客他乡，要做好衣食住行全方位的服务，使其宾至如归。园区内的YOU+公寓每间约50平方米，租金2 000~2 500元，享有免水电费等优惠政策，由政府出资补贴，为创业者提供良好的创业环境。

2019年3月24日，台湾地区高雄市时任市长韩国瑜率团到深圳前海自贸片区参观访问，并看望深港青年梦工场台湾青年创业团队，为台湾青年创新创业基地揭牌。目前，深港青年梦工场成功孵化的深港创业团队已增至356个，其中港澳团队176个，还有47位台湾年轻人和越来越多的台湾团队加入。

韩国瑜表示，希望高雄年轻人有机会来梦工场，但不单是台湾青年来"借光"，深圳青年也可以去高雄，互相撞击出更多的光与热。来自台北的青年创客苏俊德2018年率团队入驻梦工场，他感受到大陆市场比台湾大很多，而且梦工场里也有很多优秀的技术团队，相信粤港澳大湾区的起飞将产生磁吸效应，为台湾青年带来更多机遇。

韩国瑜感叹前海片区与世界接轨，取得的成就惊人，希望正在推动中的高雄"自由经贸特区"，也能借鉴前海经验。多年前韩国瑜曾来过深圳，再次前来心里很澎湃，了解了深圳发展的快速，希望未来与深圳有更多合作。他相信只要打开心灵，诚恳相对，将带来更多的美好机会。

前海的各项改革创新举措，始终围绕港资港企港人的需求设计，便利港人生活就业，便利港企注册经营，推动深港深度合作。市场监督管理局推出"前海服务港企零跑动"商事服务项目，推动商事登记服务向香港地区拓展，实现香港投资者足不出港即可办理深圳商事登记；发行资费优惠的两地号码手机卡，香港手机用户可直接进入前海公共 Wi-Fi；率先允许拥有香港执业资格的专业人士直接执业，率先取消港澳居民就业证。

南沙片区根据粤港澳三地所属法系，开创性地设置了广州国际仲裁、香港国际仲裁和澳门国际仲裁三大庭审模式，当事人可以自主选择最为合适的庭审模式解决纠纷，充分满足当事人对仲裁服务的需求，提供全方位的法律保障服务，推动粤港澳仲裁服务深度融合。

广东省人社厅组织粤澳两地专家对国家职业资格证书、澳门职业技能证明书的标准内容、考核体系进行比对分析，并经澳门特别行政区政府劳工事务局协商同意，于 2016 年 10 月发布了《关于公布〈广东省认定澳门职业技能证明书职业能力第一批目录清单〉的公告》，首批认可澳门职业技能证明书的 13 个职业、28 个等级持证人的职业能力与持有相同类别国家职业资格证书人员的职业技能水平相当。

南沙自贸区法院自贸区商事调解中心于 2016 年 9 月特邀调解组织 12 家、特邀调解员 45 名。其中，来自香港和澳门的特邀调解员有 7 名。之前，自贸区内多年合作的某外国法人企业与港资公司发生商事纠纷，双方签订合同时约定适用香港法律，查明和认证需要耗费大量的时间和成本。为快速、低成本解决纠纷，双方同意进行诉中调解。双方共同选择了香港执业大律师张鹏作为特邀调解员，调解 1 小时后握手言和。受托的张鹏律师曾任香港律政司法庭检控主任、香港法院暂委裁判官，为英国 CEDR[①] 认可调解员，擅长民商事诉讼案件及调解。2016 年 7 月，香港大学法律系主任赵云等四名专家被增聘为南沙自贸区法院专家咨询委员，进一步提升咨询委员国际化水平。

前海法院作为最高人民法院司法体制综合配套改革示范法院，管辖一审涉外涉港澳台商事案件。积极推进审判改革，努力营造开放包容、

---

① 英国有效争议解决中心（Centre for Effective Dispute Resolution）。

公正平等、合作共赢的法治化营商环境。从 2015 年 2 月成立以来，受理涉外涉港澳台案件 4 274 件，审结 3 005 件，其中受理涉港案件 3 100 件，数量为全国第一。为建立国际商事诉讼调解对接中心，共聘请 76 名外籍和港澳台籍调解员参与前海法院审理的 94 件案件。前海法院选任港籍陪审员，成为推进司法改革的特色制度，也是人民陪审员制度深港合作的创新体现。港籍陪审员来自金融、科技、文化产业等公共事务领域，通过参与案件审理，将港籍人士的专业知识与内地法官的法律判断相结合，在处理涉港案件中，能更好地消除香港同胞因制度理念和生活环境差异造成对内地司法的距离感，增加裁判透明度，从而提升内地法院的国际、区际公信力。

在珠海横琴片区综合服务中心采访时，陪同人员提议到对面看看澳门大学的新校区。我欣然应允。

澳门大学新校区建在葱绿秀美的珠海横琴山边，与澳门一河相连。新校区与澳门之间兴建了一条河底隧道相连接，从澳门一方可全天候随时进出校园，没有边检阻隔，非常方便。一排排、一栋栋独具南欧与岭南建筑风格的建筑，掩映在绿树中。新校区占地 1.092 6 平方千米，比澳门的老校区大 20 倍，建筑面积约 94.5 万平方米，可容纳 1.5 万名学生。

2009 年 6 月，中央批准澳门大学在珠海横琴岛上建设新校区，2013 年 11 月 5 日新校区正式启用，并依照澳门法律实施管辖，成为澳门大学向"世界一流大学"迈进的重要里程碑，揭开了"一国两制"的新篇章。

横琴新区管委会还与澳门大学签署合作协议，为澳门大学免租提供 10 000 平方米科技创新载体和 1 亿元重大研发机构扶持资金及天使投资基金，协助澳门大学加速融入大湾区并优化创新科研布局，推动澳门大学研究服务和知识成果转移转化。澳门大学模拟与混合信号超大规模集成电路国家重点实验室、中药质量研究国家重点实验室、智慧城市物联网国家重点实验室及优势学科院所，在横琴新区建设产学研示范基地。

我们很多人都去过澳门旅行，从拱北海关出关，跨过关闸就进入澳门地域了。

澳门过去曾长期被葡萄牙殖民统治，1999 年 12 月 20 日，中国政府恢复对澳门行使主权。经过400多年欧洲文明的洗礼,东西方文化的融合共存,澳门成为风貌独特的城市,留下的大量的历史文化遗迹,成为联合国世界文化遗产。我们流连澳门街头,穿梭在大三巴牌坊、妈阁庙、澳督府等历史建筑间,品尝着葡式蛋挞,尽情地了解这座城市的风光。

澳门回归祖国后,经济迅速增长,社会平安稳定,比往日更显繁荣。2003年10月,中央政府与澳门特区签订了《内地与澳门关于建立更紧密经贸关系的安排》,首届"中国—葡语国家经贸合作论坛"及"国际华商经贸会议"先后在澳门举行,并签署了"经贸合作行动纲领"。澳门是国际自由港,面积28平方千米、人口60万,旅游业、酒店业和娱乐业使澳门长盛不衰,博彩业规模七倍于拉斯维加斯,人均财富超过瑞士。

横琴新区与澳门山水相连,面积106.46平方千米,是澳门现有面积的3倍多。横琴片区建立以后,横琴口岸24小时通关澳门,为地域受限的澳门企业跨境发展提供便利。

2019年3月11日,横琴对澳合作又有新动作。全国首个跨境办公楼宇横琴总部大厦开始营运,首批十家澳门企业入驻。入驻的澳门企业无须办理工商登记注册和税务登记手续,仅需向横琴新区澳门事务局备案,便可签约租赁入驻。按照横琴出台的《关于鼓励澳门企业在横琴跨境办公办法》的规定,给予跨境办公企业最高70元/(平方米·月)的租金补贴,还协助解决企业员工缴纳社保、子女入学等配套问题。跨境办公楼宇同样适用于香港企业。

为了方便跨境办公企业职工的两地往来,2019年3月1日,横琴自贸片区已先期开通了"琴澳跨境通勤专线车",横琴往澳门首发车于早上7点55分,并根据企业需求设立上下车站点,管委会对营运给予财政补贴。下一步,横琴新区还将设立为澳门居民在横琴治病就医提供保障的医疗基金,研究在横琴设立澳门子弟学校等拓展服务,助力澳门企业拓展空间,为澳门多元发展开辟灿烂前景。

香港、澳门回归祖国后,内地居民纷纷前往游览,我也举家前往香港、澳门旅行,表达对回归之地的亲近情怀。这让我想起1984年春节联欢晚会上,香港歌手张明敏高歌一曲《我的中国心》。"河山只在我梦萦，祖国已多年未亲近，可是不管怎样也改变不了，我的中国心……"倾诉了海外赤子对祖国母亲的情感，对渴望回归的眷恋之情。当时正值《中英联合声明》签署之际，歌声直抒胸臆，唱出了全体中国人的心声和意志。

同样，台湾诗人余光中的一首《乡愁》，也勾起了多少国人对祖国宝岛的情思。

小时候，乡愁是一枚小小的邮票，我在这头，母亲在那头。

长大后，乡愁是一张窄窄的船票，我在这头，新娘在那头。

后来啊，乡愁是一方矮矮的坟墓，我在外头，母亲在里头。

而现在，乡愁是一湾浅浅的海峡，我在这头，大陆在那头。

诗人把乡愁喻为邮票、船票、坟墓和海峡，表达了诗人浓烈的思乡情怀。我仿佛听到了诗人激烈的心跳，表述着期盼祖国统一、中华民族伟大复兴的强烈愿望，那也是海峡两岸全体中国人民和全世界中华儿女的共同心声。我在福建自贸试验区的采访体验中，了解到当地不断创新两岸合作机制，深化投资贸易自由化，推动贸易和人员的自由流动，也深切体悟到台海两岸浓浓的民族情。

2018年2月28日，国务院台办、国家发展改革委发布了《关于促进两岸经济文化交流合作的若干措施》，提出了31条惠台措施。秉持"两岸一家亲"理念，扩大两岸经济文化交流合作，同台湾同胞分享大陆发展的机遇。措施涉及给予台资企业和台湾同胞与大陆企业和大陆同胞同等政策、同等待遇。每一条都做实做细，惠及台湾同胞，极大地提升了台湾同胞在大陆各地学习、工作、生活的便利，使台湾同胞在更大范围和更多领域享受与大陆同胞同等待遇，使台湾同胞有更多的参与感、获得感和融入感，进一步促进了两岸经济社会的融合发展。

2018年6月6日，福建省提出了《贯彻〈关于促进两岸经济文化交流合作的若干措施〉实施意见》。66条惠台实施意见，聚焦台胞台企经济、社会、文化、生活多方面需求，推出更大范围、更具体的措施，扩大闽台经贸合作、支持台胞就业创业、深化闽台文化交流、方便台胞在闽安居乐业。不少举措都回应了台商台胞的诉求和期盼，为台胞台企办实事、办好事，为在闽台企实现优势再突破提供更大舞台，将"融合发展"与"祖国统一"进程同步推进。让在闽台胞感受到"一家亲"的温情,推进两岸共同家园示范区建设。

2019年3月10日下午,习近平总书记在参加全国人大福建代表团审议时提出,要探索海峡两岸融合发展新路,两岸要应通尽通,努力把福建建成台胞台企登陆的"第一家园"。要加强两岸交流合作,把工作做到广大台湾同胞的心里,增进台湾同胞对民族、对国家的认知和感情。要贯彻好以人民为中心的发展思想,对台湾同胞一视同仁,像为大陆百姓服务那样为台湾同胞服务。

总书记掏心窝子的话语感动了全国各地人民,也感动了台湾同胞。福建与台湾血缘相通,语言相同,乡情亲情连接,两岸要更加紧密融合。

福建于2018年全面启动"台商台胞服务年"活动,根据在闽台企台胞的现实需求,制定具体的实施细则,深化落实各项惠及台胞措施,为在闽台企台胞创造更大的发展空间和机遇,给在闽台企台胞带来实实在在的获得感。让台企看到广阔的发展前景,让台胞触摸到逐梦的人生舞台。

福建省总工会致力打造在闽台湾职工的"第一家园",为台湾同胞提供与大陆职工同等待遇,为在闽台湾职工谋福祉。2019年3月26日,福建省总工会十五届七次全委会首次增补了福建新大陆公司台胞张俊一为市总工会委员。福建省16个"两区一园"已建15个工会,4个区级工会选举台湾籍职工担任工会领导;台湾职工可以参评省内各级劳动模范、五一劳动奖章、金牌工人、最美劳动者,以及各级工会评选的荣誉称号;鼓励台湾职工参与劳动技能竞赛,已有23名台湾同胞获得省、市劳动模范、五一劳动奖章等荣誉;对台湾职工开展节假日、会员生日、生病住院等慰问活动,符合条件的纳入工会职工医疗互助范围;为台湾职工子女提供金秋助学、勤工俭学等帮扶,台湾职工子女可共同参加工会开展的夏令营、冬令营活动;组建台企职工法律维权服务队,依法维护台湾职工合法权益,为受到侵害的员工提供免费法律援助;组织劳动模范、金牌工人、台湾模范劳工互访交流,邀请台湾模范劳工代表来闽参加劳模研讨营和疗休养活动,弘扬两岸职工的劳模精神、劳动精神、工匠精神。

福建平潭岛与台湾隔海峡相望,距离台湾岛68海里,从平潭乘坐

"海峡号"快船到台湾新竹市仅需1.5小时,这里是大陆离台湾岛最近的地方,是海峡两岸"三通"的综合枢纽和主要口岸。福建自贸试验区平潭片区充分发挥"自贸区+实验区"叠加优势,重点建设自由港和国际旅游岛。从平潭片区发展规划图中,看到有预留了台海高速公路和铁路的标示,可停靠波音737的4C级临海机场已在规划中。平潭片区发挥临台的区位优势,实行对台融合先行先试,推进投资贸易、服务贸易和航运自由,人员往来更加开放,台胞就业生活享有更多优惠政策。

平潭片区为我的采访准备了书面报告,从中可以看到,2017年平潭片区实施集群注册登记制,为台湾青年的创业梦插上翅膀。企业无须租赁住所或办公场所,由运营公司提供注册地址进行工商登记,负责集中托管服务。创办企业凭台胞证就可以注册公司,当场审核,一到两天办完。这里的山水与台湾马祖县的高山峡谷很相似,这里离家很近,随时可以回去,随时可以回来,富有马祖的情味,喜得台胞纷至沓来。截至2019年3月,平潭片区已为1 369家集群注册企业提供了托管服务,金融企业占近一半,信息科技、电子商务、传媒、贸易类企业居多。

福建自贸试验区厦门片区因台而建、因台而兴,肩负着对台交流

图3-12 福建自贸试验区平潭片区设立台湾创业园

合作先行先试的使命。厦门市委组织部和高层次人才协会举办"白鹭英才产业行"交流对接活动,将台湾人才作为全市人才政策的"重中之重",设立全国首个"台湾人才服务部"、台胞驿站,开通968820台胞服务热线、"517找工作"云服务平台,实现对台湾高端领军人才、专业人才、创业青年、毕业生等全覆盖,形成明显的"磁吸效应"。在厦门创业工作的各类台湾人才2.3万人,其中高技能人才超过2 000人,台湾特聘专家、台籍"双百计划"高层次人才近千人。

为了吸引和集聚台湾青年来厦门就业、创业,厦门片区管委会出台了《关于促进台湾青年创业就业的十条措施》,支持企业引进台湾青年人才,将引才激励政策与企业用人薪酬挂钩,充分调动用人主体引进台湾青年人才的主动性和积极性。依托两岸青年创业创新基地,鼓励台湾青年来厦门片区创业就业,给予创业贷款贴息扶持、创业鼓励金和租房补贴保障,鼓励台资人力资源服务机构入驻自贸片区。鼓励厦门片区重点企业、产业园区及青创基地牵头举办对台人才交流,鼓励有条件的机构在台设立分支机构、联络点,开展台湾青年就业创业及台湾学生实习、实训联络对接,支持台湾青年来厦门参加职业技能培训,推动两岸职业技能人才交流发展。

自厦门片区挂牌成立至2018年年底,厦门片区累计新增台资企业1 198家、注册资本204.09亿元,还创办了7个国家级、10个省级海峡两岸青年就业创业基地,累计吸引台湾创业团队近500个、超过3 200人。厦门片区为台湾人才提供孵化空间和全周期的创业辅导,让台湾青年把技术和想法转化为产品,帮他们共圆创业梦。

国务院台办、国家发展改革委提出31条惠台措施后,全国各地结合地方特色,纷纷出台了相应务实的惠台政策,给予台资企业和台湾同胞同等政策、同等待遇,与台企台胞分享大陆发展的机遇。

2018年5月21日,重庆出台了促进渝台经济文化交流合作58条惠台措施,逐条明确政府的牵头单位和配合单位或责任单位,共涉及40家重庆市政府部门和中央在渝机关。具体到在重庆的台胞及其家属可凭台胞证享受同等医疗服务,指定10家三甲医院为台胞提供定点医疗服务;年满60周岁可半价购买公园门票、65岁免门票、70岁以上享受乘坐公共交通优惠……

河南是台资企业集中的地区，2010年7月，台湾富士康集团在河南投资了44家企业，此后台商纷至沓来，合作领域从电子信息发展为精密制造、物流、商贸多元产业，布局从郑州发展到南阳、洛阳、新乡、济源多个地区。全省设立了26个台商投资园区，累计批准台资企业2 056家，台资企业成为河南经济社会发展的重要力量。河南省出台了60条惠台措施，设立省级1亿元两岸智能装备产业基金，加大对台商投资园区的扶持力度，支持建设专题性台商投资园区，让台湾同胞切实感受到优质、高效、便捷的服务。

江苏昆山是闻名全国的台企聚集地，台湾100强制造企业中有70家在昆山投资。昆山努力为10多万名在昆山工作生活的台商营造宜业、宜居、包容、认同的"第二故乡"。2013年，国务院设立昆山"深化两岸产业合作试验区"，赋予其对台合作先行先试的重要使命，昆山从台资企业投资走上了大发展的道路，逐步成为全国"台资第一高地"。据昆山市统计，已累计批准台资项目4 903个，投资总额593亿美元，昆山已成为台湾企业扎根大陆发展和产业转型升级的有效平台。昆山为更好地服务台企台胞，制定了68项措施，更加贴近台胞生活，促进两地深度融合。

2018年6月1日，上海发布了促进沪台经济文化交流合作55条实施办法，其中24条是在调研台企台胞"最盼""最忧"基础上推出的，体现了上海特色和创新。首次提出台资企业参与上海国际经济、金融、贸易、航运、科技创新"五个中心"的建设，欢迎台胞台企一同推动上海成为卓越的全球城市，让在沪台胞台企享受同等待遇，分享上海发展机遇，共享上海经济社会发展成果。

值得一提的是上海的闵行区。在2018年8月8日，闵行区结合本区实际，发布了促进两岸经济文化交流合作38条措施，其中14条与台胞教育、医疗、居住有关，颇具地区的优势。闵行区是上海台资企业集聚区，累计批准台商投资企业1 200多家，居住的台胞有5万人。闵行区办有一所招收台籍学生的上海台商子女学校，台胞子女在义务教育阶段享有与本市学生同等待遇，初三毕业生享有中考政策性加分，各类基础教育学校、幼儿园向台胞子女开放,台胞租住公共租赁房享有优惠政策……这些政策重在解除台胞的后顾之忧。

闵行区长期以来实行亲台、惠台、护台的举措,对此我是深有体会的。2001年,我在闵行区的莘庄海关担任副关长,那里是上海台商投资最早最集中的地区。那时好多台商经营着中小企业,操着浓郁的乡音,有的是刚在台湾拿了土地动迁安置费或带着全部的积蓄来大陆投资的第一代台商,见面还冲着我一口一个地叫"长官"。有对台商夫妻闹别扭时还来找我诉说。想来真是情深意切,给我留下了特别深刻的印象。多年来,我已走遍了祖国的山山水水,唯有台湾地区还未去过,这成了我莫大的遗憾。我时常关注家族中"台湾孔子后裔联谊群"的微信,思念在台湾的族人,期盼祖国早日统一,能够赴台省亲。

一年来,大陆已有25个省(区、市)的72个地区相继推出了惠台的具体举措,一些地方还结合本地的实际先行先试,为台胞台企提供了更多的同等待遇。据不完全统计,已经有2 000余家台企享受到高新技术企业等各类税收优惠,有100多家台企获得工业转型升级、绿色制造、智能制造等专项资金的支持,有一批优秀台企中标了北京大兴国际机场、港珠澳大桥等政府采购项目,有800多名台胞考取了多个热门行业的资格证,有100多名台胞获得了各地"五一劳动奖章""三八红旗手""五四青年奖章"等荣誉称号。越来越多的台胞台企特别是台湾学生、台湾青年选择来大陆发展,实现人生理想。

习近平总书记在党的十九大提出"香港、澳门发展同内地发展紧密相连。要支持香港、澳门融入国家发展大局","让香港、澳门同胞同祖国人民共担民族复兴的历史责任、共享祖国繁荣富强的伟大荣光"。"秉持'两岸一家亲'理念","率先同台湾同胞分享大陆发展的机遇。我们将扩大两岸经济文化交流合作,实现互利互惠,逐步为台湾同胞在大陆学习、创业、就业、生活提供与大陆同胞同等的待遇,增进台湾同胞福祉"。这些愿景都在逐步实现之中。

改革开放40多年来,中国自由贸易进程不断推进,经济社会持续快速发展,从开启新时期到跨入新世纪,从站上新起点到进入新时代,中国人民在富起来、强起来的征程上迈出了坚实的步伐。香港、澳门的顺利回归和蓬勃发展,进一步融入了国家发展的宏大蓝图,香港、澳门同胞与祖国人民共担中华民族伟大复兴的历史责任,共享祖国繁荣富强的福祉荣耀,充分展现了"一国两制"的蓬勃伟力。两岸同胞命运与共,血浓于水,"两岸一家亲",大陆率先与台湾同胞分享大陆发展的机遇,推动两岸经济贸易持续发展,一个中国原则和"九二共识"已成为两岸和平发展的定海神针。香港、澳门和台湾的发展与祖国富强紧密相连,实现祖国完全统一是中华儿女世世代代的共同心愿,也是中华民族的根本利益所在。今天,我们比历史上任何时期都更接近、更有信心和能力实现中华民族伟大复兴的目标。

在福建自贸试验区厦门片区采访时,厦门海关肖扬处长陪伴我登临鹭江道厦门海关高层的平台眺望四周。好多年没来了,今天再相见,一座蓬勃发展、精致秀美的城市令我怦然心动。海礁嶙峋,岸线迤逦,浪花拍打着岸边的礁石,一座座亮丽的高楼拔地而起,像极了港湾里高耸的片片风帆。夕阳下的鼓浪屿披上了金丝纱裙,风姿绰约,像是穿上华丽的晚礼服去出席世界文化遗产大会。再望向前方,那就是台湾金门岛了。周末的晚上,恰遇厦门海关"诗文朗读会"。鹭江之畔,国门之潮,海关人以文化的名义雅聚,以朗读的方式分享。美诗妙乐萦耳畔,茶韵书香醉心田,良辰美景难忘怀,期盼祖国大团圆。他们以诗文赞美着昨天和今天奋进的祖国。厦门海关文联主席冯鹭正在朗读原创诗文《仰望星空》,诉说着对祖国宝岛不尽的情思,无限的眷念。

世界因贸易而富庶,贸易因自由而瑰丽。"天行健,君子以自强不息",中华儿女谱写了万里驼铃万里波的浩荡丝路长歌,开创了自由贸易的广阔天地;"地势坤,君子以厚德载物",中国人民开拓着"一带一路"自由贸易锦绣之路,汇聚着构建人类命运共同体的强大力量。

中国自由贸易之路,大道之行,继往开来!

参考资料

[1] 中共广东省委办公厅编:《中央对广东工作指示汇编(1983—1985)》,中共广东省委办公厅,1986。

[2] 楼继伟主编:《新中国50年财政统计》,经济科学出版社,2000。

[3] 钟坚:《大试验:中国经济特区创办始末》,商务印书馆,2010。

[4] 《中国海关通志》编纂委员会编:《中国海关通志(第一至六分册)》,方志出版社,2012。

[5] 谷牧:《谷牧回忆录》,中央文献出版社,2014。

[6] 中华人民共和国商务部:《中国外资统计公报2018》,2018。

[7] 中华人民共和国商务部:《中国外资统计公报2019》,2019。

[8] 中华人民共和国商务部对外投资和经济合作司:历年中国对外直接投资统计公报。

[9] 温家宝:《顺应新形势 办出新特色 继续发挥经济特区作用——温家宝总理在深圳考察并召开座谈会的讲话摘要》,中国政府网,2005年9月20日,http://www.gov.cn/ldhd/2005-09/20/content_65007.htm。

[10] 孙承斌,张勇,何自力:《为了澳门的明天更加美好:习近平副主席考察访问澳门侧记》,《人民日报(海外版)》2009年1月14日第3版。

[11] 胡谋,施娟:《改革开放的旗帜:中国经济特区发展历程扫描》,《人民日报》2010年10月1日第2版。

[12] 人民网:《中哈霍尔果斯国际边境合作中心背景》,人民网,

2013年2月20日，http://leaders.people.com.cn/n/2013/0220/c355955-20540142.html。

[13] 解放日报：《上海自贸区试点经验向全国推广》，《解放日报》2014年12月13日第2版。

[14] 中国政府网：《李克强主持召开国务院常务会议（2015年3月18日）》，中国政府网，2015年3月18日，http://www.gov.cn/guowuyuan/2015-03/18/content_2835914.htm。

[15] 自贸区新闻：《世界自由贸易区的发展历程》，搜狐网，2016年2月23日，https://www.sohu.com/a/60080376_379876。

[16] 中国政府网：《李克强称赞上海自贸区国际贸易单一窗口：打造我国进出口贸易新亮点》，中国政府网，2016年11月22日，http://www.gov.cn/xinwen/2016-11/22/content_5136173.htm。

[17] 习近平：《解放思想勇于突破大胆试大胆闯自主改 力争取得更多可复制推广的制度创新成果》，《人民日报》2017年1月1日第1版。

[18] 李克强：《在全国深化简政放权放管结合优化服务改革电视电话会议上的讲话》，新华网，2017年6月29日，http://www.xinhuanet.com/politics/2017-06/29/c_1121236906.htm。

[19] 习近平：《在庆祝海南建省办经济特区30周年大会上的讲话》，《人民日报》2018年4月14日第2版。

[20] 李克强：《将企业开办和工程建设项目审批时间压减一半以上》，中国政府网，2018年5月3日，http://www.gov.cn/guowuyuan/2018-05/03/content_5287715.htm。

[21] 央广网：《前海，中国发展最快的地方》，央广网，2018年5月19日，http://news.cnr.cn/native/gd/20180519/t20180519_524239175.shtml。

[22] 新华网：《习近平同志推动厦门经济特区建设发展的探索与实践》，新华网，2018年6月22日，http://www.xinhuanet.com/politics/

leaders/2018-06/22/c_1123022140.htm。

[23] 新华社特约记者：《习近平同志推动厦门经济特区建设发展的探索与实践》，《人民日报》2018年6月23日第1-2版。

[24] 李克强：《在全国深化"放管服"改革 转变政府职能电视电话会议上的讲话》，新华网，2018年7月13日，http://www.xinhuanet.com/politics/2018-07/13/c_1123118771.htm。

[25] 张晓松，杜尚泽：《奋力书写东北振兴的时代新篇——习近平总书记调研东北三省并主持召开深入推进东北振兴座谈会纪实》，《人民日报》2018年9月30日第1-2版。

[26] 张晓松：《时隔6年再赴广东，习近平总书记释放了哪些重要信号？》，新华网，2018年10月25日，http://www.xinhuanet.com/politics/2018-10/25/c_1123614730.htm。

[27] 人民日报：《习近平在广东考察时强调 高举新时代改革开放旗帜 把改革开放不断推向深入》，《人民日报》2018年10月26日第11版。

[28] 人民日报：《习近平在广东考察时强调：高举新时代改革开放旗帜 把改革开放不断推向深入》，《人民日报》2018年10月26日第1版.

[29] 习近平：《共建创新包容的开放型世界经济——在首届中国国际进口博览会开幕式上的主旨演讲》，新华网，2018年11月5日，http://www.xinhuanet.com/politics/leaders/2018-11/05/c_1123664692.htm。

[30] 新华网：《习近平在上海考察》，新华网，2018年11月7日，http://www.xinhuanet.com/politics/2018-11/07/c_1123679389.htm。

[31] 陈康令：《一座城市有一座城市的品格》，《人民日报（海外版）》2018年11月8日。

[32] 张晓松：《东风浩荡 潮涌浦江：习近平总书记考察上海纪实》，

《人民日报》2018年11月10日第1版。

[33] 习近平:《在庆祝改革开放40周年大会上的讲话》,新华网,2018年12月18日,http://www.xinhuanet.com/2018-12/18/c_1123872025.htm。

[34] 马培贵:《改革开放再出发 前海重任在肩》,《深圳特区报》2018年12月19日A12版。

[35] 班娟娟:《国务院常务会议部署促进综合保税区升级》,《经济参考报》2019年1月3日A01版。

[36] 曹继军,颜维琦:《上海优化营商环境"2.0版"来了》,《光明日报》2019年2月12日第10版。

[37] 刘欢,安蓓,陈键兴:《着眼发展大局,共享时代荣光:以习近平同志为核心的党中央关心粤港澳大湾区建设纪实》,新华网,2019年2月21日,http://www.xinhuanet.com/politics/leaders/2019-02/21/c_1124146648.htm。

[38] 张敏彦:《在福建团,习近平提出这些殷切希望》,新华网,2019年3月11日,http://www.xinhuanet.com/politics/xxjxs/2019-03/11/c_1124220118.htm。

[39] 廖一杰:《探索两岸融合发展新路 把福建建成台胞台企登陆的第一家园》,中国台湾网,2019年3月15日,http://www.taiwan.cn/xwzx/PoliticsNews/201903/t20190315_12148427.htm。

[40] 新华网:《共建"一带一路"倡议:进展、贡献与展望》,新华网,2019年4月22日,http://www.xinhuanet.com/world/2019-04/22/c_1124400071.htm。

[41] 习近平:《齐心开创共建"一带一路"美好未来——在第二届"一带一路"国际合作高峰论坛开幕式上的主旨演讲》,新华网,2019年4月26日,http://www.xinhuanet.com/politics/2019-04/26/c_1124420187.htm。

后　记

中国改革开放已经走过了 40 多年的艰辛路程，中国社会主义现代化建设已经跨越了 70 年的伟大历程。这是一首波澜壮阔的英雄史诗，这是一部辉煌壮丽的历史画卷。

改革开放是中国人民和中华民族发展史上的一次伟大革命，推动了中国特色社会主义事业的伟大飞跃。在中国共产党的领导下，亿万人民意气风发，斗志昂扬地发奋建设伟大的祖国，创造了一个又一个人间的奇迹。伴随中国改革开放和自由贸易不断发展，我们伟大的祖国已发生了翻天覆地的喜人变化，国家经济总量已站在世界的前列，从站起来向着富起来、强起来的征途不断迈进。

我 1975 年离开军营来到海关，刚脱下军装，又穿上关服，从为祖国站岗到为国家把关。在我 40 年的海关工作生涯中，长期负责海关特殊监管区域的监管，直接参加了洋山保税港区的筹建和上海自贸试验区的研究，比较熟悉中国自由贸易发展的全过程和其中的艰难曲折。作为中国自由贸易发展的亲历者，作为一名作家，我感到有一份责任，为当代中国记录自由贸易发展的历程。

我向中国作家协会申报的《中国自由贸易之路》长篇报告文学创作计划，经上海作家协会主席团推荐，并报中国作家协会书记处评审，入选了中国作家协会纪念改革开放 40 周年重点文学创作计划，我也由此成为中国作家协会的签约作家。

我于 1993 年至 2001 年从事海关新闻宣传工作，参与了全国海关一些重大的新闻宣传报道，曾深入长江沿线各省政府和企业采访长江流域快速通关，到云南边境一线海关采访体验缉毒斗争；1995 年庆祝新中国成立和上海解放 50 周年时，我还应上海市委宣传部邀请，合作采写了《中国的大门》纪实文学丛书。这次为采写《中国自由贸易之路》长篇报告文学，我又在祖国各地行走了一番，站在各地蓬勃发展的自由贸易新兴城区面前，亲眼看见了各地区变化发展的壮丽景象。

中国自由贸易之路

在中国改革开放40多年的历程中，从创建经济特区、发展加工贸易、兴办保税区、出口加工区、跨境自由贸易合作区、保税港区和综合保税区等海关特殊监管区域，到设立自贸试验区、建设自由贸易港，再到共建"一带一路"、构建人类命运共同体，中国经济发展从引进来到走出去，自由贸易之路不断向前推进。中国改革开放从开启新时期到跨入新世纪，从站上新起点到进入新时代，绘就了一幅幅波澜壮阔、气壮山河的壮丽画卷。其间的披荆斩棘、砥砺奋进，其中的革故鼎新、沧桑巨变，需要作家深入其间，走进其中，去谱写中国人民奋力拼搏、富强祖国的赞歌。

这次采写，我循着中国自由贸易发展的足迹，行走了全国15个省（区、市），从深圳经济特区到辽宁自由贸易试验区，从东海之滨到新疆霍尔果斯边疆，行程上万千米，采访了上百个政府机关和企业，收获颇丰，但其间的艰辛对我来说也是一次不小的考验。

过去我在海关总署新闻办到各地海关去采访，都会有相关人员安排好吃住行。这次到各地采访完全由个人联系安排，食宿行费用完全要从个人有限的退休薪酬中支出。这不仅是写作能力的检验，更是创作过程的考验和自身体能的磨验。为了减少一些车旅费，简餐陋宿，旅途中常常是紧赶慢赶，为的是把更多的时间用在采访体验中，晚点误车是常事，废寝忘食也不是空谈。

结束新疆霍尔果斯采访后，我与陕西自贸试验区管委会约好第二天上午9点采访。为了节省费用，我从网上订购了从乌鲁木齐飞往兰州的低价机票，然后再乘坐19时的高铁前往西安。预计三小时的间隔时间正常来说是完全充裕的，但旅途中的变化往往是难以预测的。我从兰州机场打出租车前往火车站，不巧遇上高速公路全程大修，赶到火车站检票口时，列车早已开行，且距离当晚最后一班开往西安的高铁的发车时间还有不到5分钟。经沟通协调，值班站长特许我不用换票直接上车，终于赶在最后一刻上了火车。毕竟是上了年纪，一阵紧张的奔跑后，我随即出现了严重的心律不齐，竟瘫倒在列车上。列车长通过广播紧急召唤医务人员前来抢救，并一直蹲守着躺在地上的我，拉着我的手腕把脉监护着。好长一会我才缓过气来，躺在行进的列车地板上，看到上面模模糊糊的好多人影围着我。过去在报道中曾经看到的一幕，竟然发生在我的身上。现在想起还真有点后怕。我从列车长佩戴的胸章上看到她叫"王金凤"，并牢牢地记在了心中。非常感谢王金凤列车长的救护之恩。

感谢上海浦东图书馆电子文档室尤月霞管理员。写作前期，我为了查找改革开放的历史资料，经常前往浦东图书馆。尤月霞教我连接上海图书馆的网站，通过网络查找资料，就不用那么辛苦地跑来跑去。并让我把要查找资料的大概名称告诉她，她帮我查找后，通过邮箱再发给我。感慨浦东图书馆明亮宽敞的阅览室，我在那里度过了许多难忘的时日。

特别感谢广东高等教育出版社和黄红丽总编。2017年6月13日，"中国作家网"公布了中国作家协会2017年度重点扶持作品的选题名单，我提交的《中国自由贸易之路》位列其间。不日后，我便接到了黄红丽总编打来的电话，告知我在"中国作家网"看到公示的《中国自由贸易之路》报告文学选题。她简要介绍了广东高等教育出版社的情况，提出与我约稿。这让我很感动。当时中国作家协会只是在网上公示，后续还要签约、采访写作。她也没有告诉我总编辑的身份。当时，我就感到被一位高人的一份高度信任感动了。于是，也就有了今日的出版。感谢广东高等教育出版社曾广博编辑的悉心指导和修改。感谢你们对于抒写改革开放和社会主义现代化建设现实题材作品的高度重视和厚爱。感谢你们承担起举精神之旗、铸时代之魂、展国家形象的使命任务，扶持更多彰显中国精神和中国力量的精品力作回馈时代、奉献人民。

在这次采访体验中，我有幸结识了全国各地海关特殊监管区域和自贸试验区管委会的领导和同志们，感谢你们给予的帮助和支持，感谢受访人员为我讲述了诸多精彩的故事，使我顺利地完成了采写，记录下中国改革开放和自由贸易发展的历程，记录下你们的精彩，才有机会让《中国自由贸易之路》报告文学问世。在此，再次向你们表示衷心的感谢！

2019年8月6日，国务院发布了《中国（上海）自由贸易试验区临港新片区总体方案》。在习近平总书记2018年11月在首届中国国际进口博览会宣布设立上海自贸试验区新片区9个月后，上海自贸试验区再次承载国家改革发展的新使命，蓄势迸发，扬帆远航。临港新片区发布初始，建设已在路上。上海已把总体方案各项任务举措细化为三大类78项，分别制定配套规则和细则。新片区不是简单的面积扩大，也不是现有政策的平移，而是打造更具国际市场影响力和竞争力的特殊经济功能区，实行全方位、深层次、根本性的制度创新变革。

这让我想起2013年年初，当时我完成上海自贸区研究课题后，相约报送《上海自由贸易区设想要点》给时任上海市市长杨雄同志，并与分

中国自由贸易之路

管自贸区筹建工作的常务副市长深入交谈,提出了上海自由贸易区"三步走"建设方案:一是依托洋山保税港区和浦东国际机场综合保税区,连接外高桥港区世界最大集装箱港口的优势,建设自由贸易港区;二是统合洋山、外高桥临港产业区和上海6个出口加工区为自由贸易区;三是扩展浦东1210平方千米区域,对比香港建设多功能大型自由贸易区。这次临港新片区先行启动119.5平方千米区域,后续上海自由贸易试验区发展的宏图将更壮观,中国自由贸易发展的道路将更壮丽。

紧接着,国务院于2019年8月26日又印发了《中国(山东)、(江苏)、(广西)、(河北)、(云南)、(黑龙江)自由贸易试验区总体方案》,在充分借鉴现有自由贸易试验区成功改革试点经验的基础上,围绕投资、贸易、金融、事中事后监管等方面,提出了各有特色、各有侧重的差别化改革试点任务,突出引领高质量发展,突出进一步扩大开放。

自2013年9月上海自由贸易试验区挂牌以来,我国已分五批设立了18个自由贸易试验区,遍布东南西北中各大区域。在辉煌发展的新时代,中国未来还将在更广的区域、更深的层次,对标国际更高标准发展自由贸易,与世界更多的国家和地区构建贸易自由化新领域。

在贸易保护主义持续蔓延的当下,中国对外开放再出发,自由贸易再升级,必将推动国内经济高质量地发展,也必将为世界经济发展注入信心和活力,引领世界自由贸易砥砺前行,携手共建人类命运共同体。

自由贸易带动商品互通有无,促进各国人民交流发展,有助于全球社会资源的优化配置,有利于各国人民获得丰富优质的消费品,有益于各国经济的更好发展。和平发展是人类共同企盼的美好愿望,自由贸易是世界协同追求的理想愿景。自由贸易推进世界和平发展,造福人类社会。

改革开放是我们这代人为之奋斗的光辉事业,自由贸易发展历程是我们牢记心中的奋斗经历。此书的出版,记载了中国自由贸易发展的卓越历程。愿此作唤起我们珍藏心中的集体记忆,回望我们与祖国曾经跋涉贸易自由的艰难,分享我们与祖国共同砥砺自由贸易的辉煌。

值此新中国成立70周年和中国共产党即将迎来成立100周年之际,谨将此文献给为中国自由贸易奋力拼搏的人们!

2019年12月于上海